W0368405

CARINA MUELLER

HOPE & DESPAIR

Hoffnungsstunde

im.press

Hope & Despair, Band 3: Hoffnungsstunde

Im.press
Ein Imprint der CARLSEN Verlag GmbH
Oktober 2016

Lektorat: Konstanze Bergner
Umschlagbild: shutterstock.com / © AS Inc / © Meyer George
Umschlaggestaltung: formlabor
Schrift: Alegreya, gestaltet von Juan Pablo del Peral, Great Vibes / TypeSETit
Satz und Umsetzung: readbox publishing, Dortmund
Druck und Bindung: BoD, Hamburg
ISBN 978-3-551-30061-4
Printed in Germany
www.carlsen.de/impress

Alle Bücher im Internet: www.carlsen.de

Für alle,
die Hoffnung verinnerlicht haben,
verinnerlichen
und verinnerlichen wollen.
Bleibt auf diesem Weg! Denn wer Hoffnung hat, kann alles schaffen …

1. Kapitel

Despair

»Los, Leute! Jede Sekunde, die Hope bei diesem Irren sein muss, ist eine zu viel!« Ich sprang, mehrere Stufen auf einmal nehmend, die Treppe hinunter, dicht gefolgt von Hate.

»Ich check noch den Keller und komme dann nach!«, rief Cruel hinter uns her, doch ich machte mir nicht mehr die Mühe, ihm zu antworten. Ich musste zusehen, dass ich auf dem schnellsten Weg zu Hope kam. Wusste der Geier, was diesem kranken Hirn von Treason so alles einfiel und was er gerade mit ihr anstellte.

Ob Cruel dann nachher zu Fuß gehen musste oder wie auch immer zu uns gelang, juckte mich in diesem Moment herzlich wenig. Ich konnte nicht warten. Aber natürlich: Er hatte schon Recht. Für gewöhnlich sicherte man ein Gebäude zuerst komplett, bevor man es wieder verließ. Daher war ich froh, dass er diese Aufgabe übernahm und ich mich um Hope kümmern konnte.

»Ich fahr!«, bestimmte Hate, als wir draußen waren, und steuerte zielstrebig auf meinen Wagen zu.

Zuerst wollte ich protestieren, doch das wäre nur unnötige Zeitverschwendung gewesen. Eine Zeitverschwendung, die ich mir beim besten Willen nicht leisten konnte und schon gar nicht wollte. Also warf ich Hate nur wortlos den Autoschlüssel zu.

Er öffnete den Wagen und wir sprangen hinein. Dann startete er den Motor, wendete das Fahrzeug in zwei kurzen Zügen und fuhr dann mit durchgetretenem Gaspedal davon.

Sehr gut! Anders hätte ich es auch nicht gemacht!

Während der Fahrt versuchte ich Vic und Treason auf dem Handy zu erreichen, doch keiner nahm ab. Schöne Scheiße!

Hoffentlich war Hope noch nichts geschehen!

Hoffentlich?

Es war also wahr: Ich hatte mich verändert. Ich *hoffte* ...

»Du erreichst keinen«, sagte Hate.

Es war keine Frage, eher eine Feststellung. Dennoch schüttelte ich den Kopf.

Hate sah zu mir herüber. Sein Gesichtsausdruck überraschte mich. Er wirkte nicht mehr so verbittert, nicht mehr so böse. Eher ... *besorgt*? Es versetzte mir einen Stich ins Herz, als ich an unsere gemeinsame Vergangenheit dachte. So hatte Hate früher immer ausgesehen. Früher, als er noch ein herzensguter, kleiner Junge war, der einfach nur wollte, dass wir uns alle vertrugen und unseren »Daddy« lieb hatten. Und natürlich auch, dass unser »Daddy« uns lieb hatte. Wie wörtlich unser Oberst diesen letzten Wunsch speziell in seinem Fall nehmen würde, war ihm damals nicht klar gewesen. Uns allen nicht.

Ich schluckte schwer. So kindisch sich das jetzt vielleicht anhören mochte, doch das waren exakt Hates Worte gewesen. Damals. Nachdem er jedoch allein für das Wort »Daddy« mehrfach schwerste Prügel kassiert hatte, wurde er stiller und stiller. Verbitterter. Wütender. *Bösartiger.*

Ich hatte mich stets gefragt, wann genau der Zeitpunkt gewesen war, als Hate von Gut auf Böse wechselte. Ich glaubte immer, es begann, als unser Oberst anfing, ihn mit auf sein Zimmer zu nehmen. Doch jetzt wurde mir bewusst, dass das Ganze schon viel früher angefangen haben musste. Wie hatte ich das nur übersehen können?

Ich seufzte leise.

»Mach dir nicht so ins Hemd!«, brummte Hate mich ungehobelt an.

Ich warf ihm einen pikierten Blick zu.

Hate schien daraufhin kurz nachzudenken.

»Ihr ist bestimmt nichts passiert«, fügte er dann in seinem tiefen Bariton hinzu und klopfte mir unbeholfen auf die Schulter.

Einigermaßen verblüfft sah ich ihn an. Verblüfft und erfreut. Mein Eindruck seit unserem unverhofften Aufeinandertreffen im Hotel schien sich zu bestätigen: Der Hate von heute war doch noch nicht so ganz zerstört, wie ich angenommen hatte, und sogar zu so etwas wie Empathie fähig. Wenn er denn wollte ...

Etwas lag mir auf der Zunge und ich überlegte kurz, ob ich es wirklich aussprechen sollte, oder ob ich Hate damit womöglich verärgerte ... Andererseits: Ich war Despair. Ich hatte noch nie Angst vor ihm gehabt und ich würde ganz sicher jetzt nicht damit anfangen.

»Wegen deines Mitgefühls warst du früher mein bester Freund«, entgegnete ich also.

Hate zog verdutzt die Brauen nach oben, erwiderte aber nichts.

»Ehrlich, Mann! Das warst du. Und ich hoffe, dass wir irgendwann wieder dorthin kommen.«

Hate brummte nur unwillig. Doch ich kannte ihn zu gut. Wären ihm meine Worte gegen den Strich gegangen, hätte er mir das ganz anders »gezeigt«. Offenbar saß sein Herz nach wie vor am rechten Fleck. Man musste es nur unter dieser ganzen Verbitterung wieder freilegen. Und ich konnte gar nicht ausdrücken, wie sehr mich das gerade beruhigte.

Vielleicht war nicht nur er, vielleicht waren wir alle nicht so verloren, wie wir immer gedacht hatten?

»Das sehen wir dann«, nuschelte Hate für seine Verhältnisse nun leise.

Ich grinste. Das war wohl ein Ja.

»Was machen wir mit Treason?«, wechselte ich das Thema.

»Platt?«, erwiderte Hate ungerührt.

Jap, da war er wieder! Klassischer Rückfall in alte Verhaltensweisen.

»Das halte ich für keine gute Idee.«

»Nein?!« Hate klang, als hätte ich etwas vollkommen Abwegiges gesagt.

»Nein.« Ich machte eine Pause und sah aus dem Fenster.

»Und warum nicht?«, fragte Hate verständnislos. Für ihn schien die Sache bereits klar zu sein.

»Ich für meinen Teil würde gern wissen, wer dahintersteckt«, entgegnete ich. Einem Toten konnte man schließlich keine Informationen mehr entlocken ...

»*Treason!?*« Hate zog die Augenbrauen genervt zusammen.

»Ich zweifele nicht daran, dass Treason diese Taten begangen hat, nicht im Geringsten! Ich frage mich nur, wer der Kopf der Sache ist, wo unser Oberst doch aufgeschlitzt auf seinem Küchentisch liegt. Denn allein hat sich Treason das Ganze sicher nicht ausgedacht.«

»Hm«, brummte Hate, nun offenbar am Überlegen.

Es war nicht so, dass Hate dumm war. Weiß Gott nicht! Nur wenn er in Rage war, handelte er für gewöhnlich, bevor er nachdachte. Er war einfach zu impulsiv.

Zudem wusste Hate selbst, dass Treason zwar ein elender Verräter ohne Anstand und Moral war, doch in den seltensten Fällen aus eigenem Antrieb heraus agierte, wenn es nicht gerade um seine Geschäfte ging. Treason hatte sich immer lenken lassen. Sein ganzes Leben lang. Er hatte immer jemanden gebraucht, der ihm sagte, was er zu tun und zu lassen hatte. Das war auch der Grund, warum er sich so gut mit unserem Oberst arrangieren konnte. Er war einfach ... *gehorsam*. Und wem dieser Gehorsam *jetzt* galt, mussten wir schnellstmöglich herausfinden.

***

Diesmal brauchten wir keine Dreiviertelstunde, um den Hotelparkplatz zu erreichen. Hate machte sich gar nicht erst die Mühe, in die Tiefgarage zu fahren und zu warten, bis die Schranken endlich aufgingen.

Er parkte mehr oder weniger direkt vor dem Eingang und nachdem der Wagen endlich zum Stehen kam, sprangen wir beide hinaus, hasteten ins Hotel und rannten das Treppenhaus hinauf. Das hieß, *ich* rannte. Hate versuchte so schnell er konnte hinter mir herzukommen, doch seine Muskelberge machten einen Treppensprint nicht gerade leichter.

Natürlich hätten wir auch den Fahrstuhl nehmen können, doch das dauerte mir einfach zu lange. Das war vermutlich ein ähnliches Phänomen wie beim Autofahren: Man raste und überholte, dachte, man sei so viel schneller als die anderen, bis diese an der nächsten Ampel wieder hinter einem standen.

Hate war vermutlich einfach nur aus solidarischen Gründen mitgelaufen. Trotzdem konnte ich nicht auf ihn warten.

»Wir sehen uns oben!«, rief ich ihm zu und beschleunigte noch einmal. Wusste der Teufel, was Treason gerade mit Hope anstellte oder bereits mit ihr angestellt hatte.

Ein dicker Kloß bildete sich in meinem Hals, doch ich durfte nicht zu viel darüber nachdenken. Ich sollte bloß zusehen, dass ich Hope so schnell wie möglich da rausholte.

Nach wenigen Minuten war ich im obersten Stockwerk angekommen. Ich hechtete weiter zu unserer Zimmertür und hämmerte mit ganzer Kraft dagegen.

»Treason! Mach sofort auf!«, brüllte ich.

Ich hörte, wie sich im Zimmer jemand bewegte und auf die Tür zuschritt. Sofort ballte ich eine Faust, positionierte mich so, dass ich direkt zuschlagen konnte, sobald die Tür geöffnet wurde. Meine Muskeln waren so angespannt, dass sie bereits zu zittern begannen.

Ein leises Klicken verriet, dass die Tür gerade entriegelt worden war, doch ich wollte nicht so lange warten, bis sie mir geöffnet wurde. Ich stieß sie auf und trat mit zwei schnellen Schritten und gehobener Faust ein.

»Despair! Was für ein Glück, dass dir nichts passiert ist!«, rief Hope und fiel mir freudestrahlend um den Hals.

Völlig perplex stand ich vor ihr, nicht in der Lage, sie in den Arm zu nehmen. Hektisch suchte mein Blick stattdessen das Zimmer ab und fand Treason mit Vic auf dem Bett sitzend, bei einem Kartenspiel.

Ungläubig starrte ich die beiden an.

»Hey! Ich bin *hier*«, beschwerte sich Hope und lächelte mich aufmunternd an.

»Ich ...«, begann ich, doch brach den Satz ab.

»Ist irgendetwas?«, fragte Hope, nun leicht unsicher.

Ich gab ihr einen flüchtigen Kuss, machte mich dann von ihr los und ging hinüber zu Treason.

»Hey Mann«, begrüßte er mich. »Was gibt's Neues?«

In dem Moment polterte Hate ins Zimmer herein, rannte auf Treason zu, packte diesen am Hals und knallte ihn gegen die nächstbeste Wand.

Vic stieß einen spitzen Schrei aus und auch Hope schaute schockiert zu ihnen hinüber.

»Sag mir sofort, was du hier für ein Spiel spielst!«, blaffte Hate Treason an.

»Mau-Mau«, japste dieser.

Hate stieß ihn daraufhin hart zu Boden.

Vic schlug sich vor Entsetzen die Hand vor den Mund, Hope sah hilfesuchend zu mir.

»Was tut Hate da?«, fragte sie bestürzt.

»Ich fürchte, das Richtige«, erwiderte ich knapp.

»Hör auf mich zu verarschen! Wenn du mir nicht augenblicklich erzählst, für wen du arbeitest, ignoriere ich Despairs Einwand und mach dich direkt platt!«, schnauzte Hate indessen weiter.

»Ich hab keine Ahnung, wovon du redest!«, hustete Treason und rieb sich dabei die Kehle.

Hate wollte gerade wieder ausholen, da ging ich dazwischen:

»Warte«, sagte ich und hielt seinen Arm fest. »Treason wird uns sicher sagen, was er weiß. Und wenn nicht, kannst du ihn danach immer noch bearbeiten.«

Hate warf mir einen grimmigen Blick zu, ließ sich von mir jedoch zurückhalten.

»Was ist hier überhaupt los?«, mischte sich nun Hope ein.

Vic hingegen saß wie versteinert im Zimmer und beobachtete uns mit weit aufgerissenen Augen.

»Das wüssten wir auch gerne«, beantwortete ich Hopes Frage und legte nun meinen Arm um sie. Ich spürte ihre Aufregung, ihre Verwirrung.

»Also?«, drängte Hate an Treason gewandt und ließ dabei seine Fingerknöchel knacken.

Treason rappelte sich auf und ging ein paar Schritte zurück, um wenigstens ein bisschen Abstand zwischen sich und Hate zu bringen. Nicht, dass das im Notfall irgendetwas genutzt hätte, doch es schien ihn zu beruhigen.

»Ich habe *wirklich* keine Ahnung, wovon ihr redet!«, bekräftigte Treason noch einmal seine Worte, doch Hate fuhr ihm barsch dazwischen:

»Das sagst du immer! Meinst du etwa, ich hab deine Masche vergessen? Dumm stellen, damit du davonkommst, aber in Wahrheit alle Fäden in den Händen halten?« Hate holte erneut aus, woraufhin Treason ein ziemlich unmännliches Quietschen verlauten ließ.

»Und feige bist du auch! Wie immer!«, ergänzte Hate, sah aber von weiterer körperlicher Züchtigung ab. – Zumindest vorerst.

»Vielleicht sollten wir ihm ein bisschen auf die Sprünge helfen«, schlug ich vor.

»Nichts lieber als das«, antwortete Hate und wollte schon erneut seinen Arm zum Schlag erheben.

»Verbal!«, ermahnte ich ihn.

»Oh ja, bitte. Ich könnte mir nichts Schöneres vorstellen, als mit einem voreingenommenen Despair und einem brutalen Hate einen kleinen Plausch zu halten«, schnaubte Treason sarkastisch. »Wie spaßig ...«

»Deine dummen Sprüche werden dir gleich noch vergehen«, raunzte Hate ihn an und Treason zuckte zusammen.

»Könnt ihr uns jetzt endlich mal aufklären?«, verlangte Hope zu wissen. Die Unsicherheit in ihrer Stimme war verflogen und einem fordernden Ton gewichen.

»Tut mir leid. Geht's dir gut?«, fragte ich mit schlechtem Gewissen, da ich mich jetzt erst nach ihrem Befinden erkundigte. Allerdings hatte ich vorhin beim Reinkommen registriert, dass sie zumindest körperlich unversehrt zu sein schien.

Ich strich sanft über ihre Wange, doch Hope zog den Kopf weg.

»Mir würde es besser gehen, wenn ihr mal Tacheles reden würdet«, beharrte sie auf ihrer Frage.

Ich nickte. Sie konnte ja nicht wissen, warum wir uns so verhielten, und es war ihr gutes Recht, den Grund zu erfahren.

»Okay, aber Treason hat euch in unserer Abwesenheit nichts getan, oder?«, versicherte ich mich noch einmal.

Hope sah mich mit gerunzelter Stirn an. »Nein, warum sollte er?«

»Ich erklär's euch.«

»Da bin ich aber gespannt«, erwiderte Hope leicht schnippisch.

Vic sah mich ebenfalls neugierig an, während Hate sich wie ein Soldat neben Treason positioniert hatte, jederzeit bereit, einen möglichen Fluchtversuch oder Angriff zu verhindern.

»Wie du ja weißt, waren wir vorhin beim Oberst«, begann ich meine Erläuterung.

Hopes Blick wurde wieder weich.

»War es sehr schlimm? *Euch* ist doch nichts passiert, oder?«, fragte sie sofort mitfühlend.

»Das kommt ganz auf die Sichtweise an«, antwortete ich ausweichend.

Fragend hob sie die Brauen.

»Nun ja, Hate, Cruel und ich haben uns vorsichtig angeschlichen, weil wir ja nicht –«

»Wo ist Cruel überhaupt? Sag bitte nicht, dass der Oberst ihn hat«, unterbrach mich Hope besorgt.

»Der Oberst ist tot!«, blaffte Hate dazwischen.

Hope, Vic und selbst Treason gaben einen schockierten Laut von sich.

Sofort begann ich Letzteren zu mustern und versuchte an seiner Reaktion abzulesen, ob er angesichts der Nachricht wirklich so überrascht war, wie er tat.

»Wie, er ist tot?«, hakte Hope vorsichtig nach.

Ich wollte antworten, aber Hate ließ mich nicht zu Wort kommen:

»Mausetot! Was verstehst du daran nicht!?«

»Wie kann –«, begann Hope, doch abermals fuhr Hate dazwischen:

»Das kann eigentlich nur einer gewesen sein: unser kleines Prinzchen hier«, erwiderte er und warf Treason einen vernichtenden Blick zu.

»Ernsthaft?! *Ich* soll den Oberst gekillt haben?«, rief dieser entsetzt.

»Wer sonst?«, hielt Hate dagegen.

»Vergesst es, Leute! Ich hab zwar echt Eier in der Hose, aber sowas würde ich nie bringen!«, verteidigte er sich.

Hope blickte abwechselnd zwischen uns allen hin und her, doch sie sagte keinen Ton.

»Wir haben wirklich einen berechtigten Verdacht, dass es Treason gewesen sein könnte. Das war auch der Grund, warum wir so ins Zimmer gestürmt sind. Wir dachten, er tut euch am Ende das Gleiche an ...«, erklärte ich weiter und spürte, wie meine Stimme allein bei dem Gedanken leicht an Kraft verlor.

Hope blies sich ihren Pony aus dem Gesicht und schaute zu Treason. Dann wieder zu mir.

»Mal abgesehen davon, dass ich Treason das absolut nicht zutraue – dafür ist er einfach zu weich –«

»Hey!«, protestierte Treason direkt. »Ich bin härter als Stahl!«

Hope rollte als Antwort kurz mit den Augen, wandte sich dann aber wieder zu mir: »Müsstest ihr euch denn nicht darüber freuen?«

»Das habe ich mich auch grad gefragt«, meldete sich nun Vic zu Wort.

Doch ich schüttelte den Kopf.

Verwundert sahen die beiden mich an.

»Einerseits ist es natürlich gleichermaßen befreiend wie beruhigend, den Oberst tot zu wissen«, setzte ich zu einer Erklärung an.

»Aber?«

»Treason handelt nicht selbstständig. Seine Taten sind für gewöhnlich immer fremdmotiviert. Und ganz ehrlich? Wenn es eine Person gibt, die Treason dazu bringen kann, jemanden wie den Oberst zu ermorden, möchte ich diese Person nicht unbedingt kennenlernen. Von deren Intention mal ganz abgesehen ...«

Hope nickte einsichtig. Offensichtlich konnte sie meine Gedanken sehr gut nachvollziehen.

»Und jetzt?«, fragte sie leise.

»Jetzt müssen wir Treason zum Reden bringen«, entgegnete ich, wich ihrem Blick dabei jedoch aus. Ich wusste, dass Hope Gewalt verabscheute – auch wenn sie eine fantastische Kämpferin war -, und ich wusste auch, dass sie Treason irgendwie mochte.

»Moooment!«, erwiderte Treason gedehnt. »Ich weiß ja nicht, was ihr euch da gerade in eurem perfiden Hirn zurechtlegt, aber ich hab den Oberst nicht umgebracht!«

»Ach nein? Wer dann?«, schoss Hate direkt los.

»Keine Ahnung?«, hielt Treason ebenso vehement dagegen.

»Treason«, sprach ich ihn an. »Du bist der einzige, der in Frage kommt. Es –«

»Warum? Weil ich generell immer der Verräter bin und es einfach gewesen sein *muss*?«, schnappte Treason beleidigt.

»Es ist ja nicht so, als wären wir besonders verärgert darüber. Wir würden nur gern wissen, für wen du arbeitest, und was dieser jemand sonst noch so vorhat«, versuchte ich es auf die psychologische Tour.

Treason kniff verärgert die Augen zusammen.

»Ernsthaft?! Glaubt ihr wirklich, wir hätten jahrelang diese Schmach von ihm ertragen, wenn es so einfach gewesen wäre, ihn kalt zu stellen?«

»Du hast ja nicht besonders viel von ihm ertragen müssen«, entkräftete ich sein Argument, doch ich bemerkte, wie Hate stockte. Aufmerksam sah ich ihn an.

»Alter, so ungern ich das auch sage, aber Treason hat Recht«, knurrte Hate.

»Bitte was?«, fragte ich ungläubig.

»Guck dir diese Wurst doch mal an: Glaubst du wirklich, dass er unseren Oberst – eine fleischgewordene Kampfmaschine – einfach so umbringen konnte?«

»Natürlich nicht bei einem fairen Kampf! Aber wir wissen beide, wie gerissen Treason ist und dass er bereits körperlich Stärkere außer Gefecht gesetzt hat«, verteidigte ich meine Ansicht.

»Schon ... Aber die Leute haben auch garantiert nicht damit gerechnet«, entgegnete Hate.

»Der Oberst bestimmt auch nicht!«

»Despair? Aus eigener Erfahrung kann ich dir sagen, dass der Oberst selbst nachts, wenn er schlief, mit einem Angriff rechnete und dich sofort unschädlich machte, wenn du ihm auch nur einen Meter zu nahe kamst!«

Hate wollte es wie eine normale Information klingen lassen, doch ich hörte all die schmerzhaften Erinnerungen heraus, die in seiner Stimme mitschwangen. Ich schluckte.

»Wie soll er das außerdem hingekriegt haben? Mit seinen Puddingärmchen? Mit seinem Mut, der dem einer Maus gleicht?«, fuhr Hate fort.

»Hey!«, beschwerte sich Treason, doch ich ignorierte beide.

Ja, Treason war wirklich eine Ratte. Verschlagen, hinterlistig und falsch. Und grundsätzlich war er immer als Erster zu verdächtigen, wenn es irgendwie um Verrat ging. Das hatte die Erfahrung einfach gezeigt. Kein Wunder also, dass man nicht lange darüber nachdachte, sondern ihn sofort des Mordes am Oberst beschuldigte. Warum nur sah Hate das anders? Gerade Hate, der Treason nicht im Geringsten leiden konnte?

Vielleicht, weil er sich das tatsächlich nicht vorstellen kann, meldete sich mein Verstand. Ich selbst war stets der Überzeugung gewesen, dass nichts und niemand den Oberst je töten könnte. Er schien dafür einfach zu übermächtig. Und dann sollte es ausgerechnet Treason gewesen sein? Er war wirklich nicht der Stärkste. Und schon gar nicht der beste Kämpfer. Aber er war durchtrieben. Und ich fürchtete, dass die anderen diesen Punkt ganz gewaltig unterschätzten. Treason war in der Vergangenheit schon für so manche »Überraschung« gut gewesen, die wir ihm vorher niemals zugetraut hätten. Von daher ...

»Despair, ich hab wirklich nichts damit zu tun«, schwor Treason.

»Und wer soll es sonst gewesen sein? Alle Indizien sprechen dafür. Immer, wenn du weg warst, ist irgendetwas passiert. Love war verschwunden und liegt jetzt schwer verletzt im Krankenhaus, Modesty ebenfalls, Honesty und Mercy sind immer noch weg, Loyalty – *deine* Proba ist komplett verschollen und als du angeblich nur Kaffee holen warst, bist du länger als nötig weg gewesen, um wer weiß was zu tun. Und das war noch nicht mal alles«, konfrontierte ich ihn mit den Fakten. So langsam verlor ich die Geduld.

»Das waren wirklich alles nur blöde Zufälle! Ich schwör's!«, erwiderte Treason hilflos.

»Ziemlich viele *blöde Zufälle*, oder?«, erwiderte ich scharf.

Treasons Augen begannen leicht zu schimmern. Ehrliche Bestürzung? Oder Schauspielerei? Er sagte jedenfalls nichts mehr dazu.

»Vielleicht war er es wirklich nicht?«, wandte Vic nach einer kurzen Pause ein.

»Sagt die Frau, die mich bereits in Bezug auf die Kaffeeholzeit von Treason angelogen hat ... Weißt du eigentlich, was ich mir für Scheißsorgen um euch gemacht hab?!«

Vic sah mich erschrocken an.

»Ich ... Das hab ich doch nicht mit Absicht gemacht! Wirklich nicht! Ich hatte das nur geschätzt. Wer schaut denn schon auf die Uhr und denkt sich etwas Böses dabei, wenn jemand zum Kaffeeholen wegfährt und auch mit Kaffee wiederkommt?«, rechtfertigte sie sich.

»Schon okay. Ich glaub dir das«, beruhigte ich sie. »Das ändert jedoch nichts an der Tatsache, dass Treason als einziger alleine war, niemand wusste, wo er gewesen ist und er zudem auch noch Zeit genug hatte, den Oberst in dieser umzubringen.«

»Ehrlich gesagt, traue ich das Treason auch nicht zu«, sagte Hope leise. Sie war die ganze Zeit über still gewesen und hatte unsere Diskussion aufmerksam verfolgt.

Bitte was?!

Ich schaute Hate an, der leicht mit dem Kopf schüttelte. Danach zu Vic, die es ihm gleichtat, und dann wieder zu Hope, die mich entschuldigend anlächelte.

Ich blies mir entnervt eine Haarsträhne aus der Stirn. Der Gedanke, dass Treason wieder einmal seinen Kopf aus der Schlinge ziehen konnte, wo doch die Sachlage – zumindest für mich so klar erschien, behagte mir ganz und gar nicht. Wie bereits erwähnt: Treason war es IMMER!

Warum nur glaubten sie alle jemandem, dessen Impro der Verrat war?

»Also ich kann nur sagen, dass Treason absolut zuvorkommend und freundlich zu uns war, als ihr weg wart«, nahm Vic ihn weiterhin in Schutz.

»Dann lasst uns mal anders an die Sache herangehen: Wer käme denn sonst noch als Täter in Frage? Wer hätte sonst noch Interesse am Tod des Obersts?«, sagte Hope.

»Ich für meinen Teil dachte immer nur, wir ...«, entgegnete ich grummelnd.

Hate fuhr sich durch die Haare und nickte dabei langsam. Ihm schien es genauso zu gehen wie mir.

»Wer von euch war denn sonst noch in eurem Quartier? Also außer euch und dem Oberst?«, bohrte Hope weiter.

»Niemand«, gab ich schlicht zurück.

»Niemand? Wirklich? Kein Kollege, kein Freund, kein –«

»Niemand«, unterbrach ich sie.

»Nicht mal eine Putzfrau?!«

»Niemand.«

»Oookaaay …«, seufzte Hope und sah mich hilflos an.

»Vielleicht solltet ihr das einfach als Geschenk nehmen? Euer Feind ist tot, ihr habt euch alle mehr oder weniger vertragen und offensichtlich gibt es auch keinen anderen, vor dem ihr euch fürchten müsstet«, fasste Vic zusammen und schaffte es sogar, dabei irgendwie positiv zu klingen.

Doch ich traute dem Spaß nicht mal ansatzweise. Das hier schien alles viel zu einfach. Zu unkompliziert. Und wenn ich eins über mein Leben gelernt hatte, dann, dass es das NICHT war.

»Möglicherweise hat Vic Recht?«, überlegte Hope.

Ich erwiderte nichts. Mein Gehirn ratterte gerade unentwegt und versuchte eine logische Erklärung für all das zu finden.

»Du machst dir Sorgen«, erriet Hope meine Gedanken.

Ich nickte kurz.

»Und wenn jetzt die Zeit gekommen ist, sich keine Sorgen mehr machen zu müssen?« Sie legte ihre Hand auf meinen Arm und fuhr sanft darüber.

»Zu schön, um wahr zu sein«, entgegnete ich knapp.

»Du bist aber auch ein Pessimist«, mischte Vic sich nun ein.

»*Realist*«, korrigierte ich sie.

Vic seufzte.

»Glaubt mir doch endlich! Ich war das wirklich nicht!«, beteuerte Treason nun noch einmal und sein flehender Blick wanderte von mir, zu Hope, zu Hate und zu Vic.

»Möglicherweise«, antwortete ich wenig überzeugt. Es hatte noch nie eine Alternative zu Treason gegeben.

Ich sah ihn an. Musterte ihn von oben bis unten. Wenn ich sein Impro und seine Art mal außer Acht ließe und nur rein nach seinen körperlichen Fähigkeiten urteilte, war es in der Tat schwer vorstellbar, dass er es mit dem Oberst hätte aufnehmen können. Doch es gab sonst keinen. *Oder!?*

»Wenn er ...« begann Hate, doch da polterte eine weitere Person ins Zimmer: Cruel.

Er sah ziemlich abgehetzt aus – beinahe, als wäre er die Hälfte der Strecke gelaufen. Doch das tat jetzt nichts zur Sache. Hauptsache, er war endlich da und wir mussten uns nicht auch noch über seinen Verbleib sorgen.

»Alles in Ordnung? Habt ihr das Schwein?«, rief Cruel, bevor er völlig verdutzt mitten im Zimmer stehenblieb, seine Augen auf den offensichtlich putzmunteren Treason gerichtet.

»Warum liegt er nicht blutüberströmt auf dem Boden, ist gefesselt und mindestens bewusstlos geschlagen worden?«, fragte er scharf.

Vic stieß ein tadelndes Schnauben aus und auch Hope schaute ihn pikiert an.

»*Was!?*«, fragte er.

»Treason war's nicht«, antwortete ihm Hope.

»Was?« Diesmal klang er weniger angreifend, als ungläubig.

»Du hast schon richtig verstanden«, erwiderte Hope.

Verwirrt schaute Cruel zu mir und Hate. Er dachte hundertprozentig genau das Gleiche wie ich: »Treason ist es immer! Wer soll es sonst gewesen sein?«

»Glaubt ihr das?«, wandte er sich nun direkt an uns.

»Ich weiß es nicht genau«, antwortete Hate ehrlich. »Aber dem Anschein nach war er es wirklich nicht.«

»Und du?« Cruel sah mich fordernd an. Vermutlich, weil er sich, geprägt durch mein Impro, eine Antwort erhoffte, die zuverlässiger war.

Doch ich hatte gerade keine Ahnung, was ich glauben sollte – und so etwas passierte mir nur selten. Das letzte (und ich glaube erste) Mal, als ich in solch einer Situation war, stand Hope vor mir. Hope, die so ganz anders war, als ich es über Jahre hinweg eingetrichtert bekommen hatte. Wahrhaben wollte ich das zunächst auch nicht.

»Schwierig«, entgegnete ich Cruel. »Dabei ist er eigentlich immer der Schuldige.«

Cruel nickte beipflichtend.

»Und wie kommst du zu der Annahme, dass Treason es nicht gewesen ist?«, wandte Cruel sich wieder an Hate.

»Schau ihn dir einfach mal an: Glaubst du wirklich, dass dieses Hemd unseren Oberst gekillt hat?« Hate machte eine ausladende Handbewegung, die Treason von Kopf bis Fuß einschloss.

»Ihr seid echt sowas von ... UNHÖFLICH!«, giftete Treason, doch an seiner Stelle hätte ich mich eher gefreut, zumindest für Hate aus der Schusslinie zu sein. Früher oder später würde ihm das vielleicht selbst noch auffallen.

»Und wer sollte es sonst gewesen sein?«, murrte Cruel skeptisch – und stellte damit dieselbe Frage, die mir ständig durch den Kopf ging.

Klar: Hates Argumentation war durchaus einleuchtend, aber wie bereits erwähnt, war Treason schon für so manche Überraschung gut gewesen. Nicht zum ersten Mal in der letzten Zeit stand ich vor der Entscheidung, dem potentiellen Verräter Glauben zu schenken. Und wieder kam mir das so dumm und naiv vor. Auch wenn ich ehrlich zugeben musste, dass es mir lieber wäre, wenn Hate mit seiner Theorie Recht behalten würde ...

»Das gilt es herauszufinden«, beantwortete Hate nun Cruels Frage.

Dieser nickte langsam. Überzeugt schien er allerdings nicht zu sein.

Wir schwiegen einen Moment. Und zwar alle. Selbst die Mädchen sagten kein Wort.

Hope lehnte ihren Kopf an meine Schulter, woraufhin ich ihr behutsam über die Haare strich.

»Alles okay?«, flüsterte ich.

»Ich *hoffe* es...«, erwiderte sie und grinste mich an.

Ich sah jedoch sofort, dass ihr Lächeln nicht echt war.

2. Kapitel

Hope

Ich wusste gar nicht, was ich zu der neuesten Entwicklung sagen sollte. Der Oberst war tot. Jippie!

Mir war klar, dass man so etwas nicht einmal denken durfte. Trotzdem war die Nachricht irgendwie befreiend. Schließlich war er der Mensch gewesen, der die Jungs ihr Leben lang malträtiert und misshandelt hatte. Und, da die Improbas nun auf unserer Seite waren, unser einziger Feind.

Dennoch schwebte die Botschaft seines Todes wie ein Damoklesschwert über uns.

Was, wenn Despair doch Recht hatte? Konnte Treason den Oberst wirklich auf Befehl umgebracht haben? Und wenn ja, *wer* war dieser Jemand dann, der einen solchen Auftrag erteilte? – Auf jeden Fall ein Mensch, der noch viel grausamer sein musste, als der Oberst selbst …

Wenn ich Treason so betrachtete und mir vor Augen hielt, wie ich ihn kennengelernt hatte, glaubte ich, dass man ihm zwar ziemlich viel zutrauen konnte. Aber einen Mord? – Nein …

Wenn es Treason also nicht gewesen war wovon ich ausging -wer dann? Hatten wir von dieser Person auch etwas zu befürchten?

Der Gedanke machte mir Angst. Vor allem, wenn man bedachte, dass der Unbekannte den angeblich ach so übermächtigen und absolut tödlichen Oberst einfach so umgebracht hatte. Den Mann, gegen den sich nicht einmal sechs gestandene junge Männer zur Wehr setzen konnten …

Ich blickte hinüber zu Hate, Treason und Cruel. Sie schienen ebenfalls in Gedanken versunken und hatten sicher vor, der Sache weiter auf den Grund zu gehen, doch so richtig tatendurstig wirkten sie nicht.

Ganz anders Despair: Er starrte vor sich auf den Boden und man spürte förmlich seine innere Zerrissenheit und Ungeduld. Zwar hatte er mehrfach klargemacht, was er von Treason hielt. Und er hatte, nach allem was zwischen den beiden vorgefallen war, jegliches Recht dazu. Dennoch schien selbst Despair nicht hundertprozentig davon überzeugt zu sein, dass Treason der Mörder des Obersts war. – Auch, wenn er das nach außen hin versuchte so darzustellen.

Ich nahm eher an, dass dies der einzige Strohhalm war, an den er sich klammern konnte, um nicht ganz im Dunkeln zu tappen. Oder er machte es wegen uns, um uns nicht unnötig in Panik zu versetzen. Wir alle hier kannten Treason. Das hieß, mehr oder weniger. Aber niemand von uns hatte wirklich Angst vor ihm.

Vielleicht wollte uns Despair daher lieber in dem Glauben lassen, dass Treason der Täter gewesen war, anstatt uns alle in Angst und Schrecken wegen des großen, bösen Unbekannten zu versetzen.

Ich wusste es nicht. Ich wusste nur, dass das alles nicht wirklich zusammenpasste …

»Und? Hast du schon eine Idee, wie wir dieses Rätsel lösen können?«, fragte ich Despair vorsichtig.

Er blickte auf, sah mich eindringlich an.

»Ich fürchte, das wird alles andere als einfach werden.« Er seufzte leise, bevor er weitersprach. »Wenn diese ominöse Person in der Lage ist, unseren Oberst so mir nichts dir nichts aus dem Weg zu räumen – Treason einmal außen vor gelassen -, haben wir ein echtes Problem. Wir können dann nur hoffen, dass *wir* nicht auf der Abschussliste stehen …«

Ich nahm Despairs Hand, wollte ihm etwas Hoffnung schenken, doch stattdessen überkam mich bei der Berührung ein scheußliches Kältegefühl, welches mir jeglichen Mut nahm. Despair machte sich Sorgen. Ernsthafte Sorgen. Und ich wusste nicht, wie ich damit umgehen oder ihm überhaupt helfen sollte.

»Und wenn wir ganz großes Pech haben, müssen wir diese Person nicht einmal suchen«, fügte er noch schwermütig hinzu.

»Nein?«, fragte ich zweifelnd.

»Nein. Dann wird *sie uns* finden.«

Ich schluckte schwer. Alle Augenpaare waren auf Despair gerichtet, der sich nachdenklich durch die Haare fuhr.

»Hast du was im Keller gefunden?«, fragte er dann Cruel, doch dieser schüttelte nur enttäuscht den Kopf.

»Nicht gut«, fasste Despair zusammen. »Und wenn es doch Loyalty, Honesty oder Mercy waren? Außer den hier Anwesenden sowie Love, Modesty, Lie und Greed, die schwer verletzt im Krankenhaus liegen, sind das die einzigen, über deren Verbleib wir nichts wissen.«

»Nein«, sagte ich entschieden. »Auf gar keinen Fall!«

»Bist du da wirklich sicher?«

»Absolut!«, antwortete ich sofort.

Ich brauchte gar nicht darüber nachzudenken. Mir war zwar auch klar, dass wir uns alle irgendwie verändert hatten. Aber einen Mord begehen? Und dann auch noch auf so grausame Art und Weise, wie sie es geschildert hatten? – *Niemals!*

Wo auch immer Loyalty, Honesty und Mercy stecken mochten: Ich hoffte nur, es ging ihnen gut ...

Ich zuckte zusammen, als Despairs Handy klingelte. Auch die anderen machten große Augen.

Langsam zog er es aus seiner Hosentasche heraus.

»Meinst du, das ist der Mörder?«, fragte ich mit belegter Stimme.

»Wir werden sehen«, antwortete er und ging ran.

»Ja? – Ja. Ist gut. Warte.« Despair reichte mir das Handy. »Ist für dich.«

Mir wurde heiß und kalt. Ich schaltete den Lautsprecher an. Vielleicht erkannte irgendjemand die Stimme.

»Ja, bitte?«, fragte ich zögerlich.

»Hi! Ich bin's, Phil.«

Der Stein, der mir gerade vom Herzen fiel, hätte größer nicht sein können.

»Ich war noch nie so froh, dich am Telefon zu haben!«, antwortete ich und atmete tief aus angesichts der vertrauten Stimme meines Arbeitskollegen.

»Warum? Ist dein neuer Freund dir schon zu viel geworden?«, scherzte er.

Despair knirschte mit den Zähnen, sagte aber nichts dazu.

»Das wird niemals passieren, Phil. Und sei ein bisschen netter: Er hört mit«, entgegnete ich und legte Despair meine Hand auf die Schulter.

Ich spürte, wie sich etwas Freude in ihm regte und musste lächeln.

»Also, was gibt's?«, fragte ich.

»Wir haben eine Entdeckung gemacht.«

»So?« Nicht nur ich wurde hellhörig. Auch alle anderen spitzten die Ohren.

»Ja.«

»Und?«, fragte ich ungeduldig.

»Die Kopfverletzungen deiner Schwestern sind identisch«, berichtete Phil. »Das heißt, es war wohl der gleiche Täter.«

»Okay ...«, sagte ich langsam. Die Information war jetzt nicht so überraschend für mich. Davon waren wir ohnehin ausgegangen.

»Die von den Brüdern deines Mackers auch«, fügte er hinzu.

»Okay ...«, entgegnete ich wieder. Auch das hatten wir uns gedacht. Wir wussten nur nicht, wer dahintersteckte.

»Ich glaube, du verstehst nicht, Hope. Sie sind alle identisch. Das heißt, sie sind auf den Millimeter genau alle an derselben Stelle platziert.«

Despair hob den Kopf und sah mich aufmerksam an.

»Wie jetzt?«, fragte ich.

»Und nicht nur das: Ich persönlich würde es auch weniger als Wunde bezeichnen, sondern eher als Eintrittskanal«, erklärte Phil weiter.

»*Eintrittskanal*?« Ich schluckte.

»Genau. Er geht bis tief hinunter ins Gehirn und was auch immer gemacht wurde: Es hat das gesamte Limbische System beschädigt.«

»Lim...«, wollte ich nachfragen, doch Despair klärte mich bereits auf:

»Es ist für die Entstehung der Gefühle mit verantwortlich«, sagte er in schwerem Tonfall.

»Und auch für das Gedächtnis«, ergänzte Hate.

Despair nickte zustimmend.

»Was heißt, *was auch immer gemacht wurde*?«, gab ich beunruhigt Phils Worte wieder.

»Na ja, so genau wissen wir das nicht. Als wir deine Schwestern ins MRT gesteckt haben, um nachzuschauen, ob durch die Schädelverletzung auch das Gehirn etwas abbekommen hat, haben wir eine schwarze Masse im Limbischen System entdeckt, die da auf gar keinen Fall hingehört. Unsere Neurologen vermuten, dass diese durch den Eintrittskanal injiziert wurde. Doch wofür? Das wissen wir nicht. – Noch nicht! Hinzu kommt, dass das Limbische System bei deinen Schwestern und auch bei den Jungs dreimal so stark ausgeprägt ist, wie es normal sein sollte. Das ist sehr außergewöhnlich! Als würde das ganze Gehirn nur aus diesem System bestehen! Unsere Neurologen haben so etwas noch nie gesehen.«

»Oh … äh …«, machte ich nur.

Doch Phil brachte mich zum Glück nicht in die Verlegenheit, darauf antworten zu müssen. Geradezu aufgekratzt fuhr er fort:

»Das ist nämlich auch der Grund, warum ich anrufe. Dr. Goldman hat mich beauftragt, dich herzubestellen, damit du einen Wisch unterschreiben kannst, der es ihm erlaubt, weitere Untersuchungen durchzuführen.«

»*Dr. Goldman?* DER Dr. Goldman?«, fragte ich ungläubig.

Dr. Goldman war einer der derzeit anerkanntesten und renommiertesten Neurologen. Jeder, der irgendetwas mit Krankenhäusern und Pflege zu tun hatte, kannte ihn. Oder zumindest seinen Namen.

»Ja klar! Meinst du etwa, solch einen seltenen Fund lässt er sich entgehen?!« Phil war an Euphorie gar nicht mehr zu bremsen.

Ich wusste, dass er ein großer Fan von Dr. Goldman war. Aber wo bitte waren sein Anstand und seine Pietät geblieben?

»Und ausgerechnet *ich* soll das entscheiden?«, erwiderte ich zweifelnd.

Abgesehen davon, dass ich so etwas auf gar keinen Fall für eine andere Person entscheiden wollte – wusste der Himmel, ob diese Untersuchungen irgendwelche Risiken bargen! –, durfte ich das auch auf keinen Fall zulassen. Natürlich waren wir anders! Wir waren Außerirdische! Ich hatte zwar nie gewusst, dass sich das auch körperlich bemerkbar machte, doch eigentlich war das ja naheliegend. Irgendeinen Grund musste es schließlich haben, dass wir solche Fähigkeiten besaßen und die Menschen nicht.

»Nun ja, deine Schwestern selbst sind nicht ansprechbar und nach unseren Unterlagen bist du die Einzige, die eine Patientenverfügung hat.«

»Ich …«, begann ich, doch brach den Satz ab. Ich setzte mich aufs Bett, starrte vor mich hin und atmete erst einmal tief durch. Ich erinnerte mich daran, wie ich die Verfügung auf Barrys Drängen hin vor nicht allzu langer Zeit unterschrieben hatte. Doch hätte ich es nie für möglich gehalten, dass sie *so bald* zum Tragen kommen würde …

Despair nahm mir sanft das Handy ab und antwortete für mich:

»Hey Phil, wir kommen gleich, okay?«

»Du schon wieder?«

Doch Despair ignorierte den Kommentar: »Wann sollen wir da sein?«

»Wenn es nach Dr. Goldman geht, sofort. Er möchte unbedingt anfangen«, entgegnete Phil ungeduldig.

»Alles klar. Bis gleich!« Despair legte auf und erhob sich.

Aufmerksam sahen ihn alle an.

»Willst du jetzt echt da hin?«, fragte Hate.

»Nicht ich. *Wir*«, antwortete Despair.

»Ich werde ihnen die Erlaubnis nicht erteilen«, sagte ich entschieden, nachdem ich mich wieder ein bisschen gefangen hatte.

»Das sollst du auch gar nicht«, beruhigte mich Despair und schritt zur Tür.

»Und was wollen wir dann dort?«, fragte nun Treason.

»Sie rausholen? Oder glaubt ihr im Ernst, dass sie auf Hopes Einwilligung warten?«

Sofort sprang ich auf. Despair hatte vollkommen Recht: Wir mussten meine Schwestern und seine Brüder schleunigst von dort befreien.

»Ich möchte auch nicht wissen, was es für Folgen hat, wenn sie womöglich noch weitere ›Absonderlichkeiten‹ feststellen«, fügte Cruel hinzu und gesellte sich zu mir.

»Dann los«, sagte Despair und drückte die Türklinke hinunter.

Da Treason sich nicht wirklich bewegte, forderte Despair ihn dazu auf:

»Du auch!«, befahl er barsch.

»Ihr wollt mich doch gar nicht dabeihaben …«, erwiderte Treason. Seine Stimme klang trotzig, doch gleichzeitig auch ein wenig geknickt.

»Es ist egal, ob wir dich dabeihaben *wollen*. Du bleibst jedenfalls nicht unbeaufsichtigt irgendwo. Weiß der Geier, was du dann wieder anstellst«, kommandierte Despair und Hate wie auch Cruel nickten beipflichtend.

Die drei verließen das Zimmer, Treason, Vic und ich folgten.

»Ich bin froh, dass du mitkommst«, sagte Vic und fasste Treason am Arm. Sofort spürte ich, wie er sich wohler fühlte.

Ich nickte Vic dankbar zu. Zu wissen, dass man irgendwo unerwünscht war – selbst wenn es berechtigt sein sollte -, war sicher kein schönes Gefühl.

***

Wir bogen auf den Parkplatz der *Mayo Clinic* ein und entstiegen wenig später Hates geräumigem Hummer.

Gemeinsam betraten wir das Gebäude.

»Wir müssen in den zweiten Stock«, klärte ich die anderen auf.

Während wir den Fahrstuhl betraten und er sich mit einem leichten Ruck in Bewegung setzte, überlegte ich, wie ich Phil erklären sollte, dass ich diese Einwilligung nicht unterschreiben würde. Schlimmer noch, dass ich meine bewusstlosen Schwestern sogar mitnehmen wollte. Wie genau Despair vorgehen wollte, war mir ein Rätsel.

Überhaupt: Wie sollte man vier bewusstlose Wesen einfach unbemerkt aus dem Krankenhaus schmuggeln? Und war es vielleicht sogar wichtig, dass sie an diesen Maschinen angeschlossen blieben?

Ich hatte Despair auf der Fahrt kurz nach seinem Plan gefragt, doch er gab mir mit einem Blick zu verstehen, dass er das nicht vor Treason besprechen wollte. Also blieb mir wohl nichts anderes übrig, als abzuwarten.

Meine Aufgabe war lediglich, Phil zu beschäftigen. So viel wusste ich immerhin. Um den Rest würde er sich kümmern …

Wir stiegen aus dem Fahrstuhl aus und machten uns auf den Weg zum Schwesternzimmer, als Vic plötzlich wie angewurzelt stehenblieb.

»Was ist los?«, fragte ich.

Vic begann zu zittern.

»Alles in Ordnung?« Irritiert sah ich zu Treason, der nur hilflos mit den Schultern zuckte.

»Wartet mal«, rief ich den anderen hinterher, die schon vorausgegangen waren. Sie drehten sich zu uns um und Despair kam wieder zurück.

»Ist was?«, fragte er.

»Ich weiß es nicht«, antwortete ich ehrlich und deutete auf Vic, die mittlerweile leichenblass geworden war.

»Vic? Geht's dir nicht gut?«, sprach er sie an.

Vic schüttelte den Kopf. Ihre Augen waren panisch aufgerissen.

»So langsam machst du mir Sorgen«, sagte ich und nahm ihre Hand. Entsetzliche Angst durchfuhr mich. So stark, dass es mir zuerst selbst die Sprache verschlug.

»Wovor hast du solch eine Furcht?«, fragte Despair unruhig, ohne sie berührt zu haben. Ihre plötzliche Gefühlsregung war so deutlich, dass man sie auch aus etlichen Metern Entfernung gespürt hätte.

»Da!«, hauchte sie auf einmal.

»*Da?*« Ich sah mich um, doch ich konnte nichts entdecken, was sie so ängstigen könnte.

Despair nahm sie an beiden Oberarmen und schüttelte sie leicht: »Vic, komm wieder zu dir. Was macht dir solche Angst?«, fragte er mit Nachdruck, um halbwegs zu ihr durchzudringen, doch Vic stand wie ein verschrecktes Reh auf dem Gang und starrte unentwegt in ein und dieselbe Richtung.

»Vic, bitte!«, mahnte ich und wurde selbst schon ganz nervös.

Cruel und Hate waren mittlerweile auch zu uns gekommen und schauten sich ebenfalls angestrengt um.

»Ich sehe nichts?«, murmelte Hate fragend.

Cruel zuckte beipflichtend mit den Schultern.

Da hob Vic ihre Hand und deutete nach vorn. Unsere Blicke folgten dem Fingerzeig, doch mir war immer noch schleierhaft, was sie meinte.

»Vic, sag doch bitte etwas«, versuchte ich es erneut.

»Er war es«, antwortete sie auf einmal.

»*Wer* war *was*?«

Vic wackelte leicht mit ihrem noch lädierten Arm.

Mir lief es kalt den Rücken runter.

»Du meinst, der, der dir das angetan hat, ist hier?«, fragte ich entsetzt.

Ich schaute Despair an. Sein Blick war unergründlich.

Cruel, Hate und er stellten sich vor uns und machten sich groß. In Reihe und Glied. Hier kam eindeutig ihre militärische Ausbildung zum Vorschein.

»Ja, ich sehe ihn«, zischte Despair auf einmal.

»Ich auch«, brummte Hate.

Cruel, der sowieso eher zu den Wortkargen gehörte, nickte nur wieder, während Treason sich mit uns hinter den dreien versteckte. Ich warf ihm einen tadelnden Blick zu.

»Ich kann nichts dafür«, entschuldigte er sich verlegen, doch ich kommentierte das nicht weiter. Jetzt gab es definitiv wichtigere Dinge.

Ich linste zwischen Despair und Hate hindurch. Halb versteckt hinter einem Pfeiler sah ich eine große, schwarz gekleidete Gestalt stehen. Ausgerechnet direkt vor Loves Zimmer.

»Wie konntest du ihn sehen?«, flüsterte ich Vic zu.

»Ich kann mich nicht mehr bewegen. Wie damals. Und das ließ mich aufmerksam werden«, flüsterte sie.

»Du kannst dich nicht mehr bewegen?!«

»Ich bin wie ein Stein, Hope. Wie ein Stein!«, klagte Vic und eine kleine Träne lief ihr über die Wange.

Warum auch immer Vic sich nicht mehr rühren konnte, warum auch immer sie ihn gespürt hatte: Ich hoffte inständig, dass diese Verbindung – oder was das war nur einseitig bestand …

Zu früh gefreut!

Der große Typ hatte uns bemerkt und starrte einen Moment lang kalt in unsere Richtung.

Dann setzte er sich in Bewegung. Er rannte nicht, ging sogar relativ normal. Doch es war unverkennbar, dass wir sein Ziel waren.

Despair drehte sich zu mir um.

»Bitte versteckt euch«, flüsterte er mir besorgt zu.

»Nicht nötig, Despair. Wir sind zu dritt und der ist nur allein«, entgegnete Hate. »Und auch wenn der Heini da ordentlich pumpen war, haben wir dennoch Fähigkeiten, die er garantiert nicht hat.« Er grinste erhaben.

Gut, wenn ich den Unbekannten und Hate so miteinander verglich, war Letzterer optisch wirklich der Furchteinflößendere von beiden. Trotzdem wurde mir immer unwohler. Schon allein bei dem Gedanken, was er Vic angetan hatte ...

Hate ging ihm entgegen, flankiert von Despair und Cruel.

»Können wir dir weiterhelfen?«, rief ihm Despair in gewohnter Manier, zuerst alle Konflikte nach Möglichkeit verbal zu lösen versuchen, zu.

Der Kerl antwortete nicht, sondern setzte seinen Weg unbeirrt fort.

»Vielleicht sollten wir alle gehen«, flüsterte ich lauter als gewollt, doch die Jungs hörten nicht.

Als der Fremde ungefähr zwei Meter vor Hate war, sprang er ihm auf einmal entgegen, schlug mit einem gezielten Hieb gegen seinen Hals, so dass Hate zuerst in die Knie ging und dann bewusstlos wegkippte.

Der Typ hingegen landete leichtfüßig wie eine Katze auf den Beinen.

Erschrocken starrte ich ihn an. Wer zur Hölle war das?!

»Die da will ich!«, sagte er mit schneidender Stimme und zeigte auf mich.

Despair und Cruel stellten sich ihm in den Weg.

»Vergiss es!«, raunzte Despair ihn an. »Meinen Kumpel hast du vielleicht überrascht. Bei uns gelingt dir das nicht!«

»Ach nein?«

Wieder schnellte der Typ vor, schlug nach Cruel, der sich geschickt duckte, um ihn dann mit voller Wucht die Beine wegzutreten. Doch der Fremde wich Cruels Tritt aus, vollführte eine elegante Drehung und boxte ihm mitten ins Gesicht.

Cruel taumelte, dann ging auch er zu Boden.

Nun stellte Despair sich direkt vor ihn.

»Wir wollen keinen Ärger, Mann. Aber das Mädchen kriegst du garantiert nicht«, entgegnete er entschlossen.

»Wer sagt das?«

»Ich sage das!« Despair und der Fremde funkelten sich gegenseitig an.

»Ich will nichts von dir! Ich will nur das Mädchen. Geh beiseite und du bleibst unversehrt.«

»Was ist denn hier los?« Jada hastete aus dem Schwesternzimmer und schaute entsetzt auf Cruel und Hate, die auf dem Boden lagen. »Um Himmels Willen, was geht hier vor?«, rief sie erschrocken.

»Gehen Sie bitte wieder ins Zimmer, Jada!«, wies Despair sie an.

»Mary, was ist hier los?«, verlangte sie sofort von mir zu wissen. Dabei sprach sie mich natürlich mit meinem Decknamen an, den ich bei meiner Arbeit hier verwendete.

»Jada, tue, was mein Freund gesagt hat, und hole den Sicherheitsdienst!«, bat ich sie eindringlich.

Die Schwester wollte erst widersprechen, setzte sich dann jedoch sichtlich verwirrt in Bewegung.

»Jetzt hat es eh keinen Sinn mehr. Am besten, du gehst wieder dahin, wo du hergekommen bist und wir vergessen das Ganze, okay?«, bot Despair dem Typen vor sich an.

»Hast du etwa Schiss?«, fragte der Fremde provozierend.

»Vor dir? Träum weiter ...«

Wieder schoss der Unbekannte vor und attackierte Despair, doch dieser war gewappnet.

Blitzschnell wich er ihm aus und schlug so fest er konnte zurück – um sofort seine Hand wegzuziehen, als hätte er sich verbrannt.

»Haut ab!«, brüllte er. »Das ist ein verdammter Improba!«

Nachdem Despair ihn getroffen hatte, schwappte ein grausames Gefühl in meine Richtung. Sofort bildete sich Gänsehaut auf meinem ganzen Körper und mir wurde regelrecht schlecht. Ich musste schwer an mich halten, um mich nicht direkt auf den Fußboden zu übergeben.

Ohne weiter darüber nachzudenken, packte ich Vic am Arm und riss sie einfach mit mir. Wir mussten hier weg. Sofort!

Ich zog sie zum Treppenhaus, aus dem uns vier Wachleute entgegenkamen. Gott sei Dank!

»Sie sind da vorne«, sagte ich und drehte mich noch einmal kurz um. Despair und der Fremde lieferten sich einen erbitterten Kampf, doch ich musste Vic und mich in Sicherheit bringen. Ich konnte es nicht schon wieder riskieren, durch falschen Mut alles aufs Spiel zu setzen. Auch, wenn mir die Entscheidung, Despair mit diesem Irren alleine zu lassen, mehr als schwerfiel.

Wir rannten in Windeseile die zwei Stockwerke hinunter und aus dem Krankenhaus. Mitten vor dem Haupteingang parkte ein Taxi, aus dem gerade ein Patient ausgestiegen war. Vic und ich hüpften hinein und ließen den Taxifahrer losfahren.

»Wo soll's denn hingehen?«

»Fahren sie einfach ein bisschen in der Gegend herum. Aber weit weg von hier und das möglichst schnell!«, wies ich ihn an.

»Sind sie auf der Flucht?«, scherzte der Taxifahrer.

»Beeilen Sie sich bitte!«

»Ein verschmähter Liebhaber etwa?«, gluckste er weiter.

»*Fahren Sie*!«, fuhr ich ihn an, woraufhin mich der Taxifahrer pikiert ansah, dann jedoch Gas gab.

»Schneller!«, forderte ich.

»Ist mir auch egal, was Sie für ein Problem haben. Hauptsache, ich krieg meine Kohle«, brummte der Mann missmutig, tat aber wie geheißen.

3. Kapitel

Despair

»Hände hoch! Oder wir schießen!«, forderten die Sicherheitsbeamten, doch weder der Fremde noch ich reagierten. – Das heißt, ich hätte es getan, doch damit hätte ich vermutlich mein Todesurteil unterschrieben. Der Fremde sah nämlich nicht so aus, als würde er auf einen Menschen hören.

»Wenn er Folge leistet, mache ich das auch«, rief ich zurück, während der Unbekannte wieder und wieder versuchte, mich auszuknocken, um an mir vorbeizustürmen.

»Ich sage es ein letztes Mal! Sonst schieße ich!«, wiederholte ein Beamter.

Ich wollte gerade einem weiteren Schlag ausweichen, als mich die vier Widerhaken eines Tasers erwischten und mir einen Elektroschock verpassten, der sich gewaschen hatte.

Der Fremde, der etwas weiter von den Sicherheitsleuten weg stand, drehte sich auf dem Absatz rum und rannte davon.

»Machen Sie die Dinger ab!«, presste ich hervor und versuchte sie mir gleichzeitig selbst herauszuziehen, doch der andauernde Stromschlag war so stark, dass ich es nicht schaffte.

»Einen haben wir wenigstens!«, rief einer der Beamten.

»Einer reicht. Der andere hat sich verpisst und somit ist Ruhe …«

»Sie verstehen das nicht. Machen Sie mich los!« Ich wand mich unter den Stromstößen, doch ich konnte nur daran denken, wie dieser neue Improba jetzt alle Hebel in Bewegung setzte, um Hope zu finden. Hoffentlich hatte sie sich gut versteckt!

Cruel und Hate begannen sich neben mir zu regen. Hate brummte missmutig, während Cruel sich seinen Hinterkopf rieb.

»Sind das Ihre Freunde?«, fragte einer der Wachleute.

»Meine Brüder«, korrigierte ich ihn mühevoll. »Können Sie die Dinger jetzt abmachen?«

»Wenn Sie versprechen, ruhig zu bleiben, damit wir Ihre Personalien aufnehmen können?«

Ich ignorierte ihn. Als hätte ich dafür Zeit!

»Wir müssen sofort zu Hope«, presste ich hervor und drehte den Kopf so, dass ich Hate ansehen konnte.

Dieser rappelte sich offenbar mühsam auf, doch das war nur Tarnung gewesen. Mit einem Mal stand er wieder aufrecht, schlug dem einen Sicherheitsbeamten den Taser aus der Hand und den anderen K.o.

Cruel befreite mich derweil von den Elektroden.

»Wir haben es eilig! Schnell!«, sagte ich und Cruel half mir auf die Beine. Dann rannten wir alle Richtung Treppenhaus.

»An alle Einheiten! Drei gewaltbereite Männer auf dem Weg zum Ausgang«, gab der Wachmann, der mich getasert hatte, mit seinem Funkgerät durch. Mehr bekamen wir nicht mehr mit, denn schon waren wir die Treppe hinunter verschwunden.

Zuerst hatte ich noch gedacht, dass uns jemand am Haupteingang aufhalten würde, doch so geistesgegenwärtig schien das Personal hier nicht zu sein.

Wir rannten hinaus, sprangen in Hates Wagen und fuhren davon.

»Alter! Was war das für ein Tier?«, fragte Hate, nachdem wir uns immer weiter vom Krankenhaus entfernten.

»Ein Improba«, antwortete ich kurz.

»Dann hab ich mich wohl doch nicht geirrt.«

Ich schüttelte den Kopf.

»Warum habt ihr mich nicht vorgewarnt?«, fragte Cruel verärgert. »Gerade du, Despair, kannst doch alle Gefühle auf meterweite Entfernung erspüren!«

»Es ging nicht. Er … Ich glaube, er hat es irgendwie unterdrückt«, erwiderte ich nachdenklich.

»Das geht?« Hate und Cruel sahen mich beide mit großen Augen an.

»Ich wüsste nicht, wie. Aber Fakt ist, dass ich es erst gespürt habe, als ich ihn berührte.«

Hate nickte zustimmend.

»Das ging mir auch so. Nachdem dieser Drecksack mir eine verpasst hatte, wusste ich es.«

Cruel schnaubte entrüstet, nickte dann aber. Offenbar kam ihm das mit der Berührung bekannt vor.

»Wo zur Hölle kommt der her?«, fragte ich – weniger die beiden, als mich selbst. »Ich dachte, wir wären die einzigen auf diesem Planeten?«

»Das dachte ich auch«, entgegnete Hate.

»Dito«, sagte Cruel. »Was machen wir jetzt?«

»Folgt uns jemand?«, wandte ich mich an Hate. Dieser warf einen kurzen Blick in die Rück- und Außenspiegel.

»Nein.«

»Wie auch … Er ist ja schon vor uns abgehauen«, seufzte ich gequält. Sicherheitshalber drehte ich mich aber doch noch einmal um und vergewisserte mich selbst, ob irgendein verdächtiges Fahrzeug hinter uns war. – Nein.

»Dann fahren wir erstmal zurück zum Hotel. Hoffentlich hat Hope es bis dorthin geschafft.«

»Wo ist eigentlich unser *Lieblingsbruder*?«, fragte Hate sarkastisch.

»Treason? Das ist mal wieder eine *sehr* gute Frage«, erwiderte ich. »Im besten Fall wird er Hope und Vic gefolgt sein.«

Hate nickte und wir sahen zu, dass wir zurück zum Hotel kamen.

***

Nachdem wir angekommen waren, eilten wir zum Zimmer der Mädchen.

Ich klopfte leise, doch nichts rührte sich und ein ungutes Gefühl machte sich in mir breit. Als ich es gerade noch einmal versuchen wollte, hörte ich, wie die Tür entriegelt wurde und langsam aufging.

»Hope?«, fragte ich vorsichtig, gleichzeitig in höchster Alarmbereitschaft.

»Oh Despair, gut dass ihr da seid!« Eine überaus erleichterte Hope wurde im Türspalt sichtbar.

»Teufel sei Dank!«, stöhnte ich und schloss Hope mit einem tiefen Seufzer in die Arme, bevor ich mich dazu hinreißen ließ, ihr einen innigen Kuss zu geben.

Hate und Cruel neben mir zogen hörbar die Luft ein.

Vic hingegen, die nun im Hintergrund sichtbar wurde, quiekte nicht ihr sonstiges »Ihr seid ja so süß!«, sondern stellte sich einfach nur verstört neben uns.

»Wie geht's dir?«, fragte ich, nachdem ich Hope wieder freigegeben hatte und wir die Tür hinter uns geschlossen hatten.

»Wie man's nimmt«, erwiderte sie und zuckte beinahe gleichgültig mit den Schultern.

»Wer war der Typ?«, wollte Hope nun wissen.

Ich schaute zu Hate und Cruel, die beide mit dem Kopf schüttelten.

»Wir wissen es nicht ...«, antwortete ich schwermütig.

»Aber er war doch ein Improba, oder nicht?«, hakte sie nach.

»Ja, das war er. Definitiv!«

»Und wo kommt er her, wenn er nicht irgendwie zu euch gehört?«

»Wir wissen es wirklich nicht, Hope.«

»Meinst du, euer Oberst hatte euch angelogen und ihr wart in Wirklichkeit mehr als sechs Jungs?«, bohrte Hope weiter.

»Wie ich schon sagte, Hope: Wir tappen vollkommen im Dunkeln. Aber in Anbetracht dessen, dass ihr ja ebenfalls nur sechs Mädchen wart, glaube ich das kaum. Wir haben nie jemand anderen in unserer Basis gesehen und unser Oberst war auch viel zu beschäftigt mit uns, als dass er sich noch um andere Improbas hätte kümmern können.«

»Er war älter als wir«, meinte Hope nachdenklich.

»Das stimmt. Aber trotzdem kann ich mir das nicht vorstellen. So gern ich unseren Oberst ja für alles verantwortlich mache, aber in siebzehn Jahren hätte das doch auffallen müssen, oder?«

Hope nickte.

»Das war garantiert der Typ, der euren Oberst gekillt hat«, mischte sich nun Vic ein. »Aus eigener Erfahrung kann ich euch sagen, dass er sicher keine Probleme damit hat, andere aufzuschlitzen.« Vic zog eine Grimasse dabei, doch an ihrer Stimme hörte man, wie sie allein der Gedanke an das vergangene Geschehen belastete.

»Davon bin ich auch überzeugt«, pflichtete Hate ihr bei. »So wie der Typ kämpft, wird es für ihn kein Problem gewesen sein, unseren Oberst auszuschalten.«

»Na ja, unser Oberst war schon noch 'ne andere Liga, Hate. Er hat dich einfach nur kalt erwischt«, erwiderte ich. Insgeheim musste ich jedoch zugeben, dass Vic womöglich gar nicht so falsch lag. Die Frage war nur, wie Treason da reinpasste ... *Treason?!*

»Wo ist Treason überhaupt?«, fragte ich angespannt.

Wir schauten uns alle ratlos an.

»Wir dachten, er sei bei euch geblieben, um euch zu helfen?«, erwiderte Hope.

Hate stieß ein belustigtes Schnauben aus. »War das ein Witz? Treason und uns helfen? Und dann auch noch kämpfen?«

»Wir dachten eher, er hat sich mit euch in Sicherheit gebracht?«, entgegnete ich Hope, die jedoch nur betroffen den Kopf schüttelte.

»Das ist wieder mal typisch«, brummte Hate.

»Sollen wir direkt verschwinden? Oder wollen wir abwarten, bis er mit diesem Untier hier aufkreuzt und uns alle ans Messer liefert?«, fragte Cruel sarkastisch.

Ich wollte gerade für das Verlassen des Hotels plädieren, als es auch schon an der Tür klopfte. *Na toll!*

»Wenn man vom Teufel spricht ...«, kommentierte Hate trocken und ging in Kampfposition. »Diesmal mache ich es ihm nicht so leicht!«

Auch Cruel begab sich in Ausgangsstellung.

»Wir haben wohl keine andere Wahl«, schnaubte ich und positionierte mich vor den Mädels.

»Kann ich reinkommen?«, rief es von draußen. Es war Treason. Natürlich ...

»Wer ist bei dir?«, brüllte Hate zurück.

»Bei mir? – Niemand!«

»Lüg nicht!«, blaffte Hate. Dennoch bewegte er sich langsam zur Tür und öffnete sie vorsichtig, immer eines drohenden Angriffs gewahr.

Ich sah, wie er jeden seiner Muskeln anspannte. Der, den er jetzt schlug, stand garantiert nie wieder auf.

Treason streckte zitternd seine Hand durch den Türschlitz und wedelte mit einem weißen Taschentuch.

»Ich bin allein. Wirklich«, schwor er.

»Trau dich nur rein ...«, erwiderte Hate rau.

»Mann, Hate. Hör auf mit dem Scheiß! Ich hab nichts getan«, maulte Treason, doch seine piepsige Stimme verriet, dass er gerade mehr als die Hosen voll hatte.

»Warum dann so schüchtern?«, provozierte Hate ihn weiter.

»Alter! Hast du dich mal angeguckt? Du weißt, ich bin ein harter Kerl. Aber ich will dir nicht wehtun, wenn wir kämpfen.«

Ich konnte mir ein Grinsen nicht verkneifen. Hate versus Treason. Das würde ich ja zu gerne sehen ...

Hate schnaubte amüsiert. »Wir können das sehr gern ausprobieren, Schnucki!«

»Ich bin kein Schnucki!«, meckerte Treason pikiert.

»Dann komm doch einfach rein und beweise es! – Wenn du dich traust ...« Hate ließ als Einladung seine Fingerknöchel laut knacken.

»Könnt ihr mich nicht einfach so reinlassen?«, bat Treason tonlos.

»Gerne ...« Ein weiteres Knacken war zu hören. Diesmal von Hates Nacken.

»Hört schon auf!«, ging Hope nun dazwischen. »Wenn dieser Heini aus dem Krankenhaus dabei wäre, hätten wir das schon längst gemerkt, glaubt mir.«

Natürlich hatte Hope Recht. Wie so oft. Trotzdem fand ich den kleinen Disput zwischen Hate und Treason ganz amüsant. Selbst angesichts unserer Lage.

Hate ging zur Tür und öffnete sie ganz. Treason stand argwöhnisch davor.

»Nun komm schon rein, du Wicht!« Hate positionierte sich so im Türrahmen, dass Treason relativ dicht an ihm vorbei musste.

»Äh ... danke«, erwiderte er und sah zu, dass er Hate beim Vorbeiquetschen möglichst nicht berührte.

»Erklär uns bitte, wo du jetzt erst herkommst«, verlangte ich zu wissen. Mochte sein, dass er (vorerst) allein gekommen war. Aber das hieß nicht, dass er mit der ganzen Sache nichts zu tun hatte. Zumal es schon recht verdächtig wirkte, dass er in einer brisanten Situation *mal wieder* verschwunden war und niemand wusste, wo er sich rumgetrieben hatte.

»Ich bin Hope und Vic hinterhergelaufen. Ich dachte, die beiden Damen könnten den Schutz eines mutigen Kriegers gebrauchen«, verteidigte er sich.

»Du warst aber nicht bei Hope!«, korrigierte ich ihn.

»Ja, du weißt du doch, wie Mädchen sind. Kämpfen können sie nicht, aber dafür doppelt so schnell laufen. Sie waren schon weg, als ich unten ankam.«

Hope zog geringschätzig eine Braue nach oben.

»Nichts für ungut, Hope«, entschuldigte Treason sich direkt.

»Und du hast es nicht für nötig erachtet, zurückzukommen und uns zu helfen, nachdem du nicht schnell genug unten warst?«, fragte ich weiter.

»Ich habe den Eingang gesichert, damit ihr nicht von hinten angegriffen werden könnt!«, rechtfertigte Treason sich entrüstet. »Danach bin ich in ein Taxi gesprungen und hierher gefahren.«

»Soso ...«

»Jawohl! Soso!« Treason hatte die Augen zusammengekniffen und schaute mich böse an.

Stimmt ja! Wie hatte ich das nur in Frage stellen können ... Wo er doch so mutig war! *Pffft!*

»Und du hast auch keine Ahnung, wer der Typ gewesen sein könnte?«, fragte Hope ihn eindringlich.

»Ganz sicher nicht. Großes Indianerehrenwort!«, versicherte Treason und legte zur Bekräftigung seiner Worte die rechte Hand auf sein Herz.

Hope drehte sich zu den übrigens Jungs und mir um und blickte uns zweifelnd an.

Ich verstand sie auch ohne Worte. Die Geschichte, die Treason uns hier aufzutischen versuchte, klang mehr als fragwürdig.

In diesem Moment des Schweigens ergriff plötzlich Vic das Wort: »Leute, ich glaube generell nicht, dass Treason uns Schaden zufügen würde.«

»Nur weil er in Kindersprache spricht? Was ist los mit dir? Hat er deinen Mutterinstinkt geweckt?«, erwiderte Cruel.

Cruel sagte für gewöhnlich nicht viel. Aber wenn, dann hatten seine Aussagen stets viel Kraft.

»Bitte, bleibt sachlich!«, stöhnte Hope, während Vic Cruel einen tödlichen Blick zuwarf.

»Kindersprache ... Was soll ich denn sonst noch sagen, damit ihr mir endlich mal glaubt!« In dem Moment wirkte Treason wirklich wie ein trotziges Kind.

»Der Zug ist abgefahren, Treason«, antwortete Cruel ungerührt.

»Aber so was von!«, pflichtete Hate ihm bei.

»Wie sollen wir uns gegen einen gefährlichen Improba verteidigen, wenn wir es nicht mal schaffen, uns für diesen einen wichtigen Moment zusammenzuraufen?«, fragte Hope genervt.

»Sie hat Recht«, erwiderte ich und stellte mich neben sie.

»Ich glaube, deine Hormone vernebeln dir das Hirn«, patzte Cruel mich an.

»Ich sage so etwas wirklich nicht gern, wenn es um Treason geht. Ihr wisst, ich traue ihm keinen Meter über den Weg! Aber hier rumzustehen und uns gegenseitig anzufeinden bringt auch nichts. Wir sollten zusehen, dass wir Land gewinnen, falls Treason uns wirklich schon verraten hat.«

Hate nickte kurz, schien aber trotzdem anderer Meinung zu sein, während Cruel mich abschätzig musterte.

»Bleiben nur immer noch die Fragen, wo der neue Improba herkommt und vor allem, für wen er arbeitet«, fasste er zusammen und warf Treason dabei einen vernichtenden Blick zu.

»Vielleicht sollten wir uns besser erst mal aus dem Staub machen. Gemütliche Kaffeekränzchen können wir später noch halten«, schlug ich vor, doch mein Einwand wurde ignoriert. Von jedem! Alle hatte sich nun ganz auf den neuen Improba eingeschossen, so dass sie die mögliche Gefahr vergaßen – oder unterschätzten -, die bereits bei uns im Raum stand: Treason.

»Sag mal, Despair, konntest du das Gefühl eigentlich spüren, welches er verkörpert hat?«, fragte Hope interessiert.

Oh ja! Und wie ich das konnte! Als ich ihn zum ersten Mal berührt hatte, traf mich sein Impro so stark, dass es schmerzte. Danach überfiel mich eine

Übelkeit, wie ich sie nur aus den schrecklichen Situationen kannte, in denen ich panische Angst gehabt hatte.

»Ich nehme an, wir haben *Fear* kennengelernt«, erwiderte ich und nickte in Richtung Tür. »Sollen wir?«

»Das ist gut möglich, ja«, antwortete Hope gedankenverloren – natürlich ohne sich in Bewegung zu setzen. »Nachdem du ihn geschlagen hattest, schwappte eine regelrechte Gefühlswelle über mich hinweg und mir wurde augenblicklich hundeelend.«

»Das hört sich tatsächlich ganz nach Angst an«, dachte Hate laut nach.

»Und wie wollt ihr ihn aufspüren?«, erkundigte sich Vic kleinlaut – offenbar nicht wirklich mit dem Interesse, das herauszufinden.

»Das ist eine echt gute Frage«, antwortete ihr Hate.

»Vielleicht findet er ja auch uns, wenn wir nicht endlich ABHAUEN!«, mischte ich mich barsch dazwischen. Wie konnte man nur immer so unvorsichtig sein?!

»Ich könnte den Lockvogel spielen«, bot Hope plötzlich an.

»Bist du vollkommen irre?« Entsetzt starrte ich sie an.

»Was denn? Offenbar hat er es ja auf mich abgesehen. Oder hast du eine bessere Idee? Eine bessere, mit der wir schneller zum Ziel kommen?«

»*Jede* Idee, bei der du dich *nicht* zum Fraß vorwirfst, ist besser!«, schnappte ich zurück.

»Dann mach einen anderen Vorschlag!«, hielt sie starrköpfig dagegen.

»Dann würde ich ja noch lieber eine Idee von Treason umsetzen, als dein Angebot anzunehmen!«

»Sind die immer so?«, fragte Cruel Hate.

»Ich hab keine Ahnung ...«

»Und ich hab keine Idee«, sagte Treason schnell.

Hate und Cruel schauten zu Treason, der noch hinzufügte:

»Meint ihr wirklich, ich mische mich da ein? Bin ich etwa lebensmüde?«

Ich musste grinsen.

»Sorry, Hope, aber versteh mich bitte: Ich würde keinen von uns hier als Lockvogel für diesen Typen einsetzen ...«

Treason atmete erleichtert aus …

»… außer Treason vielleicht.«

… und schnappte daraufhin nach Luft.

»Dumm nur, dass er so unbedeutend ist und sich keiner für ihn interessiert«, konterte Hate.

»Ihr seid alle sooo … *blöd!*«

Wütend stierte Treason zu uns herüber, als mein Handy auf einmal klingelte.

Wer sollte das sein? Der Improba von vorhin? – Nein! Unmöglich …

Oder doch?

Vorausschauend nahm ich den Anruf mit einem barschen »Ja?« entgegen. Sollte es wirklich der Improba sein – auf welchem Weg er auch immer an meine Geheimnummer rangekommen sein mochte –, musste ich das Gespräch so kurz wie möglich halten. Nicht, dass es ihm darüber noch gelang, uns zu orten, falls Treason wirklich dichtgehalten hatte. – Was ich allerdings nicht glaubte …

»Hi, Phil hier. Gib mir Mary! Sofort!«, rief er aufgeregt ins Telefon.

Ich knirschte mit den Zähnen und reichte Hope den Hörer weiter. Eigentlich ließ ich mir keine Befehle erteilen. Schon gar nicht von so einem. Aber es schien wirklich wichtig zu sein.

Hope stellte wieder den Lautsprecher an, damit wir ungehindert mithören konnten.

»Ja? Was wi…« Doch schon wurde sie von Phil unterbrochen:

»Sag mal, hast du sie noch alle? Willst du mich eigentlich verarschen? Was hast du dir dabei gedacht?«, polterte er los.

»Ich …«

»Bist du total bescheuert? Weißt du eigentlich, was hier los ist? Was ich mir alles anhören musste?«, geiferte Phil weiter.

»Wa…«, versuchte es Hope erneut – ohne Chance.

»Warum hast du das getan? Ich hätte dich wirklich für schlauer gehalten! Für loyaler! Meinst du ernsthaft, dass du damit durchkommst?«

Ich riss Hope das Handy aus der Hand. Dieses Gemecker konnte ich mir beim besten Willen nicht länger mit anhören. Außerdem sprach niemand

(NIEMAND!) so mit meiner Freundin. Egal, ob Phil, ein Arzt oder meinetwegen gleich der Papst!

»Pass mal gut auf, du halbe Portion«, motzte ich ihn an. »Wenn du nicht augenblicklich dein Mundwerk zügelst, kriegst du Probleme!«

Phil schwieg für einen kurzen Moment. Er schien zu überlegen, ob ich es wirklich ernst meinte. Aber wenn er nur halb so schlau war, wie er tat, würde er das nicht anzweifeln.

»Du hast vielleicht Nerven, Junge! Besser, du redest mal ein paar Takte mit deiner Freundin, anstatt mich dumm anzumachen!«

»Wovon sprichst du, zum Henker?«

»Jetzt tue nicht so, als wenn du nicht darüber Bescheid wüsstest! Das ist eine ganz, ganz arme Vorstellung! Von euch beiden!«

»Anstatt dich hier am laufenden Band über irgendetwas aufzuregen, über das keiner von uns Bescheid weiß, könntest du einfach mal sagen, was Sache ist!«, blaffte ich genauso ungehalten zurück.

»Bitte! Um wen soll es schon gehen?«

»*Wen* ... Auch wenn das nicht die Art von Aufklärung war, die ich mir gewünscht hätte, sind wir doch einen Schritt weiter. Es geht also um Personen ...«

»Ja natürlich! Stell dich doch nicht so doof!«

Ich sah Hope zweifelnd an. Konnte sie sich einen Reim darauf machen? Ohne die Frage laut ausgebrochen zu haben, zuckte sie bereits mit den Schultern.

»Entweder, du sagst jetzt, was du für ein verdammtes Problem hast, oder ich leg wieder auf!« Meine Geduld war am Ende. So nicht, mein Freund!

»Komm schon! Das liegt doch auf der Hand! Marys Schwestern natürlich!«

Ich horchte auf. »Ihre Schwestern?«

»Ja, Mann! Bist du jetzt nicht nur begriffsstutzig, sondern auch noch taub geworden?«

»Vorsicht, Kleiner«, mahnte ich ihn.

Phil sagte nichts.

»Jetzt mal ganz langsam: Was ist mit ihren Schwestern?«

»Tja! Das würden wir auch gern wissen! Wo habt ihr sie hingeschafft?«

Hope machte ein bestürztes Gesicht, genauso wie der Rest unserer Truppe – einschließlich mir.

»Hallo? Bist du noch da? Da fällt dir wohl auch kein guter Grund ein, was?«

»Das soll heißen, dass sie weg sind?«, hakte ich ungläubig nach.

»Ganz ehrlich: So langsam reicht es mir mit euch! Wenn ihr uns nicht sofort unsere Forschungsobjekte zurückbringt, lasse ich dein Handy orten und die Polizei ist in den nächsten Minuten bei euch!«, blaffte Phil ungehalten.

»Mein Handy ist nicht ortbar«, bluffte ich – um dann zu stutzen.

»*Forschungsobjekte?*«, hakte ich nach. Der Unterton in meiner Stimme machte allein mit diesem einzigen Wort klar, was ich davon hielt.

»*Patienten*! Ich meinte natürlich Patienten!«, begann Phil zu stottern, doch zu spät. Er konnte jetzt zurückrudern, so viel er wollte: Er hatte sich verraten.

Hope nahm mir das Handy wieder ab.

»Forschungsobjekte? Wie darf ich das verstehen, Phil?«, fragte sie in schneidendem Tonfall.

»Das war –«

»Ich würde dir raten, du lässt dir etwas Gutes und vor allem etwas Plausibles einfallen, das deine Wortwahl rechtfertigt. Andernfalls solltet *ihr* lieber aufpassen, dass die Polizei nicht bei *euch* klingelt!«, drohte sie aufgebracht.

Hope hatte unseren Disput mit den Polizisten wohl vergessen ...

»Ach, komm schon, Hope. Deine Schwestern sind der Fund des Jahrtausends! Du kannst nicht von uns verlangen, dass wir das einfach ignorieren!«

»Ich werde auf keinen Fall eine Einverständniserklärung unterschreiben, damit ihr mit ihnen wer weiß was machen könnt!«, giftete sie ihn an.

Wow! Hope konnte ja richtig aus der Haut fahren!

»Weißt du was? Die brauchen wir gar nicht mehr! Ähnlich wie bei schweren Krankheiten besteht auch für solche Abnormitäten eine ärztliche Meldepflicht, der wir natürlich gesetzestreu nachgekommen sind. Wenn du uns also das Einverständnis nicht gibst, bekommen wir es von der Regierung. Und die wird uns ganz sicher dabei helfen, deine Schwestern wiederzubekommen!«

Hope klappte der Mund auf. Dann schloss sie ihn wieder. Fassungslos starrte sie mich an.

»Phil, du bist ein Riesenarschloch!«, sagte ich so laut, dass er mich hören musste.

Hope reichte mir das Handy und setzte sich. Ihr Blick ging einfach durch mich hindurch.

»Ich wusste schon, warum du mir unsympathisch warst«, ergänzte ich. »Was ist mit meinen Brüdern?«

Tut, tut, tut …

Phil hatte aufgelegt.

»Dieser miese –«

»Was ist bloß in Phil gefahren?«, sagte Hope mehr zu sich selbst, als dass die Frage an irgendjemanden von uns gerichtet war.

Was hätte ich auch darauf antworten sollen? Ich kannte Phil schließlich nicht und in der kurzen Zeit, in der ich ihn mal gesehen und ein paar Worte mit ihm gewechselt hatte, war er mir nicht sonderlich sympathisch erschienen.

»Ich kümmere mich um ihn«, sagte Cruel.

Davon ging ich aus. Cruel, unser unbarmherziger Richter.

»Warte«, hielt ich ihn zurück. »Wir sollten uns zunächst einen Plan zurechtlegen. Und vor allem sollten wir endlich in Erfahrung bringen, mit wem wir es zu tun haben …«

Mein Blick fiel auf Treason.

»Also, Treason?«, sprach ich ihn barsch an.

»Was?«, machte dieser.

Hate hatte sich bereits neben ihn platziert und seinen schweren Arm um seine Schultern gelegt.

Auch Hope sah ihn erwartungsvoll an. Sie hatte offenbar wie ich kombiniert.

»Was wollt ihr denn schon wieder von Treason?«, fragte Vic.

»Findest du das nicht auch komisch? *Mal wieder* ist etwas vorgefallen und *mal wieder* war Treason der einzige, der in diesem Zeitraum nicht da war«, half ich ihr auf die Sprünge.

Jetzt schien es endlich auch bei Vic Klick zu machen. Selbst für einen Menschen war sie dahingehend doch recht langsam, dabei hatte ich sie eigentlich als eher clever eingestuft. Offenbar mochte sie Treason. *Zu* sehr. Und genau diese Emotionen waren meistens das Problem, wenn man eine klare Sicht der Dinge bewahren wollte …

»Was? – Du? Sag, dass das nicht wahr ist!«, rief sie mit Blick auf Treason entsetzt.

Dieser hob beschwichtigend die Hände. »Nein, Leute. Ihr seht das alle falsch! Ich hab gar nichts gemacht! Wirklich!«

»Ach ja? Willst du uns verarschen? Du bist derjenige von uns gewesen, der für einen bestimmten Zeitraum alleine verschwunden ist. Ich weiß nicht, wie du das geschafft hast, aber du hättest als einziger die Möglichkeit gehabt, die Mädels zu entführen«, hielt ich dagegen.

Treason riss panisch die Augen auf. »Leute! Ich weiß, dass das komisch aussehen mag, aber ich hab das wirklich nicht getan! Warum sollte ich?«

»Diese Frage habe ich mir bei dir schon immer gestellt«, brummte Hate missmutig.

Treason schluckte laut. »Hope? Du musst mir glauben, ich habe damit nichts zu tun!«, versuchte er seine Aussage zu bekräftigen. Ihm war wohl eben klar geworden, wie dünn das Eis mittlerweile war, auf dem er sich befand.

»Dann erklär uns, wo du gewesen bist«, antwortete Hope erschreckend rational. Sie hörte sich auf einmal gar nicht mehr so an, als würde sie Treason auch nur ein Wort glauben (wollen).

»Ich … ich hab euch doch schon erzählt, was passiert ist. Ich wollte dir und Vic helfen, aber nachdem ihr schon ins Taxi gesprungen und weggefahren wart, habe ich für die Jungs den Eingang gesichert. Damit sie nicht von hinten angegriffen werden konnten!«

Hope ging zu Treason. Mit einer kaum wahrnehmbaren Handbewegung hatte sie ihn am Hals gepackt und wenn mich nicht alles täuschte, drückte sie auch leicht zu.

»Erzähl mir keine Märchen! Sag mir sofort, wo du warst und was du mit meinen Schwestern gemacht hast, oder ich rufe Phil persönlich an und präsentiere dich ihm als neues Forschungsobjekt!«, schnappte sie.

Treason krächzte. »Bitte was?!«

»Du hast mich schon verstanden«, entgegnete Hope kühl.

»Okay, okay, Hope. Alles, nur das nicht!«

»Mal sehen ...«

»Ich habe den Eingang nicht gesichert, das stimmt«, erklärte Treason.

»Welch' Überraschung«, kommentierte Hate sofort.

Treason schaute ängstlich zu ihm hinüber. »Ich... ich bin Hope und Vic schon hinterhergelaufen. Ich hatte mitbekommen, dass sie sich in Sicherheit bringen sollten und wollte mit.«

»Pffft«, schnaubten Cruel und Hate gleichzeitig.

Ich verdrehte die Augen. Nichts anderes hatte ich erwartet.

»Aber du bist nicht mit uns gefahren«, erinnerte Hope ihn und sah ihn erwartungsvoll an.

Treason senkte den Blick. »Das ist richtig ...«

»Und?«, hakte ich nach. »Das erklärt immer noch nicht, wo du dann abgeblieben bist.«

»Ich hab mich versteckt«, nuschelte Treason. Vorsichtig blickte er auf.

»Teufel! Du bist so ein Feigling!«, brummte Hate leicht belustigt, aber nicht weniger sauer.

Cruel schüttelte verständnislos den Kopf.

»Du hast dich versteckt?«, fragte Hope noch einmal nach. Sie konnte offenbar selbst nicht glauben, was sie soeben gehört hatte.

Treason nickte lahm.

»Du hast dich also versteckt, anstatt deinen Brüdern zu helfen ...«, fasste sie tonlos zusammen.

»Es tut mir wirklich leid, Hope! Aber meine Brüder können bezeugen, dass ich noch nie der große Kämpfer war.« Schuldbewusst blickte er wieder gen Boden.

»Das ist echt ... *arm*«, erwiderte Hope und wandte sich von ihm ab.

Ich musste zugeben, ich war ein wenig überrascht angesichts ihrer Reaktion. Sie war doch sonst immer so verständnisvoll. Aber hier kam vermutlich eines zum anderen. Und die erneute Hiobsbotschaft, dass ihre schwer verletzten Schwestern schon wieder irgendwohin verschleppt worden waren, machte das Ganze gewiss nicht besser.

Hope kam zu mir und legte den Kopf an meine Schulter.

Ich nahm sie in den Arm und sie begann zu weinen.

»Wir finden sie, Hope. Wie wir sie schon einmal gefunden haben ...«, versuchte ich sie zu trösten, doch die unaufhörlichen Schluchzer zeigten mir, dass sie sich augenblicklich nicht beruhigen konnte. – Oder wollte.

Ich hielt sie einfach nur fest und wollte für sie da sein. Wollte sie nicht mit meinem Impro beeinflussen oder sonst irgendwas.

Ich wollte für sie da sein wie ein ganz normaler Mann.

Daher schlang ich meine Arme fester um sie und Hope kuschelte sich dankbar hinein, von ihrem Heulkrampf geschüttelt.

Wir standen bestimmt fünf Minuten einfach nur so da. Keiner sagte einen Ton. Weder Hope und ich, noch Vic oder einer meiner Brüder. Selbst Treason, der sonst immer einen dummen Spruch auf den Lippen hatte, ließ nichts verlauten, sondern sah nur beschämt zu Hope.

Dann schließlich machte sie sich von mir los, flüsterte »Danke« und gab mir einen zärtlichen Kuss.

»Nicht dafür«, entgegnete ich mit leiser Stimme.

Ich spürte, dass sie nach wie vor schrecklich traurig war, fühlte jedoch auch, dass es ihr jetzt ein kleines bisschen besser ging. – Nicht viel, aber selbst mit den kleinsten Schritten kam man irgendwann ans Ziel.

»Es tut mir wirklich leid!«, beteuerte Treason noch einmal, doch Hope winkte ab:

»Schon gut, Treason. Es war nicht fair von mir, dir deine Angst vorzuwerfen.«

Dann blickte sie erneut zu mir: »Sollen wir nun zu deinen Brüdern fahren?«

Ich schüttelte den Kopf. »Nein, wir wechseln zuerst unsere Bleibe. Hier ist es nicht mehr sicher«, sagte ich und blickte dabei vielsagend zu Treason.

»Ich habe euch nicht verraten«, erwiderte dieser leise.

Fast hätte er einem leidtun können und ich sah Vic deutlich an, dass es zumindest ihr so ging. Doch ich hoffte, ich war nicht der einzige, der dieses Risiko *nicht* eingehen wollte.

»Die anderen haben Recht, Treason. Die ganze Situation wirft nicht gerade ein gutes Licht auf dich«, meldete sich Vic nun auch zu Wort, gleichwohl sie sich die ganze Zeit über mit Kommentaren vornehmlich zurückgehalten hatte.

Treason nickte betroffen. »Aber ich habe weder etwas getan, noch etwas gesagt«, versuchte er sich zu verteidigen.

Vic stellte sich so hin, dass Treason sie anschauen musste. »Ich glaube dir!«, sagte sie.

»Bitte was?!«

»Was?«

»Wie?«

Meine Brüder und ich reagierten alle gleich. Das durfte doch wohl nicht wahr sein!

»Habt ihr euch nicht mal Gedanken darüber gemacht, dass dieser neue Improba die Mädels mitgenommen haben könnte? Vielleicht, um Hope zu bewegen, sich auszuliefern? Das wäre doch viel realistischer, als dass Treason sie weggebracht hat. Wo wären sie dann jetzt? Und wie hätte das Treason überhaupt allein bewältigen sollen?«, stellte sich Vic auf seine Seite.

Treason, der eigentlich immer irgendetwas verlauten ließ, wenn an seinem Ego gekratzt wurde, schwieg.

»Doch, schon. Aber hast *du* dir mal Gedanken darüber gemacht, dass der neue Improba diese ganzen Infos ja irgendwoher haben musste? Er gibt mehrere Krankenhäuser hier in Phoenix. Woher wusste er, wer überhaupt Hopes Schwestern sind, wo sie liegen und dass wir ausgerechnet heute dorthin wollten?« Zugegeben: Ich klang ziemlich angreifend, doch ich konnte einfach nicht verstehen, wie man so arglos und gutgläubig sein konnte.

»Glaubst du ihm?«, fragte ich Hope, da Vic nicht reagierte.

»Nicht mehr so wirklich, nein«, antwortete sie niedergeschlagen.

»Despair, bitte! Lasst mich nicht hier! Ich werde euch in Zukunft auch nicht mehr von der Seite weichen, damit solche Missverständnisse gar nicht erst aufkommen können!«, schwor Treason.

»Nein«, erwiderte ich knapp.

»Cruel?«

»Nein.«

»Hate?«

»Nein.«

»Hope? Bitte!« Treason flehte uns mit Blicken regelrecht an, doch bei Hope legte er nun besonders viel Inbrunst in seine Stimme.

Unschlüssig stand sie vor ihm.

»Bitte ...«, sagte er noch einmal.

Hope seufzte schwer. »Ich kann das nicht allein entscheiden. Und ganz ehrlich? Ich bin auch für ein Nein. Andererseits wäre es vielleicht klüger, zu wissen, wo du bist. So kannst du dich wenigstens nicht mit dem neuen Improba verbrüdern – falls das noch nicht geschehen sein sollte – und ihm keine Details von uns preisgeben, die ihm einen Angriff erleichtern würden. Voraussetzung dafür, weiter bei uns zu bleiben, wäre aber wirklich, dass du keine Alleingänge mehr machst. Und wenn ich sage, keine, meine ich, keine!«

»Oh danke, Hope!« Treason fiel ihr um den Hals, was bei mir automatisch ein Zähneknirschen hervorrief.

»Meinst du wirklich?«, fragte ich Hope skeptisch.

Ich konnte ihre Gedankengänge schon irgendwie nachvollziehen. Eine wichtige Regel während unseres Trainings war immer: Wisse stets, wo sich dein Feind aufhält. So blieben einem Überraschungsangriffe oder Ähnliches erspart. Trotzdem wäre es mir in diesem speziellen Fall lieber gewesen, Treason nicht mehr dabei zu haben ...

Sie nickte, zuckte jedoch gleichzeitig mit den Schultern. Das wirkte ja sehr überzeugend.

»Und was tust du, wenn der Improba wieder auftaucht? Rennst du dann nicht wieder weg wie eine feige Memme?«, provozierte Hate ihn.

Treason schüttelte den Kopf.

»Wer's glaubt, wird selig! Und was tust du stattdessen? Kämpfen?«, foppte Hate weiter.

»Ich lasm vepügn ...«, nuschelte Treason.

»Was?«

»Ich lasm vepün.«

Hate packte Treason am Arm. »Rede deutlich oder rede gar nicht mit mir!«, wies er ihn an.

»Ich lass mich verprügeln«, sagte Treason beschämt.

Okay. Jetzt war er wirklich tief gesunken und hätte einem fast leidtun können. Aber Mitleid und Vertrauen waren bekanntlich zwei verschiedene Paar Schuhe …

»Das würde ich wirklich gerne sehen. Und zu deinem Glück denke ich ähnlich wie Hope: Es ist immer besser zu wissen, wo das Loch ist, aus dem das Wasser sickert … Aber wenn du wieder betrügst, hau ich dich zu Brei, alles klar?«, blaffte Hate.

Treason nickte hektisch.

»Cruel, was meinst du?«, fragte ich.

»Er soll hierbleiben. Treason hat schon immer Ärger gemacht! Er steht eigentlich für Ärger. Ein Wunder, dass er nicht *Anger* heißt!«

Ich nickte beipflichtend, wusste nur zu gut, wovon er sprach.

»Also sind Vic, Hope und Hate für Treason und nur Cruel und ich dagegen«, fasste ich zusammen.

Treasons Augen begannen zu leuchten.

»Das ist deine allerletzte Chance, Treason. Nutze sie weise«, sagte Hope und strich dabei sanft über meinen Unterarm.

Ich knirschte mit den Zähnen. Eigentlich wollte ich das gar nicht, aber das war so eine Macke, die ich mir angewöhnt hatte, wenn mir irgendetwas nicht passte.

»Ein bisschen mehr Begeisterung, Despair«, scherzte Hate und schlug mir aufmunternd auf die Schulter. Meine Fresse! Selbst wenn er so etwas aus Spaß tat, hatte man das Gefühl, mehrere Knochen müssten splittern. Doch ich ließ mir nichts anmerken.

»Na? Schön, dass ihr wieder Freunde seid, was?«, sagte Cruel und seine Augen blitzten mir schadenfroh entgegen.

Hope und Vic war es glücklicherweise mangels Erfahrung nicht klar, doch Cruel wusste ganz genau, wie hart Hate zuschlug.

»Und wo sollen wir jetzt hin?«, fragte Hope.

»Ins *Faraway*«, entschied ich.

»Der Name ist wieder mal Programm?«, erriet Hope.

Ich nickte. Dabei schielte ich hinüber zu Treason, der bis jetzt immer etwas an meinen Hotelvorschlägen zu meckern gehabt hatte, doch dieses Mal hielt er sich ganz bedeckt. Gut so.

Wir packten unsere wenigen Sachen und verließen das Zimmer. Nachdem ich alles bezahlt hatte, fuhren wir zum gut eine Stunde entfernten *Faraway*. Das Hotel lag mitten in der Pampa und zählte ehrlich gesagt auch nicht unbedingt zu meinen Lieblingsbleiben, doch dank Treason war unsere Auswahl mittlerweile eher begrenzt.

Hope und Vic waren während der Autofahrt eingeschlafen. Das war wohl alles ziemlich viel für sie. Cruel, Hate und Treason fuhren zusammen in Hates Wagen. Treason hatte ich ihnen absichtlich aufgebürdet. Erstens, weil mir klar war, dass er sich bei Hate die wenigsten Mätzchen erlauben würde, und zweitens, weil ich ihn gerade einfach nicht ertragen konnte. -Oder *wollte*.

Nach wenigen Minuten des Schweigens stellte ich fest, dass eine Stunde Autofahrt ohne jegliche Unterhaltung schon ziemlich langweilig sein konnte. Andererseits bot es mir die Gelegenheit, alles noch einmal in Ruhe zu überdenken. Und das war gar nicht gut. Denn umso mehr ich über Treason nachdachte, desto unbehaglicher wurde mir. -Falls da überhaupt noch eine Steigerung möglich war. Ich ärgerte mich, dass ich mich nicht durchgesetzt hatte, ihn zurückzulassen. Andererseits wäre er dann vielleicht wirklich gleich zur Gegenpartei gerannt.

Ich seufzte schwer. Ich würde einfach dafür sorgen müssen, dass er keine einzige Sekunde mehr allein war. Und *das* würde ganz schön anstrengend werden ...

Nach etwa einer halben Stunde erwachte Hope wieder.

»Ich bin eingeschlafen«, gähnte sie und streckte sich. »Tut mir leid.«

»Das braucht dir nicht leid zu tun«, erwiderte ich. »Geht's dir denn wieder etwas besser?«

Hope nickte leicht. Und es stimmte. Zumindest spürte ich ganz deutlich positive Gefühle aus ihrer Richtung.

Dann rappelte sie sich auf und sah aus dem Fenster.

Zuerst wollte ich es ihr verbieten, da wir immer noch recht nah bei der Stadt waren und sie jederzeit hätte gesehen werden können. Doch ich sagte nichts. Gerade jetzt, wo es ihr etwas besser ging, wollte ich nichts tun, um es wieder ins Gegenteil zu verkehren. Ich musste einfach noch ein bisschen aufmerksamer sein und sobald mir etwas komisch vorkam – von mir aus mit einer Vollbremsung den Verkehr zum Stillstand bringen und in die entgegengesetzte Richtung davonbrausen. Ja, das war ein Plan. Kein guter zwar, aber ein Plan.

Ich beobachtete Hope, wie sie die Häuser der Vorstadt nachdenklich an sich vorbeiziehen ließ.

»Wirklich alles in Ordnung?«

Sie blickte zu mir und nickte. Dann schaute sie wieder aus dem Fenster.

»STOPP!«, schrie sie plötzlich.

Erschrocken trat ich auf die Bremse, so dass die Autos hinter mir zu hupen begannen.

Vic war aus ihrem komatösen Schlaf erwacht und blickte sich hektisch um.

»Was ist los?«, wollte sie wissen, doch Hope antwortete nicht.

»Halt an!«, schrie sie stattdessen weiter.

»Warum denn?«, fragte ich völlig perplex, setzte aber gehorsam den Blinker und suchte eine Ecke, wo ich parken konnte, ohne noch mehr Aufmerksamkeit auf uns zu ziehen.

»Halt an!«, befahl sie wieder. Dieses Mal schärfer.

»Will ich ja! Aber könntest du mir bitte mal sagen, was überhaupt los ist?«, gab ich gereizt zurück. Ich hoffte, sie nahm mir das nicht übel, aber ich hatte wegen ihr fast einen Herzinfarkt erlitten – falls wir Sensianer so etwas überhaupt bekommen konnten.

»Da ist Honesty!«, rief sie aufgeregt.

»*Honesty!?*« Okay! Das war wirklich ein Grund.

Ich brachte den Wagen so kurzfristig wie möglich zum Stehen, doch noch bevor ich Hope zur Vorsicht mahnen konnte, war sie auch schon aus dem

Fahrzeug gesprungen und rannte den Bürgersteig in die Richtung zurück, aus der wir gekommen waren.

»Ich hol sie!«, sagte Vic und hechtete hinterher, während ich auf den Beifahrersitz kletterte, um ebenfalls aussteigen zu können. Da ich direkt an der Straße geparkt hatte, hätte ich sonst auf eine Lücke ihm Verkehr warten müssen, bis ich die Tür aufmachen konnte, und das dauerte mir einfach zu lange.

Glücklicherweise war ich jedoch ganz gut zu Fuß, so dass ich zumindest Vic schnell eingeholt hatte.

»Siehst du sie?«, rief ich ihr zu.

»Da vorne!«, antwortete sie und zeigte auf eine kleine Menschentraube nicht weit von uns. Tatsächlich. Da war Hope. Doch wer stand vor ihr? *Das* sollte Honesty sein? Echt jetzt?!

Ich verlangsamte meine Schritte, weil ich dieses fremde Mädchen nicht einschüchtern wollte. Ich konnte mir nämlich beim besten Willen nicht vorstellen, dass das eine Proba sein sollte.

»Erkennst du mich denn nicht?«, fragte Hope, nachdem Vic und ich dazugestoßen waren.

»Tut mir leid, Miss. Sie müssen mich verwechseln. Wir sind uns noch nie zuvor begegnet«, antwortete das Mädchen.

Hope streckte ihr die Hände hin, doch das Mädchen zog seine schnell weg.

»Honesty, bitte. Du musst mich doch erkennen!«

»Wirklich nicht, Miss. Und ich wäre Ihnen sehr verbunden, wenn Sie mich nun in Ruhe lassen würden.«

Damit wollte das Mädchen gehen, doch Hope hielt es fest – und prompt fing es an zu schreien.

Schnell zog ich Hope beiseite.

»Was machst du denn da, um alles in der Welt?«

»Das ist Honesty!«, entgegnete Hope gepresst.

»Nein, ist sie nicht. Wenn das Honesty *wäre*, würde sie das ja wohl wissen, oder?«

»Sie ist es! Ganz sicher!« Hope schaute mich flehend an. Dann blickte sie dem Mädchen hinterher, welches auf einmal merkwürdig teilnahmslos erschien und sich bereits entfernte.

»Kannst du sie irgendwie aufhalten?«, fragte ich Vic.

Sie nickte und ging dem Mädchen schnellen Schrittes nach.

Dann widmete ich mich wieder Hope.

»Wie kommst du darauf, dass das Honesty ist?«, fragte ich sie verdattert.

»Weil sie es *ist*!«

»Sie sieht ihr vielleicht ähnlich! Aber das Mädchen da hat *graue* Haare! Keine *blonden*!«

»Schau ihr mal genau ins Gesicht! Das ist Honesty!«, beharrte Hope. Flehend blickte sie mich an.

»Okay, komm mit. Vic wollte versuchen, sie aufzuhalten.«

Ich sah mich nach Vic um und richtig: Sie kam mit dem Mädchen auf uns zu.

»Es dauert wirklich nicht lange. Nur ganz kurz«, hörte ich sie auf die Andere einreden.

»Na schön«, entgegnete das Mädchen. Dann standen die beiden vor uns.

»Es tut uns wirklich leid, dass sich meine Freundin so aufgeführt hat. Aber sie hat ihre Schwester verloren und du siehst ihr sehr ähnlich«, entschuldigte sich Vic für Hope und begründete damit ihr seltsames Verhalten.

»Und wen interessiert das?«, fragte das Mädchen ungerührt.

Wow! Was für eine Eisprinzessin! Die war ja kälter als der Nordpol! – Moment! Ihr fehlte nicht nur das Mitleid, welches sich jetzt beim Menschen im Normalfall zeigen müsste, sondern offenbar auch alle anderen Gefühle. Selbst wenn sie ein wahnsinnig egoistischer Mensch wäre, müsste sie nun wenigstens so etwas wie Zorn oder Missmut aussenden. Aber hier war nichts! Sie fühlte *rein gar nichts*! Und das, obwohl sie doch ein Mensch war, der vor widersprüchlichen Gefühlen nur so sprudeln müsste.

Oder war sie am Ende doch keiner?

Ich sah mir das Mädchen noch einmal genauer an. Ihre Haare waren lichtgrau. Schon allein aus diesem Grund hatte ich sie als potenzielle Honesty aussortiert, doch als ich ihr Gesicht bemaß, musste ich zugeben, dass sie es – abgesehen von den ebenfalls auffallend grauen Augen – tatsächlich hätte sein *können*. Allerdings kannte ich Honesty bei weitem nicht so gut, als dass ich es mit Gewissheit sagen konnte. Konnte ja auch einfach ein Mädchen mit einem etwas eigenwilligen Geschmack sein. Wen interessierte so etwas schon …

»Tut uns wirklich leid. Sagen Sie meiner Freundin doch einfach, wie Sie richtig heißen und dann versteht sie es sicher«, bat ich höflich und beobachtete das Mädchen dabei aufmerksam.

»Ich … Mir fällt mein Name gerade nicht ein. Ich weiß nur, dass er bestimmt nicht Honesty ist. Daran müsste ich mich doch erinnern, vor allem, wo Sie ihn mir bereits mehrfach gesagt haben«, erwiderte sie. »Ich wünsche Ihnen einen schönen Tag!«

Als sie sich schwungvoll umdrehte, wehten ihre Haare zur Seite und eine kleine graue Plastikkappe kam zum Vorschein. Sie sah aus wie eine Art Deckel und befand sich genau an der Stelle, unter der sich das Limbische System verbarg. Das Thema hatten wir während unserer Ausbildung bis zum Erbrechen durchgekaut.

Hatte man Honesty das Gleiche angetan? Hatte sie auch diesen »Eintrittskanal«, wie Phil ihn nannte, am Kopf? Einen Eintrittskanal, den hier irgendjemand wieder sorgsam verschlossen hatte? Mit einem beschissenen Deckel? – Oh Shit! Was war das nur für eine kranke Scheiße!

Hope stand wie versteinert neben mir. »Hast du das auch gesehen?«, flüsterte sie.

»Ja«, antwortete ich mit ebenso erstickter Stimme. Ich war so schockiert, dass ich im Moment nicht mehr dazu sagen konnte.

»Das könnte wirklich Honesty gewesen sein«, sprach Vic meine Gedanken laut aus.

Ich nickte lahm.

»Ist ihr Dasselbe widerfahren wie Hopes anderen Schwestern?«, hakte Vic nach, doch ich zuckte nur ratlos mit den Schultern.

»Ich hab *keine* Ahnung, Vic. Aber anzunehmen wäre es«, entgegnete ich. »So oder so sollten wir schnellstmöglich verschwinden!«

»Und Honesty alleinlassen?!« Hope schaute mich entsetzt an.

Ich nahm ihre Hände und blickte ihr tief in die Augen.

»Hope, deine Schwester erkennt dich nicht mehr. Außerdem ist es hier viel zu gefährlich. Wer weiß? Vielleicht wurde sie sogar als Köder eingesetzt? Dir soll keinesfalls das Gleiche passieren!«

»Ich kann sie doch nicht einfach so im Stich lassen! Jetzt, wo wir sie gefunden haben«, hielt sie verzweifelt dagegen.

»Was willst du denn tun? Sie mitnehmen? Wie soll das gehen? Du hast doch gesehen, wie sie reagiert hat!«

»Ich –«, begann sie, doch ich fiel ihr ins Wort, auch, da wir keine Zeit zu verlieren hatten:

»Bitte, komm mit, Hope. Wir werden uns was einfallen lassen, versprochen. Aber jetzt müssen wir dich erst mal in Sicherheit bringen«, versuchte ich sie zu überzeugen.

»Despair hat vollkommen Recht, Hope. Erst einmal müssen wir von hier verschwinden. Alles andere überlegen wir uns, wenn wir nicht mehr auf dem Präsentierteller sind«, half mir Vic, was ich ihr mit einem kleinen Nicken dankte.

Hope schaute zunächst unschlüssig, ließ sich dann aber von uns zum Auto bringen, damit wir endlich weiterfahren konnten.

Hate, Cruel und Treason waren sicher schon angekommen und warteten ungeduldig auf uns. Und bevor sie noch anfingen, nach uns zu suchen, sollten wir uns jetzt wirklich beeilen.

»Sie hat sich einfach nicht mehr an mich erinnert«, resümierte sie niedergeschlagen, während wir die letzten Kilometer zum Hotel überwanden.

Vic und ich schwiegen.

»Sie haben ihr einen Deckel in den Kopf gesetzt. Wie bei einer Maschine! Warum?« Hope schaute mich aus traurigen Augen an. Man sah deutlich, dass sie diese Abscheulichkeit nicht ansatzweise begreifen konnte. Doch damit war sie nicht allein.

Ich hatte in meinem Leben schon viele abartige und kranke Dinge gesehen, die der Oberst getan hatte. Doch das hier? Das hier war eine ganz neue Dimension.

Wer um alles in der Welt steckte nur dahinter? Der Oberst konnte es ja nun nicht mehr sein. Schließlich lag er mausetot in seiner Wohnung.

Wer also blieb sonst noch?

Und wo zum Teufel kam der neue Improba her?

4. Kapitel

Hope

Ich konnte es gar nicht glauben! Was hatte man Honesty bloß angetan? Erging es Mercy am Ende genauso? Und was war mit Loyalty? Lebte sie überhaupt noch?

Ich hatte das Gefühl, als würde ich in ein tiefes schwarzes Loch fallen.

Despair spürte das natürlich sofort und streichelte sanft meinen Arm. Doch zog mich sein Impro nicht weiter hinunter, sondern schenkte mir Kraft.

Meine Gedanken änderten sich schlagartig bei seiner Berührung. Und ja, ich sah zwar jetzt alles nicht mehr so rosarot wie vor unserer Bekanntschaft, doch auch nicht so schwarz, wie sein Impro es vermuten lassen würde.

Es *war* möglich, dass es Mercy genauso ging wie Honesty, aber kein Muss. Und nur, weil wir nichts von Loyalty gehört hatten, musste sie nicht zwingend tot sein.

Wohltuend schlichen sich die neuen Gedanken in meinen Kopf und ich atmete erleichtert aus. Dankbar lächelte ich Despair an, der mir zur Bekräftigung noch einmal kurz über meine Wange strich.

»Fassen wir mal zusammen, Hope: Deine im Krankenhaus liegenden Schwestern wurden schon wieder entführt. Was mit Despairs Brüdern ist, wissen wir noch nicht und Honesty hat einen verfluchten Deckel im Kopf«, ertönte es von hinten.

Despair sah Vic irritiert an. Solch klaren Worte war er von ihr nicht gewohnt.

Ich auch nicht ...

»Du hast die Lage erfasst, Vic«, stöhnte ich.

Despair bog indes in eine Straße ab, an deren Ende eine große Tafel mit den schwarzen Buchstaben *FARAWAY* angebracht war. Dahinter stand ein schickes weißes Hotel mit schieferfarbenem Dach. Nicht auffällig, aber es sah durchaus nach gehobener Klasse aus.

Wir waren am Ziel.

Despair fuhr direkt in die Tiefgarage und ich staunte mal wieder, wie gut er sich hier überall auskannte. Gleichzeitig empfand ich jedoch auch Mitleid, weswegen das so war: Despairs ziemlich bescheidener Vergangenheit – geprägt von einem psychisch kranken Oberst, der keine Sekunde verschwendet hatte, ihn zu denunzieren oder zu foltern.

»Und du bist wirklich sicher, dass wir erst mal ein neues Zimmer beziehen sollen, bevor wir endlich nach deinen Brüdern sehen?«, fragte ich zweifelnd, während Despair einparkte.

Er nickte zögerlich.

»Was ist los?«, hakte ich alarmiert nach.

»Nichts«, entgegnete er, doch das klang nicht besonders überzeugend. Oder auskunftsfreudig.

»Lass uns erstmal nach oben gehen. Dann sehen wir weiter, okay?«, entgegnete ich.

Despair nickte und stieg aus.

Vic und ich folgten ihm zum Fahrstuhl.

»Willst du gar nicht nach deinen Brüdern sehen?«, fragte ich leise, da es mir auf der Seele brannte.

Auch Vic schien etwas sagen zu wollen, unterließ es dann aber.

»Doch, doch. Aber eine Fluchtmöglichkeit sollte man immer sicher haben«, antwortete Despair ausweichend.

Wir fuhren bis ins Erdgeschoss und Despair ging zielstrebig auf eine ältere, südländisch aussehende Frau an der Rezeption zu.

»Mr. Carter! Was für eine Überraschung! Sie waren ja schon ewig nicht mehr hier«, flötete die Frau ihm gutgelaunt entgegen.

»Hallo, Mrs. Sanchez, wie geht's Ihnen? Ist mein Zimmer noch frei?«

»Ja, Sie haben Glück. Ihre Brüder sind allerdings schon oben. Sie fragten mich nach Ihrem Standardzimmer und ich habe sie einfach schon mal hochgeschickt. Ich hoffe, das war kein Problem ...«

»Nein, Mrs. Sanchez. Alles in Ordnung. Wir werden dann ebenfalls nach oben gehen«, beruhigte Despair sie sofort.

»Ich wünsche Ihnen einen angenehmen Aufenthalt mit Ihren zwei hübschen Ladies«, erwiderte sie daraufhin grinsend.

»*Diese Dame hier* ist *meine* Lady«, sagte Despair mit ein wenig Stolz, nahm mich an der Hand und führte mich ein paar Schritte nach vorne, damit Mrs. Sanchez mich besser sehen konnte.

»Sehr erfreut«, sagte ich verlegen.

»Ganz meinerseits«, antwortete die alte Dame. Sie schien wirklich nett zu sein.

»Die andere Lady ist eine gute Freundin«, klärte Despair sie auf.

»Ach, Mr. Carter. Sie sind ja so ein Gentleman. Wenn ich noch mal jung wäre ...« Mrs. Sanchez sprach den Satz nicht zu Ende, doch sie zwinkerte mir vielsagend zu.

»Sie kommen leider ein bisschen zu spät«, antwortete ich ihr mit einem Lächeln und verschränkte meine Finger mit Despairs.

Vic quiekte verzückt und folgte Despair und mir, nachdem wir uns von der Dame verabschiedet hatten, mit verträumtem Blick zum Fahrstuhl.

»Hört das eigentlich irgendwann auf?«, fragte ich sie.

»Ich bemühe mich doch schon. Aber manchmal überkommt es mich einfach noch«, scherzte Vic und drückte mir einen Kuss auf die Wange.

Wir fuhren – wie immer in den obersten Stock. Ich war ein wenig irritiert, dass die alte Dame Despairs Brüder einfach so zu seinem Zimmer geschickt hatte. Für gewöhnlich hatten die Hotelangestellten immer die Anweisung, nichts und niemanden vorzulassen.

Despair musterte mich von der Seite und erriet meine Gedanken:

»Hier bin ich nicht so oft gewesen. Mrs. Sanchez hatte bestimmt nicht mehr an meine damaligen Anweisungen gedacht«, mutmaßte er.

»Dafür konnte sie sich aber noch gut *an dich* erinnern«, entgegnete ich.

»Bist du etwa eifersüchtig?« Ein freches Grinsen umspielte seinen wahrlich schönen Mund.

»Muss ich das sein?«

»Nein. Ich würde sagen, dass liegt einfach nur daran, dass ich so unvergesslich bin«, scherzte Despair und zwinkerte mir spitzbübisch zu.

»Darf ich Treason zu dir sagen?«, konterte ich, doch das kam nur noch halbherzig rüber.

Despair verzog seinen Mund zu einer Grimasse, aber meine Gedanken wanderten schon wieder zurück zu meinen Schwestern und vor allem zu Honesty und ihrem Deckelding.

»Mach dir keine Sorgen, Hope. Wir werden deine Schwestern finden und wir werden auch in Erfahrung bringen, was genau mit ihnen passiert ist und wie wir die Sache wieder bereinigen können«, versuchte Despair mir Mut zu machen.

»Du hörst dich ungewohnt positiv an, Despair«, stellte ich fest.

»Ich fühle mich auch so. – In deiner Gegenwart.« Den letzten Satz sagte Despair nur ganz leise, doch ich hatte ihn genau verstanden.

Vic offenbar auch, denn sie quiekte erneut laut auf.

»Wolltest du dich nicht zusammenreißen?«, raunte ich ihr peinlich berührt zu.

»Ihr macht es mir aber auch extrem schwer«, schnaubte Vic, doch ein kleines Lächeln lag auf ihren Lippen.

»Da hinten, das ist das Zimmer, das ich hier sonst immer bezogen habe«, erklärte Despair und deutete auf die letzte Tür am Gang.

»Lass mich raten: mit Anbindung zum Dach, damit wir im Notfall direkt fliehen können.«

»So und nicht anders«, bestätigte Despair. Dann klopfte er an die Tür.

»Hate? Wir sind's!«, rief er und prompt öffnete uns sein Bruder.

»Das wurde aber auch Zeit! Wo zur Hölle wart ihr so lange?«

»Warum? Wo ist Treason?«, erwiderte Despair direkt alarmiert, doch Hate winkte ab:

»Der ist im Bad. Hat Durchfall.«

Despair verzog angewidert das Gesicht, was mich schmunzeln ließ.

»Wir haben Honesty gesehen«, klärte ich ihn auf.

»Honesty?«

Ich nickte. »Sie erinnert sich nicht mehr an mich. Ja, sie weiß nicht mal mehr ihren Namen«, berichtete ich niedergeschlagen.

»Und sie hat einen Deckel am Kopf. Genau an der Stelle, die zum Limbischen System führt«, ergänzte Despair.

»Ist ihr demnach das Gleiche widerfahren?« Hate schien ehrlich betroffen.

»Vermutlich ...«

»Kriegen unsere Bro's dann auch solche Deckel ans Hirn?« Selbst Hate konnte nicht verbergen, dass er über diese Nachricht mehr als geschockt war.

Cruel stand ebenfalls mit weit geöffneten Augen daneben. Als eher wortkarger Sensianer beschränkte er sich zunächst auf einen entsetzten Blick.

»Auch das ist möglich«, erwiderte Despair.

»Wofür soll der Deckel gut sein? Damit diese merkwürdige schwarze Masse – wofür sie auch immer gut ist – nicht wieder herauslaufen kann?«, ergriff Cruel nun doch das Wort.

»Das ist eine interessante Theorie, Cruel. Darüber habe ich noch gar nicht nachgedacht, wenn ich ehrlich bin«, entgegnete Despair.

»Klingt aber einleuchtend«, sagte Hate.

Ich nickte beipflichtend und auch Vic stimmte mit einem »Mmh mmh« zu.

»Dann wurden Hopes Schwestern bestimmt aus dem Krankenhaus geholt, um sie weiter zu bearbeiten«, seufzte Despair.

»Du meinst, um ihnen einen Deckel in den Kopf zu pflanzen«, korrigierte Hate.

»Leute, könnt ihr ein bisschen vorsichtiger bei eurer Wortwahl sein? Ihr sprecht immerhin von meinen Schwestern«, klagte ich schwach.

»Sorry«, erwiderten Hate und Despair gleichzeitig.

»Dann sollten wir zusehen, dass wir unsere Brüder aus der Klinik holen – falls sie überhaupt noch da sind. Je mehr wir sind, desto besser. Und umso eher können wir die Sache vielleicht aufklären«, schlug Despair vor.

Hate und Cruel nickten einstimmig.

»Und ihr seid euch sicher, dass die Jungs auf eurer Seite sein werden?«, fragte Vic vorsichtig.

»Sie werden keine andere Wahl haben«, erwiderte Hate fest entschlossen.

»Außerdem befindet sich der einzige, der immer aus der Reihe getanzt ist und uns gegeneinander ausgespielt hat, gerade in *diesem* Badezimmer«, fügte Cruel hinzu.

Vic nickte langsam. Ich wusste, was sie dachte. Sie konnte – oder wollte – immer noch nicht glauben, dass Treason so ein hinterlistiges Aas sein sollte.

Um keine weitere Diskussion zu entfachen, blies ich zum Aufbruch: »Von mir aus können wir direkt los!«

Despair sah mich entschuldigend an.

»*Was?!*«, murrte ich.

»Ich möchte nicht, dass du mitkommst«, sagte er kleinlaut.

»*Bitte?!* Meine Schwestern betrifft das Ganze genauso wie deine Brüder!«

»Das stimmt schon. Aber dieser Improba war nur hinter dir her und das Risiko ist einfach zu groß, wenn du mitkommst«, entschuldigte er sich.

»Ernsthaft? Das ist also der wahre Grund, warum du nicht direkt zu deinen Brüdern aufgebrochen bist? Damit du mich hier zurücklassen kannst? Ich wusste, dass da mehr dahintersteckt!« Ich schnaubte empört.

Einerseits konnte ich Despairs Sorge ja verstehen, aber er erwartete doch nicht wirklich, dass ich mit Vic hierblieb und einen auf Hausmütterchen machte?!

Despair schwieg.

»Und stattdessen willst du mich lieber hier mit Treason alleinlassen?«, fügte ich provozierend hinzu.

»Auf gar keinen Fall! Der kommt diesmal mit. Und wenn er vor lauter Angst einen Herzinfarkt erleiden sollte! Noch einmal mache ich diesen Stress nicht mit!«, entgegnete Despair bestimmt. »Am Ende steckt er doch hinter all –«

»Despair!«, rief Cruel.

Irritiert sah der sich nach seinem Bruder um.

»Was?«

»Zu spät«, erwiderte Cruel tonlos.

»Was ist zu spät?«, fragte Despair ungeduldig.

Cruel schaute aus dem Fenster und zeigte auf das gegenüberliegende Dach. Eine schwarz gekleidete Person huschte hinter einen Schornstein und wollte sich dort offenbar verstecken.

»Ist das der Improba aus dem Krankenhaus?«

Ich spürte, wie Despair augenblicklich nervös wurde. Uns anderen ging es genauso.

»Ich glaube nicht. Ich möchte es allerdings auch nicht herausfinden.« Er nickte Cruel zu. »Planänderung: Lasst uns schleunigst von hier verschwinden. Hate? Holst du Treason?«

Hate nickte.

»Was ist, wenn das einer von euren Brüdern ist?«, wandte ich ein und dachte dabei an Honesty.

»Dann würde er sich sicher nicht vor uns verstecken.«

Despair fasste mich an der Hand und zog mich in Richtung Tür.

»Beeilt euch! Bevor er näherkommt«, wies er seine Brüder an.

Ich ließ mich von ihm mitziehen. Nach allem, was ich hörte, folgte uns der Rest.

Despair riss die Zimmertür auf – und prallte gegen einen weiteren dunkel gekleideten Mann, der ihn mit einem einzigen Schlag mehrere Meter nach hinten stieß. Ein dumpfes Knacken war zu hören. Unsere Hände verloren sich.

»Despair!«, schrie ich entsetzt und wollte zu ihm, da fühlte ich eine Hand im Genick. Ein widerlicher Schmerz durchfuhr mich.

»Hierbleiben, Fräulein!«, ertönte eine tiefe Stimme und jemand hielt mich dabei so fest im Griff, dass eine Flucht unmöglich war.

Zudem stand der Typ, der sich eben noch auf dem gegenüberliegenden Dach befunden hatte, nun mit zwei weiteren Personen direkt vor unserer Balkontür. Wir waren umzingelt.

Ein Schlag und die Scheibe zersplitterte in tausend Teile.

Während sich die Gestalten uns näherten, schaute ich mich hilfesuchend um und blickte dabei in eine Reihe fassungsloser Gesichter.

Hate und Cruel hatten sich in eine Abwehr- und nicht in eine Angriffsposition begeben. Ich nahm an, weil sie die Sinnlosigkeit eines solchen Unterfangens bereits erkannt hatten.

»Was wollt ihr von uns?«, presste ich schmerzverzerrt hervor und versuchte mich loszumachen.

Der Mann hinter mir verstärkte seinen Griff und ich hörte schlagartig auf, mich zu wehren. Seine Hand sendete unentwegt Schmerzimpulse aus, die sich mit dem festeren Zupacken weiter verstärkten. Ich hatte das Gefühl, als würde mein ganzer Körper in Flammen stehen. Ich stöhnte auf.

»Lasst sie los!«, befahl Despair, nachdem er sich wieder aufgerappelt hatte. Auch er schien große Schmerzen zu haben. Vermutlich hatte der Typ ihm mehrere Rippen gebrochen. Tapfer wie Despair jedoch war, versuchte er sich nichts anmerken zu lassen.

»Ich sagte, du sollst sie loslassen!«, forderte er erneut.

»Sonst was? Willst du mit deiner Kindergang auf uns einschlagen?«

Die Fremden begannen zu lachen.

»Wer seid ihr? Was wollt ihr von uns?«, fragte ich schwer atmend.

»Du hast Recht. Wo bleiben bloß unsere Manieren«, antwortete er gespielt tadelnd.

Wieder einstimmiges Gelächter.

»Darf ich vorstellen? Die zwei Gentlemen zu meiner Rechten sind *Rage* und *Aggro*. Der Herr und die zwei Damen hinter euch – im selben Moment nahmen diese ihre Kapuzen ab – sind *Fear*, den kennt ihr ja bereits, sowie Lady *Agony* und Lady *Panic*. Und mein werter Name ist *Pain*.«

Wut, Aggression, Angst, Qual, Panik und Schmerz also. Alle schienen in sehr guter sportlicher Verfassung zu sein. Sie hatten dunkle Haare, dunkle Augen und – passend – schwarze Kleidung an. Typische Improbas eben. Nur, dass sie ungefähr fünf bis zehn Jahre älter waren als wir.

»Wo kommt ihr her? Was wollt ihr?«, fragte ich noch einmal. »Und warum kann man eure Impros nicht sofort spüren?«

»Wir sind *vor euch* dagewesen, Schätzchen. Und wir haben im Gegensatz zu euch gelernt, unsere Impros zu kontrollieren, was auch im Übrigen der Grund ist, warum wir eine Säuberung durchführen sollen.«

Ich schluckte schwer. *Säuberung …*

»Und was passiert jetzt mit uns?«, fragte ich dennoch mit gerecktem Kinn.

Despair warf einen schnellen Blick zu Hate und Cruel, den Pain aber sofort registrierte.

»Denk nicht mal dran, Kleiner. Wir haben dich schneller ausgeschaltet, als du dir vorstellen kannst. Zudem solltest du bedenken, dass ich hier etwas in der Hand halte, was dir offenbar wichtig ist. Und du willst doch nicht, dass ich es aus Versehen kaputtmache, oder?«

Ein starker Schmerzimpuls fuhr mir ins Genick, der mich beinahe ohnmächtig werden ließ. Ich stöhnte erneut.

»Bitte tue ihr nichts!«, sagte Despair schnell. Sein sonst so selbstbewusster Ton war einem Flehen gewichen.

»Das hängt von euch ab! Macht nur einer Ärger, müssen alle leiden. Verhaltet ihr euch vernünftig und kommt mit, können wir über alles reden.«

»Du erwartest von uns, dass wir euch folgen, obwohl ihr uns umbringen wollt?«, fragte Hate verständnislos.

»Aber, aber ... Davon war doch noch gar nicht die Rede. Allerdings könnte das durchaus passieren, ja«, antwortete Pain amüsiert.

»Wie meinst du das?«, haket Cruel nach.

»Geh mir nicht auf die Nerven, Kleiner. Ihr habt sowieso keine andere Möglichkeit. Entweder kommt ihr freiwillig mit oder wir zwingen euch.« Mit diesen Worten warf er uns allen Handschellen vor die Füße und verlangte, dass wir diese anlegten. Allen, bis auf einem ...

»Gut gemacht, Treason! Unser Boss wird dich dafür reich belohnen!« Agony klopfte ihm anerkennend auf die Schulter, während ich das Gefühl hatte, mir würde gerade jemand mit einer Bratpfanne mitten ins Gesicht schlagen.

»Treason?«, fragte ich leise. Zutiefst enttäuscht schaute ich ihn an, doch Treason würdigte mich keines Blickes.

»Ich wusste es! Ich hab es immer gewusst! Dieser miese Verräter!«, rief Despair zornig.

»Leg die Handschellen an! Sofort!«, kommandierte Pain und machte eine drohende Geste in meine Richtung. Despair parierte sofort.

»Das ist wirklich nicht zu fassen! Dieser miese kleine ...« Hate verschluckte die restlichen Worte. Hasserfüllt starrte er Treason an.

Auch Cruel sah kopfschüttelnd zu seinem Bruder hinüber, verkniff sich aber jeglichen Kommentar. Sein Gesichtsausdruck sagte nur: Ich hab's auch gewusst!

»Hattet ihr wirklich etwas anderes erwartet? Bei einem, dessen Impro der Verrat ist? Nicht euer Ernst, oder?«, fragte Pain leicht belustigt. »Selbst euer kleines Menschenmädchen war standhafter als er. Und das, obwohl Fear wirklich tief in die Trickkiste gegriffen hat!«

»Miau!«, machte Fear und grinste verschlagen. Sofort bildete sich ein Kloß in meinem Hals, als ich an Streuner und Vic dachte und wie ich die beiden vorgefunden hatte. Kein Wunder, dass sie so verängstigt gewesen war und sich auch im Krankenhaus vor lauter Furcht nicht mehr bewegen konnte. Wenn ich mir diese Improbas so ansah, wollte ich mit keinem von denen irgendwo alleine sein ...

»Los geht's«, kommandierte Pain, da fiel sein Blick auf Vic, die wieder zu einer Art Salzsäule erstarrt war.

»Du bleibst hier, Menschenmädchen. Dich brauchen wir nicht!«

»Ich ...« Vic wollte irgendetwas sagen, doch sie brachte keinen weiteren Ton heraus.

Fear schaute sie an und lachte: »Menschen sind echt so schwach«, sagte er.

Pain nickte ihm zu, dann wandte er sich wieder an Vic: »Was ich? Willst du etwa freiwillig mitkommen? Hat Fear dir doch so gut gefallen?«, fragte er gehässig.

Vic schüttelte sofort hektisch den Kopf.

»Na also.«

Pain zog mich mit sich aus dem Zimmer. Despair und der Rest folgten uns. Als Treason an den Jungs vorbeiging, hörte man »Verräter!«, »Arschloch!« und einer – ich vermutete Cruel spuckte sogar nach ihm.

»Wie konntest du nur«, fragte ich traurig, als Treason bei mir und Pain angekommen war, doch er ignorierte mich weiterhin. Hatte ich mich wirklich so sehr in ihm getäuscht? War das wirklich alles gelogen, was er mir im Hotelgarten des *Discretion* erzählt hatte? Was er mir über Loyalty gesagt hatte?

Eine Träne rann mir die Wange hinab. Still und heimlich, doch sie war nicht aufzuhalten.

Ich war so eine Idiotin! Ich hätte auf Despair hören sollen. Er hatte mir von Anfang an gesagt, was Treason für ein Sensianer war. Dass man ihm nicht trauen konnte und dass ich mich bei ihm vorsehen sollte. Und ich hatte ihm – naiv und gutgläubig wie ich war – eine Chance nach der anderen gegeben. Und jetzt? Jetzt hatte ich alle in die Scheiße geritten. Nicht mal Vic konnte ich noch Lebewohl sagen. *Sehr gut, Hope!*

Wir fuhren mit dem Fahrstuhl runter bis in die Tiefgarage, wurden in zwei große Vans verfrachtet und bekamen die Augen verbunden. Dann machten wir uns auf den Weg in die Basis der Improbas. Wo auch immer die sein mochte ...

***

Nach einer gefühlten Ewigkeit schienen wir am Ziel angekommen zu sein. Wir wurden zum Aussteigen gezwungen und Pain packte mich, um mich unsanft vor sich her zu schieben. Ich konnte zwar nicht sehen, dass er es gewesen war, doch ich spürte es an seiner schmerzhaften Berührung ganz deutlich.

»Stufe!«, blökte er und ich hob automatisch meinen Fuß höher.

»Noch eine.«

Ich nickte.

Vermutlich erreichten wir nun einen Gang mit glattem Steinboden. Zumindest hallten unsere Schritte leicht nach. Ein beinahe gespenstisches Geräusch.

Ich hörte, wie eine Tür geöffnet wurde.

»So, Schätzchen. Wir sind da«, sagte Pain und nahm mir die Augenbinde ab. Die anderen schienen bei Despair und seinen Brüdern das Gleiche zu tun. Zumindest hörte man ein einheitliches Rascheln.

Es dauerte einen kurzen Moment, bis sich meine Augen an die neuen Lichtverhältnisse gewöhnt hatten, doch dann blickte ich mich um.

Der Raum hatte Ähnlichkeit mit einer Tierarztpraxis. Zumindest, wenn man es auf die ganzen Käfige ringsherum reduzierte. Immerhin waren sie größer als die der Jungs, schoss mir der absurde Gedanke durch den Kopf. Als wären sie ... für einen längeren Aufenthalt gedacht.

Ich schluckte.

»Wo sind wir hier?«, fragte ich.

»In unserer Basis. Und das ist der Raum, wo fehlgeleitete Existenzen wieder geheilt werden«, antwortete Pain nüchtern.

»Fragt sich, wer hier fehlgeleitet ist«, murmelte ich und sah zu Despair, der von seinem Improba – ich glaubte, es war Rage – gerade in einen der Käfige gestoßen wurde. Durch die Gitterstäbe machte der Improba Despair die Handschellen ab.

»Ist alles in Ordnung bei dir?«, fragte er sofort besorgt, als er mich erblickte.

»Bis jetzt schon«, erwiderte ich unsicher. Dann bekam ich ebenfalls einen kräftigen Schubs in Richtung eines Käfigs.

»Aua!«, beschwerte ich mich.

»Geh da rein!«, befahl Pain.

Ich gehorchte und bekam meine Handschellen ebenfalls abgenommen. Genau wie alle anderen, nachdem sie ihre Käfige betreten hatten.

»Ihr solltet jetzt schlafen. Morgen fangen wir an«, erklärte Pain.

»An? Womit?«, fragte ich.

»Mit eurer Heilung ...«

Ich schluckte laut.

»Keine Angst. Es ist weder schmerzhaft, noch dauert es lang. Morgen Abend seid ihr schon wieder hier draußen.«

Ich schluckte erneut, da ich nicht wusste, was ich dazu sagen sollte. Mir schwirrte gerade so viel im Kopf herum, dass ich nicht in der Lage war, einen klaren Gedanken zu fassen.

»Treason kommt gleich und bringt euch noch etwas zu essen. Wir sehen uns morgen wieder.« Mit diesen Worten verabschiedete sich Pain und verließ mit den anderen Improbas den Raum.

Keine fünf Minuten später kam Treason zur Tür herein.

»Treason!«, rief ich aufgebracht. »Wie konntest du nur?!«

Treason ging durch den Raum und stellte jedem von uns eine Flasche Wasser und etwas zu Essen hin, vermied es aber, irgendeinen von uns dabei anzusehen.

»Treason, nun sag was dazu!«, forderte ich und sah ihn dabei eindringlich an.

Da hob er für einen kurzen Moment den Kopf. Sein Blick war leer.

»Was soll ich noch sagen?«, antwortete er kalt.

»Warum hast du das getan? Ich habe dir vertraut! Das ist das Allerletzte!« Meine Stimme brach, als mich meine Gefühle überwältigten.

Treason zuckte teilnahmslos mit den Schultern und wandte sich wieder zum Gehen.

»Du elender Verräter!«, brüllte Hate und rüttelte an den Gitterstäben. »Sobald ich hier raus bin, mach ich dich kalt!«

Treason drehte sich um. »Wenn du hier rauskommst, wirst du dich an nichts mehr erinnern können«, antwortete er ungerührt und verließ den Raum.

»Was soll das bedeuten?«, blaffte Hate ungehalten, doch Treason war bereits verschwunden.

Despair seufzte schwer. »Ich hab da so eine Ahnung ...«

Ich sah zu Cruel hinüber, der daraufhin wissend nickte.

»Ich glaube, sie werden uns ebenfalls solch einen Kanal verpassen. Und ich vermute mittlerweile, diese ominöse schwarze Masse im Limbischen System, von der Hopes Krankenhauskumpel gesprochen hat, sorgt dafür, dass wir uns danach an nichts mehr erinnern können und – wie ich zudem annehme auch unsere Fähigkeiten verlieren«, sagte Despair.

»Und wofür soll das gut sein?«, fragte ich, doch ich hörte mich dabei nicht einmal halb so erschrocken an wie ich eigentlich war. Vermutlich, weil ich das Ganze weder fassen noch glauben konnte.

»Pain sprach von fehlgeleitenden Objekten. Offenbar scheinen wir uns in eine Richtung entwickelt zu haben, die irgendjemandem missfällt«, erwiderte Despair.

»Dem Oberst«, seufzte ich.

»Der Oberst ist tot, Hope. Wir haben es mit eigenen Augen gesehen. Er lag aufgeschlitzt auf seinem Küchentisch und wir haben extra noch seinen Puls gefühlt. Mehr tot kann man gar nicht sein.« Despair schloss kurz die Augen.

Cruel nickte bestätigend.

»So ist es, Hope. Wer auch immer den Oberst gekillt hat, hat's jetzt auf uns abgesehen«, fügte Hate hinzu. An seiner Stimme hörte man immer noch, wie aufgebracht er war.

»Ich weiß. Ich habe das nicht vergessen. Aber vielleicht hat er doch noch gelebt und wurde gerettet?«, wandte ich nachdenklich ein.

»Glaub mir, Hope: Das war alles echt und da gab es nichts mehr zu retten«, entgegnete Despair eindringlich.

»Irgendeinen Chef müssen die ja auch haben, oder?«, mutmaßte ich weiter.

»Fragt sich nur, wen ...«, murmelte Hate.

»Hope?«, sprach Despair mich an.

»Ja?«

»Ich habe den Eindruck, dass Treason dir gegenüber trotz allem ein schlechtes Gewissen hat. Appelliere an sein Impro. Versuche etwas aus ihm herauszubekommen. Treason ist und bleibt ein Verräter. Es ist nur eine Frage der Zeit, bis er auch diese Typen hier verrät.« Despair warf mir einen durchdringenden Blick zu.

»Meinst du wirklich?«

Despair nickte.

»Und wie soll ich das machen? Er wird mir doch nicht einfach so seine kostbare Zeit schenken und etwas verraten«, zweifelte ich.

»Treason mag Frauen. Insbesondere hübsche Frauen. Wenn du ihm noch ein bisschen Honig ums Maul schmierst und ihm erzählst, wie bewundernswert und gerissen du seine Aktion fandest, wird er schwach werden. Ganz sicher.«

Hate und Cruel nickten bestätigend.

»Aber sowas von, Hope. Wir sind vielleicht nicht ganz unschuldig daran, doch Treason lechzt geradezu nach Anerkennung. Wenn du so vorgehst, wird er dir alles erzählen«, fügte Hate hinzu.

»Ich bin mir da auch sicher, Hope. Er ist, was er ist. Mach dir das zu Nutze«, zeigte nun auch Cruel seine Zustimmung.

Ich nickte langsam.

»Ich werde mein Bestes versuchen.« Sonderlich überzeugt war ich allerdings nicht.

Kurz darauf zuckte ich wie ertappt zusammen, denn Treason steckte seinen Kopf durch die Tür und fragte: »Habt ihr schon aufgegessen?«

»Hau ab!«, brüllte Hate direkt.

»Ja, Mann. Verpiss dich!«, fügte Despair gereizt hinzu. Sie wollten offenbar den Schein wahren.

»Treason? Kannst du mal bitte kommen?«, bat ich ihn hingegen höflich.

Nahezu ängstlich schlich er an den Käfigen von Hate, Cruel und Despair vorbei und folgte tatsächlich meiner Aufforderung. Sollte es so leicht werden? Das konnte doch nicht sein ...

»Was ist Hope?«

»Ich habe Durst, aber ich kriege die Flasche nicht auf. Wärst du so lieb?«

Treason zog misstrauisch die Augenbrauen nach oben. »Du kriegst die Flasche nicht auf?«

Ich schüttelte den Kopf und tat ganz unschuldig.

Treason nahm die Flasche und versuchte sie zu öffnen.

»Die ist echt fest zu«, schnaufte er, während er mir ganzer Kraft an dem Deckel drehte. Dann ertönte ein Zischen.

»Kein Wunder, dass du die nicht aufbekommen hast«, ächzte er und reichte mir sichtlich stolz die offene Flasche.

»Danke«, erwiderte ich höflich.

Treason wandte sich zum Gehen. »Ihr könnt das Essen ohne Probleme anrühren. Es ist sauber. Die Improbas wollen euch nicht umbringen. Nur neutralisieren«, sagte Treason.

»Neutralisieren?«, hörte ich aufmerksam nach.

Nun war es Treason, der zusammenzuckte.

»Erklärt euch Agony morgen. Und jetzt schlaft besser.« Damit verschwand er wieder.

»Das war schon mal gar nicht so schlecht, Hope«, sagte Hate überraschend optimistisch.

Ich blickte zu Despair, der dies nickend bejahte.

»Fragt sich nur, wie weit ich ihn bis morgen habe, wenn dieses ominöse ›Neutralisieren‹ stattfinden soll«, seufzte ich.

»Das sehen wir dann«, erwiderte Despair und legte sich auf die Decke in seinem Käfig. Offenbar hatte er sich schon mit der Situation abgefunden. Oder schöpfte er Hoffnung?

5. Kapitel

Despair

Ich war der Erste, der am frühen Morgen aufwachte. Zumindest von unserer Truppe. Außerhalb unseres Raums hörte ich bereits verschiedene Personen – oder Improbas – durch die Gegend laufen.

Ich richtete mich auf und lauschte angespannt, da ich direkt vor der Tür ein Gespräch hörte. Sie dachten vermutlich nicht, dass einer von uns schon wach war … Wie leichtsinnig von ihnen!

»Bist du sicher, dass wir sie direkt neutralisieren sollen?«

»So lautet die Anweisung vom Boss.«

Ich hörte noch angestrengter hin.

»Ganz ehrlich? Ich würde erst mal testen, wer tatsächlich neutralisiert werden muss.«

»Und die Anweisung vom Boss ignorieren?«

»Was heißt ignorieren. Sie sollen alle Improbas werden, oder nicht?«

»Ja?«

»Da drinnen sitzen bereits drei. Wer weiß, ob sie überhaupt so versaut sind, dass wir sie neu einlernen müssen. Vielleicht reichen drei bis vier Einheiten und sie sind wieder auf ihrem alten Level.«

»Dann hätten wir uns eine Menge Arbeit erspart.«

»Ganz genau.«

»Und wie wollen wir das anstellen?«

»Wir müssen sie einfach befragen oder Situationen kreieren, aus denen man erkennen kann, ob sie nach einem Impro oder Pro handeln.«

Ahhh … das war also der Plan

Ich stutzte kurz. Das war auch der Plan unseres Obersts gewesen. – Aber nein. Der war tot. *Wirklich* tot.

»Psssst«, zischte ich Hate an, der in dem Käfig neben mir schlief. »Wach auf.«

»Wie? Wo? Was?«, maulte er verschlafen.

»Komm zu dir, Mann«, ermahnte ich ihn in gemäßigtem Tonfall.

»Was ist los?«, fragte Hate, hatte aber ziemlich schnell begriffen, dass er leise sein sollte.

Ich berichtete Hate im Flüsterton, was ich soeben mitangehört hatte.

»So können wir Zeit gewinnen«, schlussfolgerte er.

Ich nickte. »Und jetzt erzähl das Cruel.«

Hate robbte an die andere Seite des Käfigs und klärte Cruel auf, der von unserer Tuschelei bereits wach geworden war.

»Nun sag es Hope«, endete Hate.

Cruel tat wie geheißen.

»Ich soll einfach so tun, als wäre ich der Verzweiflung bereits näher als der Hoffnung?«, hörte ich sie leise flüstern.

Cruel nickte.

Da öffnete sich bereits die Zimmertür und Treason kam mit Agony herein.

Der Verräter stellte uns allen etwas zu Essen hin und tauschte die Wasserflaschen aus. Auf meinem Teller lagen zusätzlich zwei weiße Tabletten. Ich linste hinüber zu Hates Teller, auf dem sich ebenfalls welche befanden.

Fragend schaute ich Treason an, doch dieser stellte sich neben Agony und starrte auf den Boden. Was für ein Feigling! Nicht mal jetzt brachte er es fertig, uns ins Gesicht zu schauen. Was sollte ihm denn in diesem Moment geschehen? Wir saßen alle in Käfigen. Dass wir wie von Zauberhand befreit wurden und ihm etwas antun könnten, war aktuell leider sehr, sehr unwahrscheinlich.

»Guten Morgen«, grüßte Agony. »Habt ihr gut geschlafen?«

»Sehr witzig«, kommentiere Hate trocken.

»So bin ich«, antwortete Agony arrogant und warf ihm dabei einen tödlichen Blick zu. Wenn sie allerdings dachte, dass sie Hate damit einschüchtern konnte, musste sie noch einiges über ihn lernen.

»Ihr seid hier, weil wir euch wieder auf den rechten Weg leiten sollen«, begann sie.

»Den kann ich dir ebenfalls zeigen, Spätzchen«, blaffte Hate und ließ seine Fingerknöchel knacken.

Agony lächelte überheblich. »Du solltest besser freundlich zu mir sein ...«

»Sonst?«, provozierte Hate weiter.

»Sonst nehm ich dir deine Tabletten wieder ab.« Ein bösartiges Grinsen huschte über ihr Gesicht.

»Den Scheiß fress ich sowieso nicht!«

»Ich bin mir sicher, du wirst mich bald danach anflehen.«

»Nach Tabletten?«

»Nach Betäubungsmitteln.«

»Ich soll Betäubungsmittel fressen, damit du mit mir machen kannst, was du möchtest? Das hättest du wohl gerne ...« Hate grinste süffisant zurück.

Ich spürte jedoch seine aggressive Aura, die geradezu loderte.

Auch Agony bemerkte es.

»Ich fürchte, dass ich in *den* Genuss nicht kommen werde«, erklärte sie kalt.

»Schade, was?« Hate ließ nicht locker.

»Mich langweilt das Gespräch! Und ich glaube, bei dir gehe ich lieber auf Nummer sicher und werde dich einfach neutralisieren. Ob nötig oder nicht. Die Mehrarbeit mache ich mir gerne.« Agonys Augen funkelten boshaft.

»Neutralisieren?«, mischte ich mich ein.

Da fiel ihr eisiger Blick auf mich. »Korrekt.«

»Und was bedeutet das?«

Agony ließ einen Rucksack von ihrer Schulter gleiten und holte etwas heraus, was wie eine Art Bohrer aussah.

Ich schluckte laut.

»Kluges Bürschchen«, kommentierte sie. Dann kramte sie eine Kapsel mit einer schwarzen Masse hervor, die sie hinten auf den Bohrer steckte. Er besaß eine widerlich lange Injektionsnadel.

»Das hier ist ein *Neutralisator*«, erklärte sie. »Ich werde euch damit ein Loch in den Kopf bohren und –«

»Die schwarze Masse injizieren«, ergänzte ich für sie.

»Wieder korrekt.«

»Und das dient welchem Zweck?«, tat ich arglos. Natürlich hatte ich mir schon längst meinen eigenen Reim auf das Ganze gemacht, doch Agony in ein Gespräch zu verwickeln, brachte uns vielleicht zusätzliche Erkenntnisse.

»Stell dir diese Masse wie eine Art Reinigungsmittel vor. Ich spritze sie dir in dein Limbisches System und sie radiert alle Erinnerungen und Gefühle aus.«

Meine Augenbrauen schnellten in die Höhe. Genau, wie ich befürchtet hatte …

»Keine Sorge. Wenn du die Tabletten nimmst, ist es nicht schmerzhaft. Du wirst danach einfach nur wieder neu eingelernt werden müssen.«

Ich betrachtete Agony, die personifizierte Qual. Irgendetwas sagte mir, dass ich ausgerechnet ihr in diesem Punkt nicht trauen konnte.

Prompt setzte sie ein fieses Grinsen auf. Sie hatte offensichtlich meine Gedanken erraten.

»Und was ist mit: Einmal belehrt, für alles andere gesperrt?«, hakte ich nach.

»Tja … da hatte wohl einer keine Ahnung …«

»Aber ich habe doch dann ein Loch im Kopf?«, spielte ich das Fragespiel weiter. Mal sehen, wie lange sie Lust darauf hatte …

»Das Loch wird mit einem Deckel verschlossen«, erklärte Agony schon merklich genervt.

»Und dieses Mittel? Das ist doch bestimmt krebserregend und richtet gewiss noch viel mehr Schaden an, als bekannt ist.«

»Es stammt von unserem Planeten und hat sich dort bewährt. Du kannst wirklich beruhigt sein«, erwiderte sie zähneknirschend.

Wie leicht sie sich aus der Reserve locken ließ …

»Muss ich also für den Rest meines Lebens mit einem Deckel im Kopf herumlaufen? Das ist ja furchtbar!« Zur Bekräftigung schlug ich mir die Hand vor die Stirn.

»Meine Güte, was bist du für eine Mimose! Der Deckel ist dazu da, damit die Flüssigkeit nicht wieder herausläuft. Gleichzeitig heilt sie nämlich auch eure Wunde und verhindert eine Infektion, nachdem sie sich nach ungefähr zwei bis drei Wochen von selbst auflöst.«

»Ich bin nicht überzeugt«, erwiderte ich knapp.

Agony seufzte angestrengt und verdrehte die Augen. Dann ging sie einfach hinüber zu Hope.

»Ich hatte sowieso vor, mit dir anzufangen, mein blonder Engel.« Sie hockte sich vor Hopes Käfig und hielt ihr die Tabletten hin. »Iss am besten vorher was. Sonst wird dir schlecht. Die Dinger sind nicht ohne.«

»Was? Ich soll als Erste? Das überlebe ich niemals!«, rief Hope entsetzt.

Agony stockte. »Was hast du da gerade gesagt?«

»Na das da!« Hope deutete auf den *Neutralisator.* »Damit wirst du mich umbringen. Niemand wird das überleben! *Niemand*!« Hope drückte sich ängstlich gegen die hinteren Gitterstäbe und fokussierte panisch die Maschine.

Fast hätte ich ihr die Panik abgekauft. Hope war echt überzeugend. Doch dann erinnerte ich mich daran, was wir vorhin besprochen hatten. Ich hoffte nur, dass Agony den Trick nicht bemerkte.

»Warum glaubst du, dass du das nicht überleben wirst?«

»Weil das niemand tun wird. Niemand!«, rief Hope entsetzt und begann zu zittern.

Agony musterte sie intensiv. Sie schien zu überlegen, ob sie Hope ihr Verhalten abkaufen konnte.

»Hast du nicht wenigstens mehr davon? Damit ich überhaupt eine Chance habe?«, fragte Hope verzweifelt und wollte Agony die Tabletten aus der Hand nehmen.

Agony machte daraufhin einen Schritt zurück und steckte die Tabletten ein. »Ich glaube, wir warten noch ein bisschen damit. Jetzt esst. Und wenn ihr noch etwas braucht, sagt dem Kleinen hier Bescheid. Der macht sich gut als Lakai.« Sie klopfte Treason fest auf die Schulter.

Er nickte ergeben.

Dann verließ sie, offenbar äußerst zufrieden, das Zimmer und ich hielt Hope unbemerkt das »Daumen hoch«-Zeichen hin.

Das entlockte ihr ein kleines, unbemerktes Lächeln.

»Braucht ihr noch was?«, fragte Treason nun demütig.

Gut so! Er sollte sich ruhig schlecht fühlen, nach der Scheiße, die er uns hier eingebrockt hatte.

»Ja, kommst du mal?«, rief Hope nach ihm.

»Wieder die Wasserflasche?«, versuchte er zu witzeln, doch hier war keiner – ich betone: absolut keiner! zu Späßen aufgelegt.

»Dar ich dich etwas fragen?«

»Muss das sein?«, antwortete er gequält.

»Ja.«

Da nickte er langsam.

»Wo kommen die anderen Improbas überhaupt her?«, fragte Hope interessiert.

»Ich weiß es nicht.«

»Das musst du doch wissen!«

»Nein, ich weiß es nicht«, beharrte Treason.

»Aber ihr seid doch befreundet«, argumentierte Hope.

»Oh nein! *Das* sind wir bestimmt nicht!«, wiedersprach ihr Treason. Und das in aller Deutlichkeit, wenn ich das mal so sagen durfte.

»Nein? Und warum hast du uns ihnen dann ausgeliefert?«, hakte Hope nach.

»Ich bin eben ein Verräter. Ich verrate oft und gerne. Sonst noch Fragen?« Treason blickte Hope ausdruckslos an. Dann drehte er sich um und verschwand aus dem Zimmer.

»Das kannst du unmöglich ernst meinen!«, rief sie ihm noch hinterher, doch Treason hörte es nicht mehr.

»Unfassbar!«, kommentierte sie sein unverschämtes Verhalten und blieb perplex zurück.

»So ist Treason«, entgegnete Cruel daraufhin knapp und stierte mit bösem Blick zur Tür. *Ich* würde nicht in Treasons Haut stecken wollen, sollte Cruel (oder auch Hate) hier ohne Löschung seiner Erinnerungen wieder rauskommen ...

»Und wie geht's jetzt weiter?«, fragte Hate.

»Genau wie besprochen, würde ich sagen. Wir sollten sie überzeugen, dass eine Neutralisierung nicht notwendig ist, bis wir entweder freiwillig entlassen werden oder aber einen Plan haben, wie wir hier sonst wieder herauskommen«, schlug ich vor.

Hope schnaubte aufgebracht.

»Richtig, Hope. Ich würde dich bitten, mit Treason wie geplant weiter zu verfahren. Vielleicht kann uns sein Impro doch noch von Nutzen sein …«, überlegte ich laut.

»Du meinst, ich soll zu diesem Verräter freundlich sein? Nach dem, was er da gerade vom Stapel gelassen hat?«, empörte sie sich. »Nicht zu vergessen die Situation, in der wir *seinetwegen* stecken …«

Ich nickte lahm. Klar fiel ihr das schwer. Ich wüsste selbst nicht, ob ich mich dazu durchringen könnte. Aber hier musste man ganz klar den Verstand über die Gefühle stellen. Vielleicht konnte Hope ihn doch überzeugen, uns in irgendeiner Form zu helfen. Vor seinem schamlosen Verrat hatte ich nämlich den Eindruck gewonnen, dass er Hope mochte. Oder war diese Nettigkeit auch nur Teil seines perfiden »Plans« gewesen?

Die Gedanken kreisten – nicht nur bei mir, sondern auch bei den anderen. Jeder schien mit sich selbst beschäftigt zu sein, obwohl wir uns garantiert alle die gleichen Fragen stellten:

Wo kamen die neuen Improbas her? Waren sie wirklich schon vor uns auf der Erde gewesen? Zu wem gehörten sie? Welche Aufgabe hatten sie? Und warum wussten wir davon nichts? Gab es außer ihnen noch mehr? Auch Probas? Oder waren sie die einzigen?

Gerade als ich dahingehend etwas in die Runde werfen wollte, öffnete sich die Tür erneut und Greed, Agony und Love traten herein. – *Was?!*

»Love!«, rief Hope entsetzt – genau, wie ich ein überraschtes »Greed« ausstieß. Beide hatten das gleiche graue Haar wie Honesty und die gleichen auffallend grauen Augen. Im Krankenhaus hatte man das aufgrund des Kopfverbandes gar nicht sehen können.

»Warum so erschrocken? Ich dachte, ihr freut euch, wenn ihr ein paar bekannte Gesichter seht? Schließlich wart ihr doch deswegen extra im Krankenhaus, oder etwa nicht?« Agony lächelte falsch.

»Geht es dir gut? Was haben sie mit dir gemacht? Haben sie dir weh getan?«, bombardierte Hope ihre Schwester direkt mit Fragen. Ihre hörbare Sorge füllte den ganzen Raum aus, doch Love schaute vollkommen desinteressiert in der Gegend herum. Da hatte sie wohl ihre Antworten …

Bei Greed war es nicht anders. Auch er schien uns gar nicht wirklich wahrzunehmen – zumindest nicht als das, was wir waren: seine Brüder.

Hopes Blick fiel wieder auf Agony. »Warum macht ihr das bloß? Was haben wir *euch* getan?«, schnappte sie. Ihre Stimme hörte sich rau und kratzig an und ich sah, wie ihre Augen zu schimmern begannen.

»Wiedersehensfreude sieht aber anders aus«, höhnte Agony.

»Ich verstehe nicht, warum ihr sie hergebracht habt. Das Zeug habt ihr doch bereits injiziert. Was soll sie dann hier?« Hope echauffierte sich richtig.

»Wir sind jetzt eure neue Einheit. Findet euch damit ab«, blaffte Agony zurück.

»Niemals!« Hope spie das Wort fast aus.

Agony ging näher zu ihrem Käfig und musterte sie eindringlich. »Du hast also *Hoffnung*, dass du hier noch mal rauskommst, ja?«

Hope verstummte kurz, schaltete dann aber glücklicherweise sofort: »Sind Modesty und Lie auch hier?«, fragte sie traurig.

»Wir haben euch ALLE«, triumphierte Agony.

»Dann gibt es wohl kein Entrinnen mehr.« Hope seufzte theatralisch.

Agony trat noch einen Schritt näher und baute sich vor Hope auf. Ihre Augen schienen sie förmlich zu durchleuchten und ich betete inständig, dass Agony nichts spürte.

»Ich habe noch keine Ahnung, was ich von dir halten soll. Du hast Hoffnung sowie Verzweiflung in dir. Stehst du etwa kurz vor einer Umschulung? – Hm ... Du bist in jedem Fall widersprüchlich. Das mag ich nicht.« Ihr Blick fiel auf mich. »Genau wie der da!«

Treason war im selben Moment in den Raum getreten und bekam die Sätze von Agony noch mit:

»Das wirst du spätestens in zwei Tagen wissen. Wenn *sie* sich verstellt, hält sie das nicht über einen längeren Zeitraum durch. Glaub mir!«, sagte er.

Bitte?! Half er Hope etwa gerade?

»Du hast Recht. Schauen wir einfach, in welche Richtung sie geht. Wobei ich dennoch vorsichtshalber für das Neutralisieren plädieren werde, aber die finale Entscheidung müssen dann andere fällen.« Agony verließ den Raum und ließ uns mit Greed und Treason allein, während Love ihr wie ein Schoßhündchen hinterherdackelte.

»Love!«, rief Hope noch einmal, doch Love ging stur weiter.

Dann fiel Hopes Blick auf Treason. »Was war das eben? So etwas wie eine Hilfe?«, fragte sie leicht verwirrt.

Bingo! Ich hatte mir das also nicht allein eingebildet. Treason schwieg jedoch als Antwort.

»Treason, du bist doch ein guter Kerl, wie du gerade bewiesen hast. Warum tust du das alles? Hilf uns und wir werden dir alle verzeihen!«

Ich schüttelte leicht den Kopf, so dass Treason es nicht mitbekam, da er ja in Blickrichtung zu Hope stand, sie mich aber bestens sehen konnte. Nicht, weil ich ihre Aussage verneinen wollte, sondern weil das nicht die richtige Methode war, Treason zur Kooperation zu bewegen. Da sein Impro ja offensichtlich mehr als intakt war, hätte sie eher auf seine Liebe zum Verrat bauen und ihm schmackhaft machen sollen, Agony in die Pfanne zu hauen, als auf sein Mitgefühl zu hoffen. Damit verschreckte man ihn nur.

»Ich hab dir nicht absichtlich geholfen, nein. Ich mag nur Agony nicht und wenn sie einen Fehler macht oder mit dir unnötig Zeit verschwendet, wird der Boss sie bestrafen und ich werde besser dastehen.« Treason grinste listig.

Das war so typisch!

Hope schaute ihn enttäuscht an. »Trotzdem danke«, flüsterte sie und ließ den Kopf sinken.

»Cruel? Zieh dir die Handschellen an. Du kommst mit.« Treason versuchte sich an einem Befehlston.

»So, tue ich das«, antwortete ihm Cruel überheblich.

»Greed?«, forderte Treason ihn auf, der daraufhin teilnahmslos auf Cruel zustapfte und ihm ein paar Handschellen reichte.

Oh Mann! Der Kerl war ja völlig weggetreten. Genau wie Love. Brachte das alles die Neutralisierung mit sich? – Offensichtlich …

»Mach fest«, kommentierte Treason emotionslos.

Das war zu viel, einfach zu viel …

»Du wirst uns niemals helfen, Treason, du kleine miese Schabe«, machte ich meinem Ärger Luft. »Und soll ich dir den Grund dafür nennen? Du hattest nie unseren Respekt, hattest nie etwas zu sagen, und jetzt gehorchen dir plötzlich welche. Sogar ehemalige Mitstreiter! Und ich gehe stark davon aus, dass du es gar nicht abwarten kannst, uns übrige in dieser Situation zu sehen und uns dann ebenfalls durch die Gegend zu jagen, du machtbesessener, feiger Wichser!«

Treason schaute kurz betroffen. Dann setzte er sein gewohntes Pokerface wieder auf.

Klar war das jetzt nicht besonders schlau von mir gewesen, doch nachdem, was er hier veranstaltete, war mir einfach der Kragen geplatzt.

Treason sagte nichts dazu. Stattdessen drohte er Cruel: »Entweder, du ziehst die Handschellen freiwillig an, oder ich hole Agony mit dem Neutralisator.«

Cruel brummte missmutig, tat aber wie geheißen. Dann öffnete Greed seinen Käfig und er wurde von ihm und Treason hinausgebracht.

»Ganz ehrlich Leute, ich weiß nicht, wen ich mehr hasse: dieses kleine, hinterlistige Aas Treason oder diese dumme, aufgeblasene Schnalle von Agony, die sich hier aufführt wie *Tomb Raider* persönlich«, knurrte Hate.

Eine Welle der Wut schwappte über mich hinweg und ich sah ihn erschrocken an. »Wir kommen hier wieder raus, Hate. Lass dich nur nicht von ihnen provozieren und in deine alten Muster drängen«, versuchte ich ihn zu beruhigen.

»Seit unser Oberst weg ist, fühle ich mich Tag für Tag besser. Weniger böse, weniger wütend. Doch das scheint nun gerade alles wiederzukommen. Ich bin eben Hate. Ich muss hassen«, schnaubte er.

»Musst du nicht! Wir alle müssen nicht das tun, was sie wollen!«, versicherte Hope im Brustton der Überzeugung.

»Wir werden keine andere Wahl haben. Oder was glaubst du, was sie jetzt mit Cruel machen?« Hates Augen verengten sich zu Schlitzen

»Testen«, beantwortete ich seine Frage, die eigentlich gar keine war. Ich hatte sie ja vorhin schon darüber aufgeklärt, was ich mitbekommen hatte.

»Jaaa ... Testen ... Genauso wird es sein.« Hate saß in seinem Käfig und lehnte den Kopf nach hinten an die Gitterstäbe.

Ich wusste, warum er sich plötzlich so verhielt. Er hatte Angst. Er dachte bestimmt an die Torturen, die der Oberst ihm angetan hatte – und die er unter keinen Umständen neu erleben wollte.

»Vielleicht haben diese Leute auch Barry umgebracht«, sagte Hope plötzlich.

Ich zuckte mit den Schultern. »Möglich wäre es.«

Hope starrte wieder vor sich und schwieg.

Wir taten es ihr nach.

»Und wenn sie sagen, dass sie ALLE von uns haben. Meint ihr, das schließt auch Loyalty mit ein?«, fragte sie ein paar Minuten später.

»Auch das ist möglich«, erwiderte ich.

Hate entgegnete gar nichts mehr. Er saß einfach nur da und schien darauf zu warten, dass er abgeholt werden würde. Und das machte ihm eine wahnsinnige Angst. So sehr, dass ich seine Furcht deutlich bis zu mir spürte, obwohl er versuchte, sich nichts anmerken zu lassen. Hate tat mir leid!

***

Irgendwann wurde Cruel zu uns zurückgebracht.

Aufmerksam schaute ich ihn an. Er ging leicht gebückt, schien aber, soweit ich das auf die Schnelle beurteilen konnte, ansonsten unversehrt zu sein.

»Hier habt ihr ihn wieder!«, kommentierte Treason das Offensichtliche.

Ich rollte mit den Augen. Dummer Schwachkopf!

»Greed! Du kennst deine Aufgabe!«, befahl er wieder.

Daraufhin führte der Besagte Cruel zu seinem Käfig, stieß ihn halb hinein und verschloss die Tür. Durch die Gitterstäbe nahm er ihm noch die Handschellen ab.

»Bin ich jetzt dran?«, fragte Hate. Seine Stimme klang ein bisschen ängstlich, obwohl er das garantiert nicht so beabsichtigte.

Aber wie das mit Gefühlen so war: Sie waren nicht immer steuerbar. Auch ich hatte diese Erfahrung machen müssen. Allerdings auf eine positive Art und Weise. Unwillkürlich wanderten meine Augen hinüber zu Hope, die in ihrem Käfig saß und den Kopf in beide Hände gestützt hatte.

Nachdem Treason und Greed das Zimmer verlassen hatten, wandte ich mich an Cruel:

»Hey, Alter! Alles klar?«

Cruel schwieg.

»Was haben sie mit dir gemacht?«, fragte Hate.

Wieder nichts.

»Bitte, Cruel. Erzähl uns, was vorgefallen ist«, bat Hope. »Vielleich können wir dir helfen? Außerdem haben wir Angst.«

Cruel schnaubte verächtlich. »Sie machen einen Test mit euch. Testen euch auf euer Impro – oder in deinem Fall auf dein Pro«, antwortete er.

»Und wie machen sie das?«, fragte Hope kleinlaut.

Cruel war sichtlich genervt, dass er so viel reden sollte. Dennoch war er so nett und klärte uns auf:

»Mein Test war ziemlich banal. Trotzdem hab ich ihn nicht bestanden.«

»Was musstest du denn tun?« Hopes Stimme wurde immer mitfühlender.

»Du weißt, was mein Impro bedeutet, ja?«

»Unbarmherzigkeit«, erwiderte sie leise.

»Ich sollte einem kleinen Karnickel mit bloßen Händen den Kopf abreißen.«

Erschrocken schlug sich Hope die Hände vor den Mund.

Auch mich schüttelte es. Das war einfach nur krank! Und sinnlos!

»Und …« Hope schien wie betäubt.

»Natürlich hab ich das nicht gemacht! Ich sagte doch, dass ich den Test nicht bestanden habe«, knurrte Cruel. Mit diesen Worten legte er sich auf den Käfigboden und schloss die Augen.

»Und was ist dann passiert?«, flüsterte Hope ängstlich.

Cruel reagierte nicht. Seiner Körpersprache nach zu urteilen war die Unterhaltung für ihn beendet.

»Sag es …«, meldete sich Hate plötzlich zu Wort. »Bitte.«

Cruel blinzelte Hate an. *Bitte* war ein Wort, welches man von Hate sonst nicht gewohnt war … Es schien ihm also wirklich wichtig zu sein. Das verstand auch Cruel. Er richtete sich auf und sah Hate direkt in die Augen: »Es wird dir nichts nützen, wenn ich dir sage, was sie mit mir gemacht haben.«

»Warum nicht?«, wollte Hate wissen.

»Weil sie uns mit unseren größten Ängsten konfrontieren, um uns unsere Impros wieder ins Gedächtnis zu rufen. Und die sehen ja bei uns allen bekanntermaßen unterschiedlich aus.« Cruels Stimme klang stark und erhaben, wie immer, wenn er mal etwas sagte. Doch ich war sicher, dass dies nur eine mühsam aufrechterhaltene Fassade war.

Ich schluckte, auch da ich genau wusste, was das bedeutete. Vor allem für Hate ...

»Nein!«, rief der entsetzt. »Das können sie nicht ...«

»Sie können und sie werden. Stell es dir wie eine Art Auffrischung unseres Trainings vor«, entgegnete Cruel und schloss wieder die Augen.

Ich versuchte mich daran zu erinnern, was früher während der Ausbildung das Schlimmste für Cruel gewesen war, doch ich konnte mich nicht erinnern. Ich hatte immer nur wieder Hates Martyrium im Kopf. Und, zugegeben, auch meins.

»Und was soll das bei mir sein?«, fragte Hope mit erstickter Stimme.

»Nimm das Schlimmste, was dir bei deiner Ausbildung widerfahren ist und multipliziere es mit zehn«, antwortete Cruel.

Hate zog scharf die Luft ein.

»Das ist es ja. Mir ist nichts Schlimmes geschehen ...«, erwiderte Hope.

»Dein Glück«, entgegnete Cruel.

Doch ich sah das nicht so. Ich glaubte sogar, dass sie es wesentlich schlimmer treffen würde. Entweder würden sie sich irgendetwas Abartiges für sie ausdenken oder sie direkt neutralisieren. In meinem Hals bildete sich ein riesiger Kloß.

Treason kam erneut mit Greed herein. »Volltreffer, Großer! Du bist an der Reihe.«

Hate begann zu schreien. »Nein! Vergesst es! Da mach ich nicht mit!« Er wütete in seinem Käfig wie ein frisch eingesperrtes Wildtier, doch wenn die Truppe hier nur halb so grausam war, wie unser Oberst (und die Sache mit dem Kaninchen ließ darauf schließen), würde das nichts nutzen.

»Hate, du kommst sowieso nicht drum herum«, entgegnete Treason ungerührt.

»Ich will nicht! Ich werde nicht mitgehen! Da könnt ihr euch auf den Kopf stellen!«, schrie er weiter.

Zwei der fremden Improbas betraten den Raum. Ich glaubte, Rage und Aggro.

»Probleme?«, fragten sie.

Treason zuckte mit den Schultern und deutete auf Hate.

Da nahm Rage Greed, der bis dato reglos neben Treason gestanden hatte, die Handschellen ab und ging zu Hate. Er griff durch die Gitterstäbe und wollte sie ihm anlegen, doch Hate war schneller.

Er packte Rages Arm und verdrehte ihn so heftig, dass es laut krachte.

Oh. Scheiße.

»Bist du irre?«, brüllte Rage ihn an.

»Lasst mich in Ruhe!«, polterte Hate weiter und drohte auch dem anderen mit erhobener Faust.

Im nächsten Moment schoss ein Betäubungspfeil an meinem Kopf vorbei in Hates Genick.

Reflexartig griff Hate danach, zu spät. Er kippte kurz darauf zur Seite.

Verdattert drehte ich mich um.

Agony stand im Türrahmen und hatte ein Blasrohr in der Hand.

»Hat er sich selbst zuzuschreiben«, kommentierte sie ungerührt ihr Vorgehen.

»Wolltest du ihn nicht auf sein Impro testen?«

»Ja?«

»War dir das nicht Beweis genug, dass es tadellos funktioniert?«, fragte ich sie.

Sie schien kurz nachzudenken. Dann nickte sie lächelnd. »So gesehen schon. Aber wo bleibt dann der Spaß?«

Ich schüttelte angewidert den Kopf.

»Rage, komm mit. Ich gebe dir was, damit dein Arm schneller heilt«, befahl sie und wandte sich um.

»So etwas gibt es?«, fragte ich Treason.

»Ja, *so etwas* gibt es«, bestätigte er selbstgefällig. Sein Blick glitt zum bewusstlosen Hate. »Den brauche ich vorerst wohl nicht mitzunehmen ...«

»Das kannst du dir ohnehin sparen«, entgegnete ich.

Fragend sah Treason mich an.

»Dir muss doch auch klar sein, dass Hate euren dämlichen Test sowieso besteht, oder? Wir wissen beide, er würde *alles* tun, damit er das von damals nicht noch mal erleben muss.«

»Und wenn der Test für Hate nicht machbar gewesen wäre?«, fragte Treason.

Ich zog die Brauen nach oben. »Was soll das denn heißen?«, fragte ich, doch Treason zuckte als Antwort nur mit den Schultern.

»Wie konnte ich mich nur so in dir täuschen«, meldete sich Hope zu Wort. Ihre Stimme klang schwer. Und dunkel. »Hate hat dir geholfen. Er hat sich für dich eingesetzt, damit du mit uns kommen konntest. Und jetzt wärst du bereit, ihm *das* antun zu lassen?« Verständnislos sah sie ihn an.

Allerdings war das nicht die Art von Verständnislosigkeit, die *ich* gerade empfand. Meine war geboren aus Wut. Auf Treason und vor allem auf mich selbst, da ich so lange zugelassen hatte, diesen elenden Verräter mit uns durch die Gegend zu schleppen.

In Hopes Gesicht machte sich jedoch einfach nur maßlose Enttäuschung breit.

Ich hatte gehofft, ihr bliebe diese Erfahrung erspart. Wirklich geglaubt hatte ich es jedoch nicht.

»Du kannst den anderen jetzt herbringen!«, rief Agony. Treason hob die Handschellen bei Hate auf und reichte sie mir.

»Du weißt, wie das geht.«

Ich nickte. Eine große Wahl schien ich nicht zu haben.

Ich legte die Handschellen an und wappnete mich innerlich. Mal sehen, was mich erwartete.

Mit klopfendem Herzen kroch ich aus dem Käfig und ließ mich von Treason mehr oder weniger abführen.

»Tu ihm nicht weh. Bitte«, flehte Hope.

Einen kurzen Moment hatte ich das Gefühl, dass Treason zögerte, doch dann ging er einfach weiter.

Er führte mich einen weißen Gang entlang. Alles wirkte sehr steril und erinnerte mich an ein Krankenhaus.

»Wo sind wir hier?«

Treason antwortete nicht.

»Wir sind doch eh in eurer Gewalt. Dann kannst du auch ruhig meine Fragen beantworten.«

»Das ist eine der Basen des Boss'», erwiderte er tatsächlich und ich rollte innerlich mit den Augen. Was für eine vielsagende Aussage. – Moment! BasEN?

»Es gibt noch mehr davon?«, hakte ich nach.

Treason sah mich erschrocken an. Dann beschleunigte er seine Schritte.

Hatte unser kleines Trottelchen also wieder mal etwas ausgeplaudert, was keiner hätte wissen sollen. Von Nutzen war mir diese Information natürlich nicht. Zumindest nicht in meiner jetzigen Situation.

Treason führte mich in einen Raum, wo Panic und Fear auf uns warteten. Fear konnte ich mir wegen Vic so gut merken und Panic machte sich keine Mühe, ihr Impro vor mir zu verbergen.

Als ich sie erblickte, musste ich schlucken. War ja klar, dass ausgerechnet *sie* bei meinem Test zugegen war. Sah wohl so aus, als würde ich ihn auch nicht bestehen. Egal, was kam ...

»Dein Impro ist?«, begann Fear mein Verhör.

»Das weißt du doch«, antwortete ich genervt. Was sollte das?

»Weißt du es etwa nicht mehr?«, hakte er nach und spielte damit auf eine mögliche Umschulung meinerseits an.

»Verzweiflung. Wie unsere Namen es sagen«, antwortete ich.

»Und, wie fühlst du dich? Dementsprechend auch verzweifelt? Du siehst mir irgendwie nicht so aus«, stellte er detektivisch fest.

»Wenn ich mir euch so betrachte, kann man nur verzweifeln. Also ja«, erwiderte ich überheblich.

Panic huschte ein Grinsen übers Gesicht, doch Fear stierte mich böse an.

»Da haben wir ja einen ganz witzigen. Vielleicht sollten wir dich in *Fun* umtaufen.«

»Ein wahrer Schenkelklopfer, Fear«, gab ich trocken zurück.

Fear musterte mich eindringlich. »Bei deinem Impro ist es zugebenen etwas schwerer, dessen Aktivität zu überprüfen«, grübelte er und rieb sich dabei das Kinn.

»Und wenn wir ihn direkt neutralisieren?«, schlug Agony vor, die sich nun zu uns gesellte und anscheinend ganz wild darauf war. »Das sollten wir ja eigentlich sowieso machen.«

»Du hast schon Recht, Agony« antwortete Fear. »Aber der Boss möchte schnelle Erfolge sehen und es wäre wesentlich zeitsparender, auf seine vorhandene Konditionierung aufzubauen, anstatt ihn komplett neu einlernen zu müssen.«

»Bei den anderen waren wir auch nicht so zimperlich«, erwiderte sie.

»Korrekt«, überlegte Fear laut. »Aber dadurch haben wir jetzt sechs nutzlose Dumpfbacken hier rumlaufen, mit denen wir nichts anfangen und erst trainieren können, wenn die Schwellung im Gehirn wieder abgeklungen ist und sich das Mittel verflüchtigt hat.«

Agony seufzte. »Das stimmt auch wieder. Und wenn dem Boss eine Sache nicht gefällt, dann ist es, auf etwas warten zu müssen.«

Panic und Fear nickten wissend.

»Ich bin fürs Testen. Und ich weiß auch schon, wie wir das am geschicktesten machen«, sagte Panic plötzlich.

»Ach ja?«, fragten Agony, Fear und Treason gleichzeitig.

Ich musterte Panic nur abschätzig. Ich war mir sicher, dass ich das gar nicht wissen wollte.

»Komm mal mit«, sagte sie, doch ich blieb stehen. Wie bereits erwähnt: Ich war mir sicher, dass ich das NICHT wissen wollte.

»Geh schon«, schubste mich Fear von hinten.

Ich stolperte nach vorne, drehte mich kurz um und warf ihm einen bösen Blick zu.

»Was? Wäre es dir lieber, wenn wir dich direkt neutralisieren würden?« Fear versetzte mir einen weiteren Stoß.

Ich knirschte mit den Zähnen. Wenn meine Hände nicht gefesselt gewesen wären, hätte ich ihm schon gezeigt, wie gern ich mich für gewöhnlich rumschubsen ließ ...

»Wobei du dir das überlegen solltest. Keine Erinnerungen zu haben hat durchaus seine Vorteile«, ergänzte er und das in einem Tonfall, als würde er das tatsächlich auch so meinen.

Was für ein Idiot! Was war man denn ohne seine Erinnerungen? Vor allem: WER war man?

Die Vier brachten mich in einen Raum, der zwei Türen weiter lag. Agony ging voran und bedeutete mir, an ihr vorbeizutreten.

»Ich sehe nichts«, kommentierte ich die rabenschwarze Dunkelheit, die diesen Raum ausfüllte. Keine Fenster, keine Lüftungsschlitze oder ähnliches. Nicht mal durch die geöffnete Tür fiel so viel Licht herein, dass man ansatzweise hätte etwas erkennen können.

»Was? Hast du etwa Schiss?«, provozierte sie mich, da ich ihrer Aufforderung nicht Folge geleistet hatte, doch ich ging gar nicht darauf ein:

»Ja«, antwortete ich einfach. War mir doch egal, was die blöde Schnepfe von mir hielt.

Agony seufzte.

»Jetzt stell dich nicht so an. Wir wollen nur schauen, ob sich dein Impro bemerkbar macht, wenn wir dich in einen abgedunkelten Raum sperren«, erklärte sie.

Ich überlegte gerade, ob ich wirklich einen Schritt riskieren sollte, da bekam ich die Entscheidung von Fear abgenommen.

Er versetzte mir so einen kräftigen Stoß, dass ich aufgrund meiner gefesselten Hände mehrere Ausfallschritte nach vorne machen musste, um nicht hinzufallen und trat dann auf einen nachgebenden Untergrund. Noch bevor ich es spürte, war mir klar, was soeben geschehen war. Sie hatten mich auf die Abdeckplane eines Schwimmbeckens geschubst, welche unter meinem Gewicht nachgegeben hatte. Ich wurde nass. Dann ging ich unter.

6. Kapitel

Hope

Es war fast eine halbe Stunde vergangen, seit sie Despair geholt hatten. Würde ich nicht in einem Käfig sitzen, hätte ich vermutlich schon regelrechte Furchen in den Boden gelaufen.

Endlich öffnete sich die Tür und Treason und Fear trugen Despair zurück in seinen Käfig.

»Oh mein Gott! Was habt ihr getan?«, schrie ich entsetzt. Despair war bewusstlos und sein dunkles Haar hing ihm in Strähnen ins Gesicht und tropfte. Überhaupt war sein ganzer Körper klitschnass.

»Er kann doch gar nicht schwimmen«, flüsterte ich mehr zu mir selbst, als dass es einer hören sollte. Trotzdem antwortete Fear:

»Das wissen wir«, erwiderte er ungerührt, half Treason noch, ihn abzulegen und ging mit den Worten »Du bist auch noch dran« wieder hinaus.

»Was habt ihr nur getan?« Meine Stimme klang brüchig und ich blickte Treason entsetzt an.

Für einen kurzen Moment bildete ich mir ein, dass in seinen Augen Mitgefühl lag. Eine Entschuldigung, die er nur nicht fähig war, auszusprechen. Doch sein Kommentar belehrte mich, dass ich mich geirrt hatte:

»Er hat nur eine Einheit bekommen, um sein Impro wieder aufzufrischen. Das war alles. Unserem starken Helden wird das wohl nicht so viel ausgemacht haben. Er hatte schließlich Jahre Zeit gehabt, sich an so etwas zu gewöhnen.«

»Er ist bewusstlos!«, schrie ich Treason an, der daraufhin nur gleichgültig mit den Schultern zuckte.

Ich ärgerte mich gerade dermaßen über ihn, dass ich sicher war, ihm etwas anzutun, würde ich ihn in die Finger kriegen …

»Ich verstehe nicht, wie du so hartherzig sein kannst! Wir haben dir geholfen! Haben dich aufgenommen und haben dich wie einen Freund behandelt! Und das ist der Dank?«, fauchte ich.

Treasons Ausdruck wurde kalt. »Ihr habt mich nie akzeptiert. Ihr habt mich nie als einen von euch gesehen. Ständig musste ich mich für alles rechtfertigen. Also tu nicht so, als wären wir alle ach so gut befreundet gewesen. Freunde verdächtigt man nicht, denen glaubt man.«

Ich schluckte über Treasons Worte. So hatte er das die ganze Zeit über empfunden?

Ich meinte, es stimmte schon, was er gesagt hatte. Despair hatte ihm nie geglaubt. Aber erstens müsste er dafür doch Verständnis haben – schließlich kam das nicht von ungefähr und zweitens gab es da ja auch noch Vic und mich. Wir hatten ihm unser Vertrauen geschenkt, doch wie sich jetzt zeigte, völlig zu Unrecht.

Hach, Vic ... Wenn ich sie nur um Rat fragen könnte ... Aber glücklicherweise war sie *nicht* hier! Ich hoffte, es ging ihr gut ...

»Du hast noch ein bisschen Zeit, Hope, bevor wir dich holen. Sie haben keine Erfahrung mit Probas und diskutieren noch darüber, welche Behandlung die beste und vor allem die effektivste für dich ist. Momentan tendieren aber fast alle von uns dazu, dich direkt neutralisieren zu lassen. Nur Agony hast du irgendwie verunsichert. Sie meint, sie spürt eindeutig Zweifel bei dir ... Na ja, ich werde es dich wissen lassen, wenn es soweit ist.« Mit diesen Worten verließ Treason das Zimmer.

Sofort schnellte mein Blick hin zu Despair.

»Despair?«, sprach ich ihn an.

Er lag auf dem Bauch, Wasser tropfte immer noch von seinen Haaren und er regte sich nicht.

»Despair?«, sagte ich lauter. Mir wurde ganz unwohl bei seinem Anblick. Was, wenn er die Lungen voller Wasser hatte und Beatmung brauchte? Was, wenn er sonstige medizinische Hilfe nötig hätte? Sie konnten ihn doch nicht fast ertränken und dann hier hinwerfen wie ein Stück Abfall.

Ich beobachtete ihn und versuchte mich darauf zu konzentrieren, ob ich seine Atmung, das Heben und Senken des Brustkorbs erkennen konnte. Doch es gelang mir nicht. Ich war zu aufgelöst.

»Hate?«, probierte ich es bei seinem Bruder, der Verzweiflung nahe. Dessen Käfig befand sich direkt neben Despair. Wenn ich ihn wachkriegen würde, könnte er vielleicht mal nachschauen.

Nichts tat sich.

»Hate?«, rief ich erneut. Wieder nichts.

Ich spürte deutlich Cruels Blick auf mir, doch er sagte nichts.

»Könntest du versuchen, Hate wach zu kriegen?«, fragte ich ihn, da er direkt im Käfig daneben saß.

»Und dann?«, wollte er wissen.

»Versuch bitte erst einmal, ihn aufzuwecken. Vielleicht kommt er dann an Despair ran. Ich mache mir wirklich Sorgen um ihn«, antwortete ich leise.

»Ihr scheint euch echt zu mögen, was?«, schlussfolgerte Cruel.

Ich nickte. Doch das entsprach ganz und gar nicht meinen Gefühlen. Jetzt, wo ich Despair dort liegen sah, regungslos, bewusstlos, offenbar halbtot, wurde mir erst klar, wie SEHR ich ihn mochte. Mehr noch! Ich liebte ihn!

Despair war das Beste, was mir jemals passiert war, und trotz seiner Eigenarten – von denen sich ja wohl keiner freisprechen ließ -, konnte ich mir ein Leben ohne ihn nicht mehr vorstellen.

Er ergänzte mich perfekt, wusste mich immer im richtigen Moment zu trösten und stand mir jederzeit bei. Bei ihm fühlte ich mich sicher, beschützt und geborgen. Auf ihn war immer Verlass und ich glaubte, er liebte mich auch. Auch wenn er das nie so gesagt hatte ...

Despair war halt einfach nicht der Typ für große Worte, aber das musste er auch gar nicht sein. Es waren die kleinen Gesten, die mir seinen wahren Charakter offenbarten und die ihn so besonders machten.

Warum, warum nur mussten immer erst Extremsituationen passieren, damit man so etwas Entscheidendes erkannte? Warum musste man immer erst etwas fast verlieren, damit einem klar wurde, wie wichtig es für einen war?

Ich seufzte traurig.

Cruel musterte mich eingehend.

»Wow …«, sagte er.

Fragend sah ich ihn an.

»Ich hab zwar nicht Despairs Gabe, alle Gefühle herausspüren zu können, doch das hier ist echt eindeutig …«

Ich senkte den Blick. »Hilf mir«, flüsterte ich schwach.

Und tatsächlich: Cruel rappelte sich auf und versuchte Hate mit den Händen zu erreichen, doch sein Bruder war zu weit weg. Er hatte in der Mitte des Käfigs gesessen, als der Pfeil ihn getroffen hatte.

Da Cruel aber ziemlich groß war, streckte er ein Bein durch die Gitterstäbe und erwischte Hate am Schuh.

»Wach auf!«, blökte er ihm entgegen.

Nichts passierte.

»Bitte versuch es wieder«, bat ich.

Cruel trat noch ein paar Mal gegen Hates Schuh, bis dieser sich plötzlich zu regen begann.

»Oh Gott sei Dank!«, wisperte ich erleichtert.

»Wach auf, Alter!«, raunte Cruel ihm zu.

Da fing Hate an, wild um sich zu schlagen. »Ihr Schweine! Lasst mich in Ruhe!«

Hate sprang auf und stieß sich prompt den Kopf, doch das interessierte ihn nicht. Er schlug völlig unkontrolliert um sich und ließ sich nicht beruhigen. Um genau zu sein, war er total am Ausrasten.

Erschrocken schaute ich ihn an. »Hate!«, rief ich.

»Arschloch! Lass das! Ich töte dich!«

Cruel zog schnell sein Bein wieder zurück, welches noch in den Käfig ragte.

»Hate!«, versuchte ich es noch einmal, doch er registrierte mich nicht.

Er boxte mit geschlossenen Augen gegen die Gitterstäbe und rief dabei immer wieder: »Stirb! Stirb endlich, du Sau!«

Völlig entsetzt beobachtete ich das Schauspiel. Was war bloß los mit ihm?

»SAVE!«, brüllte Cruel auf einmal in einer Lautstärke, die einem durch Mark und Bein ging.

Ich erstarrte vor lauter Schreck.

Hate ebenfalls. Doch für ihn schien das eher wie ein Stichwort zu sein.

Langsam öffnete er die Augen und blickte sich um.

»Alles gut, Hate. Du warst bewusstlos«, erklärte Cruel ihm.

Hate blickte panisch an sich herunter und fasste sich an seine Hose. »Wo war ich? Was hat man mit mir gemacht? Wer hat mich wieder angezogen?« Hates Augen fixierten Cruel, als würde er dadurch ehrliche Antworten aus ihm herauszwingen können.

»Es ist wirklich alles gut, Mann. Sie wollten dich einem Test unterziehen, doch du warst ausgerastet und hast einem der Arschlöcher den Arm gebrochen. Daraufhin hat die eine Tussi dir mit einem Blasrohr einen Betäubungspfeil verpasst.«

Hate schaute Cruel aufmerksam an. »Und dann?«, fragte er vorsichtig.

»Nichts und dann. Sie sind mit Despair verschwunden. Du hast die ganze Zeit hier bei uns gelegen.«

»Versprichst du's?«

Ich schluckte schwer. Hate hörte sich gerade an wie ein kleiner Junge. Er tat mir unendlich leid und ich fragte mich, was man ihm alles Schreckliches angetan hatte, dass so eine Reaktion dabei herauskam. Ich spürte, wie mir eine Träne über die Wange lief.

»Versprochen«, antwortete Cruel ernst.

Hate setzte sich auf und lehnte sich mit dem Rücken an die Gitterstäbe.

»Alles cool?«, erkundigte sich Cruel.

»Alles cool«, bestätigte Hate, wischte sich den Schweiß von der Stirn und atmete erleichtert aus.

»Kannst du Hope helfen?«, machte Cruel dann auf mich aufmerksam.

Hate sah mich an.

»Sorry«, entschuldigte er sich für sein Verhalten.

»Es gibt nichts, wofür du dich entschuldigen müsstest«, sagte ich mitfühlend und schenkte ihm ein einfühlsames Lächeln.

»Kannst du versuchen, ob du an Despair rankommst?«, brachte Cruel meine vorherige Bitte zum Ausdruck. »Hope macht sich Sorgen. Sie haben ihn vorhin bewusstlos hier reingelegt. Er hatte eine Einheit und ist bis jetzt nicht wieder zu sich gekommen.«

Hate zog die Augenbrauen nach oben. Was bedeutete das? Dass das nicht gut war? – Das wusste ich selbst. Oder war es sogar noch schlimmer, als ich befürchtete?

Hate rutschte in die Ecke des Käfigs, welche Despair am nächsten war.

Ich hielt die Luft an. Hoffentlich klappte es!

Despair lag weiterhin reglos im Käfig.

Hate streckte seinen Arm zwischen den Gitterstäben hindurch, machte sich so lang er konnte, und bekam Despair tatsächlich am Kopf zu fassen. Dann begann er, unsanft mit seiner Hand auf seine Wange zu schlagen.

»Komm zu dir, Alter!«, blaffte Hate.

Ich war überaus froh, dass er das für mich machte. Trotzdem konnte ich mir seine grobe Art nicht so gut ansehen.

Cruel bemerkte es: »Kannst du ein bisschen feinfühliger mit ihm umgehen? Ich glaube, unsere Lady hier verkraftet das nicht so gut«, sagte er zu Hate, der mich daraufhin verständnislos anschaute.

»Er soll doch wach werden, oder?«, murrte er.

»Ja, bitte«, erwiderte ich und fügte nur gedanklich ein »Aber keine Gehirnerschütterung kriegen« hinzu. Nicht, dass er aufhörte, sich zu bemühen.

Drei, vier Schläge später bewegte sich Despair.

»Gott sei Dank!«, rief ich glücklich.

»Alter! Mach die Augen wieder auf. Es ist vorbei«, brummte Hate und gab Despair noch zwei Schläge. Diesmal aber etwas sanfter.

Despair blinzelte, versuchte sich aufzurichten, bekam jedoch einen starken Hustenanfall.

»Normal atmen, Despair. Hier ist kein Wasser mehr. Alles ist gut.« Hate fischte nach Despairs Arm, nahm dessen Hand und drückte sie, woraufhin Despair sich wieder zu beruhigen schien.

Als ich das sah, trieb es mir erneut Tränen in die Augen. Auch wenn sie es nicht so sahen, waren sie doch genauso wie wir und es war rührend mit anzusehen, wie sie sich unterstützten und gegenseitig halfen, wenn es hart auf hart kam. Treason einmal ausgenommen ...

»Geht's wieder?«, fragte ich vorsichtig.

Despair schaute mich an. Er hatte einen Ausdruck in den Augen, als wäre er unglaublich froh, mich zu sehen.

Ich lächelte unwillkürlich.

»Jetzt ja«, antwortete er und lächelte zurück.

Ich wollte eigentlich etwas zu dem Erlebten fragen, wollte fragen, was mit seinem Test war, wie es überhaupt zu so einer extremen Einheit kommen konnte und was genau sie mit ihm gemacht hatten, doch das kam mir alles zu pietätlos vor. Deswegen schwieg ich lieber. Man fragte ein Brandopfer ja auch nicht, ob es schön warm gewesen war ...

»Hope?«, ergriff Despair das Wort.

Aufmerksam sah ich ihn an.

»Du musst versuchen –«

Da öffnete sich wieder einmal die Tür und Treason trat ein. Im gänzlich falschen Moment!

Despair verstummte.

»Du bist also wach? Das freut mich«, sagte Treason zu ihm und ich fand, es klang sogar ehrlich.

»Willst du jetzt Hope holen?«, fragte Despair beunruhigt und fuhr sich nervös durch die nassen Haare.

Treason schien kurz zu überlegen. »Nein, das dauert noch. Ich wollte euch eure Ergebnisse mitteilen.«

Wenn sich Treason jemals darüber beschwerte hatte, dass ihn keiner für voll nahm und keiner ihm zuhörte: *Jetzt* war der Zeitpunkt, an dem sich das Blatt gewendet hatte. Ausnahmslos jeder von uns saß in seinem Käfig und hing förmlich an seinen Lippen.

»Ich möchte betonen, dass dies erst mal nur vorläufige Resultate sind, ihr weiter unter Beobachtung steht und sich jederzeit etwas ändern kann.«

Wir nickten.

»Fangen wir mit dem Einfachsten an: Hate? Du wirst erst mal nicht neutralisiert. Dein Impro scheint noch gut zu funktionieren und bedarf vermutlich noch nicht mal einer Auffrischung. Schauen wir, wie sich das weiterentwickelt.«

Hate stieß einen tiefen Seufzer aus. Seine Erleichterung war beinahe greifbar.

»Und? Kann ich dann jetzt wieder gehen?«, fragte er.

»Nein, Hate. Ich sagte doch, dass du erst mal zur weiteren Beobachtung hierbleiben musst.«

»Komme ich dann wenigstens aus dem Käfig raus?«

»Auch das nicht. Solange wir nicht hundertprozentig sicher sind, können wir dich nicht freilassen«, erwiderte Treason beflissen. Als stünde er vor einem gänzlich Fremden …

»Und wenn ich mal pissen muss?!«, hakte Hate barsch nach.

»Da das wohl für alle ein längerer Käfigaufenthalt werden wird, als geplant, wird dreimal am Tag ein Badezimmergang für euch ermöglicht. Aggro hat das Vergnügen, diesen mit euch durchzuführen, und ich kann euch nur raten, ihn nicht zu verärgern.«

Ich nickte. Mehr für mich selbst, als für Treason. Der Name »Aggro« allein war schon Programm. Dass man dem nicht dumm kommen sollte, war doch klar.

»Dann zu dir, Despair. Agony ist der Meinung, dass dein Impro mit ein paar Einheiten wieder hergestellt werden kann.«

Despair zog scharf die Luft ein, kommentierte es aber nicht. Ganz im Gegensatz zu mir:

»Ist das dein Ernst, Treason?!«, fuhr ich ihn an. »Ihr wollt Despair noch mal solch einer Tortur aussetzen? Wie krank muss man sein?!«

Treasons Blick wurde unsicher. Ich glaubte, Schuldbewusstsein zu erkennen. Doch das hätte ganz und gar nicht zu dem gepasst, was er uns hier verbal zu verkaufen versuchte. Trotzdem fuhr er ungerührt fort:

»Es ist eine Notwendigkeit, Hope. Despair ist wichtig. Der Wichtigste, um genau zu sein. Das war er schon immer. Und die Welt kann nicht auf ihn verzichten«, sagte Treason.

»Ach ja? Und warum versucht ihr dann, ihn zu ersaufen?« Ich war so geladen, dass eine normale Unterhaltung mit mir aktuell nicht mehr möglich war.

Doch Treason wandte einfach den Kopf ab.

»Kommen wir nun zu dir, Cruel …«

»Bitte? *Das* war's? Mehr hast du nicht dazu zu sagen?«, brauste ich weiter auf, doch Treason ignorierte mich einfach.

»Agony ist der Meinung, dass dein Impro irreparabel ist. Du wirst neutralisiert werden. Da es sich dabei um einen schweren medizinischen Eingriff handelt, der dementsprechend zeitaufwendig ist, wird dieser morgen früh stattfinden«, verkündete Treason.

Mir fiel die Kinnlade runter. Eigentlich war ich noch nicht damit fertig, mich wegen Despair aufzuregen, aber jetzt verschlug es mir doppelt die Sprache.

»Das hatte ich mir schon gedacht«, entgegnete Cruel tonlos.

Ich wusste nicht, ob er das wirklich ernst meinte. Er war kreidebleich geworden und ich sah, wie er zitterte.

»Es tut mir leid, Leute«, schloss Treason seine Rede.

»Treason, du bist echt das Letzte!«, sagte ich und wischte mir eine Träne aus dem Augenwinkel.

Treason sah es und wieder hatte ich den Eindruck, dass er sich schlecht fühlte, doch er tat nichts.

»Treason? Hörst du mir zu?«, sprach ich ihn erneut an.

»Das ist nicht meine Entscheidung, Hope. Ich werde hier auch nur geduldet. Mehr nicht«, versuchte er sich tatsächlich zu verteidigen.

»Wer weg- oder zuschaut, ist Mittäter«, schnappte ich. Dann drehte ich mich rum und starrte gegen die Wand hinter mir. Ich konnte diesem Verräter einfach nicht länger ins Gesicht sehen.

»Treason?«, rief nun Despair. Ich spitzte die Ohren, weil ich mitbekommen wollte, was er zu sagen hatte, doch Treason anschauen würde ich nicht.

»Du weißt, ich habe dich noch nie um etwas gebeten.«

Treason sagte zwar nichts, doch aufgrund von Despairs Reaktion musste er das bestätigt haben.

»Bitte hilf wenigstens Hope. Sie hat dir niemals etwas Schlechtes getan, hat stets zu dir gehalten, obwohl ich immer gegen dich war. Lass nicht zu, dass sie sie behandeln, wie man uns damals behandelt hat. Bitte!«

In meinem Hals bildete sich ein Kloß. Gerade eben noch war er bewusstlos gewesen und trotzdem versuchte er mich nun schon wieder zu beschützen. Eigentlich eine süße Geste, die jedes Mädchen garantiert zu Tränen gerührt hätte, doch vor diesem ernsten Hintergrund versursachte sie mir eher ein flaues Gefühl im Magen. Im Gegensatz zu mir, konnte Despair sich nämlich weitaus besser vorstellen, was mich erwarten mochte ...

Ohne etwas zu erwidern verließ Treason das Zimmer. Ich drehte mich zu Despair um, der mit einer in Sorgenfalten gelegten Stirn in seinem Käfig saß und vor sich hin starrte.

»Mach dir nicht so viele Gedanken um mich. Im Gegensatz zu euch, haben sie mir bei nichts, keine Information, worauf sie zurückgreifen könnten«, versuchte ich ihn – vielleicht auch eher mich selbst – zu beruhigen.

»Du verstehst das nicht, Hope. Wenn sie nichts haben, werden sie etwas finden. Und ich weiß jetzt schon, dass du das nicht erleben willst. Oder noch schlimmer: *über*leben wirst.« Wieder fuhr sich Despair durch die Haare. Sein Gehirn schien auf Hochtouren zu laufen. Doch wenn wir ehrlich waren: Hieraus gab es kein Entrinnen. Zumindest nicht ohne Hilfe und damit sah es leider *ganz* schlecht aus. Sogar ich als leibhaftige Hoffnung hatte das kapiert.

»Wie geht's dir?«, wandte ich mich Cruel zu, da ich nicht wusste, was ich auf Despairs Einwand noch sagen sollte.

Cruel hockte in seinem Käfig, hatte sich mit dem Rücken gegen die Gitterstäbe angelehnt und schaute an die Decke. Er wirkte angesichts der Hiobsbotschaft gerade eben erstaunlich gefasst.

»Was ist denn das für eine Frage?«, entgegnete er. Nicht bösartig und auch nicht schnippisch. Es klang schrecklich neutral, so als hätte er schon komplett resigniert – und das war noch viel schlimmer als alles andere.

»Tut mir leid«, entschuldigte ich mich. Ich wollte Anteil nehmen an seinem Schicksal, doch für solch eine Ausnahmesituation hatte ich keinerlei Übung.

Außerdem ertrug ich die quälende Stille nur schwer, die sich hier mehr und mehr ausbreitete.

Ich sah zu Hate hinüber, der ebenfalls nur stumm dasaß.

»Wir müssen einfach Zeit gewinnen«, murmelte ich. Eigentlich hatte ich das nur so vor mich hin gebrabbelt, doch jetzt, wo ich es ausgesprochen hatte, klang das gut! *Sehr gut* sogar!

»Wir müssen einfach Zeit gewinnen«, wiederholte ich meine Worte laut, so dass die anderen es auch mitbekamen.

Fragende Blicke trafen mich aus allen Richtungen.

»Und was soll das bringen?«, fragte Hate skeptisch. Despair wirkte interessiert, während Cruel mich gerade geistig für komplett verrückt zu erklären schien.

»Vielleicht können wie sie irgendwie überzeugen, dass du doch nicht neutralisiert werden musst?«, warf ich ein und blickte dabei hoffnungsvoll zu Cruel.

»Du glaubst nicht ernsthaft, dass sie ihren Entschluss überdenken werden, oder?«

Okay. Nach seinem jetzigen Blick war es amtlich: Er hielt mich *wirklich* für verrückt.

»Kannst du denn nicht irgendetwas tun, irgendetwas sagen, was für dein Impro absolut typisch ist? Am besten, wenn diese Agony hier ist. Die kam bei mir doch auch ins Zweifeln«, versuchte ich ihn zu überzeugen.

Cruel seufzte angestrengt. »Sorry, Hope, aber das ist Schwachsinn. Die hatten von Anfang an ihre Meinung und daran ändert auch ein kläglicher Versuch, etwas anderes darzustellen, als man ist, nichts. Sie mögen vielleicht nicht deine oder Despairs Gabe haben und die Gefühle der Mitmenschen ergründen können, aber sie sind auch nicht blöd. Und jedem hier – außer dir offensichtlich ist klar, dass das ein abgekartetes Spiel ist, dessen Ausgang schon vor unserer Gefangennahme feststand. Oder was glaubst du, warum Despair sich dazu durchgerungen hat, nett zu diesem miesen Verräter zu sein? Despair weiß, was dir blüht. Er wird es dir nur nicht sagen, weil er dir im Vorfeld nicht schon mörderische Angst machen will.«

Cruel schaute mich erbarmungslos an. – Wow! Dafür, dass sie Zweifel an der tadellosen Funktion seines Impros hatten, war das hier aber mehr als eindeutig.

»Cruel!«, mahnte Despair ihn scharf.

Verwirrt schaute ich zwischen den beiden hin und her.

»Aber … Despair, du hast doch gesagt …«, begann ich, brach den Satz aber wieder ab.

»Ich habe euch erzählt, was ich mitgehört habe. Mag sein, dass ihre Meinung zuvor feststand, aber das ändert nichts daran, dass eine komplette Neuschulung verdammt viel Arbeit ist und sie sich diese gerne sparen würden«, erwiderte er.

»Woher kommt auf einmal diese blauäugige Naivität, Despair? Liegt das an Hope?«, reizte Cruel ihn.

Was war denn hier auf einmal los? Auch, wenn Cruel durch seine angedrohte Neutralisierung garantiert fix und fertig mit den Nerven war, musste er noch lange nicht zu solch einem fiesen Ekel mutieren.

Hilfesuchend sah ich zu Hate, der dieses Schauspiel jedoch genau wie ich irritiert verfolgte.

»Ich bin nicht blauäugig. War ich noch nie gewesen!«, schnappte Despair zurück. »Aber ich weiß, was ich gehört habe. Und wenn auch nur eine noch so geringe Chance besteht, hier ohne eine Neutralisierung rauszukommen, sollten wir sie alle nutzen!«

»Pffft!«, machte Cruel verächtlich. »Wir werden sehen …«

Despair wollte gerade noch etwas erwidern, als die Tür aufschwang.

Treason kam herein, doch er mied unsere Blicke. Wieder hatte ich das unbestimmte Gefühl, dass er mit sich und seiner Tätigkeit hier nicht im Reinen war. Dennoch führte er die Befehle widerstandslos aus. Und das war das eigentlich Ärgerliche daran.

»Was ist los, Treason?«, fragte ich.

Er antwortete nicht, sondern ging einfach zielstrebig auf meinen Käfig zu.

»Hallo?!«, sprach ich ihn noch einmal an, als er vor mir stand.

Treason kramte in seiner Tasche und zog Handschellen hervor. Dann blickte er endlich auf. Seine Augen schimmerten und er sah unglaublich traurig aus.

»Sag endlich, was los ist!«, fauchte ich ihn an, doch Treason schüttelte nur den Kopf.

So langsam wurde mir unwohl. *Extrem* unwohl.

Hate, Cruel und Treason räusperten sich nahezu gleichzeitig. Sie konnten wohl auch nichts mit Treasons wechselndem Verhalten anfangen. Erst ein überhebliches Großmaul, jetzt plötzlich wieder ganz der schüchterne Junge, der kaum mit der Sprache rausrückte?

»Ich muss dich jetzt mitnehmen, Hope. Es tut mir leid. Sehr leid«, sagte er leise und reichte mir die Handschellen.

Ich schluckte schwer. War es wirklich schon soweit? Hatte er nicht gesagt, es dauere noch?

Ich griff nach den Handschellen und legte sie an.

Treason führte mich aus meinem Käfig heraus.

»Treason?«, rief Despair, doch er beachtete ihn nicht.

»Treason, bitte! Nimm *mich* noch einmal mit!« Despair wurde hektisch.

Treason reagierte nicht. Aber das war gut so! Despair sollte auf gar keinen Fall noch eine Einheit bekommen. Schon gar nicht meinetwegen.

»Treason, ich bitte dich! Du willst das doch gar nicht! Ich weiß das!«, flehte Despair. – Chancenlos.

»Ach ne … Jetzt auf einmal doch so pessimistisch?«, fragte Cruel zynisch.

Zuerst wollte ich etwas dazu sagen, doch ich verkniff es mir. Cruel konnte das schließlich nicht wissen, doch ich war mir sicher, Despairs laut geäußerte Bedenken resultierten aus dem Mischmasch negativer Gefühle, die Treason zunehmend stärker aussendete. Das bedeutete eigentlich, dass er etwas wusste, es aber vor uns geheim hielt, weil das sicherlich keine schönen Nachrichten waren. Gleichzeitig hieß das aber auch, dass er ein schlechtes Gewissen hatte, und das hatte man nur, wenn einem etwas nicht egal war.

»Weißt du, was sie mit mir machen werden?«, fragte ich kleinlaut.

Treason nickte gequält.

»Sagst du es mir?«, bat ich.

»Nein«, flüsterte er. Stattdessen schaute er mich an wie jemand, der gleich seinen geliebten Hund erschießen musste. Und hier war ich der Hund.

»Treason, bitte!«, versuchte es Despair erneut, doch Treason ignorierte ihn nach wie vor.

Despair stützte seine Stirn an seiner Faust ab und schüttelte verzweifelt den Kopf, während Treason mich zur Tür führte. Es gar grausam für mich, Despair so zu sehen. Ich konnte mir auch Schöneres vorstellen, als mich jetzt diesem ominösen Test zu unterziehen, doch Despairs verzweifelte Reaktion beunruhigte mich extrem. Wusste er etwa doch mehr darüber?

»Treason!«, schrie Despair, mittlerweile regelrecht panisch. »Bitte! Tu das nicht!«

Treason hielt mir die Tür auf.

»Nimm mich stattdessen mit! Ich geh auch freiwillig ins Becken!«, bot Despair an, woraufhin ich mich zu ihm umdrehte.

»Du glaubst nicht im Ernst, dass ich diesen Deal zulassen würde, oder?«, sagte ich in einem ruhigen Tonfall. Ich versuchte so viel Hoffnung hineinzulegen, wie ich nur konnte, doch ich musste gestehen, dass es mir aktuell sehr schwer fiel.

»Hope …«, flüsterte Despair und sah mich sorgenvoll an.

»Mach dir keine Gedanken! Wir sehen uns bald wieder.«

Leider hörten sich meine Worte nicht halb so überzeugt an, wie sie sollten, doch zu mehr war ich nicht fähig. Despairs Zweifel trafen mich mit voller Wucht.

Treason legte seine Hand auf meinen Rücken und schob mich aus der Tür.

»Ich liebe dich, Hope! Bitte vergiss das nicht!«, rief Despair mir hinterher und Treason schloss die Tür hinter uns.

Abrupt blieb ich stehen. *Was?* Was hatte Despair da gerade gesagt?

Ich wollte mich umdrehen, wieder hineingehen, wollte ihm sagen, dass auch ich ihn liebte, doch Treason hielt mich fest:

»Hope, wir müssen gehen. Bitte.« Er schob mich weiter.

»Nur kurz, ich will …«, wandte ich ein, doch ich wurde unterbrochen:

»Geh!«, wies er mich schroff an und versetzte mir einen kräftigen Stoß.

Ich schluckte schwer, gehorchte dann aber.

»Weißt du, Treason«, begann ich, als wir einen schmalen, hellen Flur entlanggingen. »Ich habe immer an dich geglaubt. Habe dir vertraut. Selbst jetzt, nach alldem, glaube ich immer noch, dass du tief in deinem Inneren ein gutes Herz hast. Ich weiß nicht, warum du so handelst. Aber ich bin sicher, dass du deine Gründe hast. Und ich hoffe, sie sind es wert«, sagte ich und ging mit hängendem Kopf weiter.

Da fasste Treason mich auf einmal am Arm, zwang mich, stehenzubleiben und ihn anzusehen. In seinen Augen standen Tränen.

»Sie haben Loys«, sagte er mit brüchiger Stimme und nach und nach stahl sich eine Träne nach der nächsten aus seinen Augenwinkeln.

Verdattert blickte ich ihn an.

Treason wischte sich mit dem Arm übers Gesicht, doch die Tränen kamen wieder. Sein Körper bebte.

Ich wusste nicht, was ich dazu sagen sollte. Gern hätte ich ihn in den Arm genommen, doch die Handschellen verhinderten es.

»Sie drohten mir, Loys zu neutralisieren, wenn ich euch nicht ausliefere«, rechtfertigte sich Treason und schluckte dabei hart. »Und wenn sie das tun, wird sie nie wieder die Alte sein. Ich habe die anderen gesehen, die neutralisiert wurden. Das ist nicht halb so harmlos, wie sie es darstellen. Die sind wie Zombies! Ich will nicht, dass Loys so wird!«

Wieder wischte sich Treason die Tränen weg, was jedoch vollkommen nutzlos war.

Schon spürte ich, wie auch Tränen in meinen Augen aufstiegen.

Ich wollte fragen, warum Treason uns nicht einfach alles erzählt hatte, warum er sich uns nicht anvertraute, doch schon sein nächster Satz brachte mich so aus der Fassung, dass ich diese Fragen erst mal in den Hintergrund drängte.

»Und ich möchte nicht, dass sie ihre Erinnerungen verliert. Ihre Erinnerungen an uns ...«, fügte er leise hinzu.

Ich konnte mich nicht mehr zusammenreißen und begann haltlos zu weinen. Das war einer der schönsten und gleichzeitig traurigsten Liebesbeweise, die ich jemals gehört hatte. Nur andere Umstände wären mir lieber gewesen ...

Aber Loys lebte immerhin! Gott sei Dank! Und sie hatte jemanden gefunden, der sie offenbar sehr liebte. So sehr, dass er eine ganze Menge bereit war, für sie zu tun. Und für sie zu opfern ...

Irgendwie musste ich dabei gerade an Despair denken. An die Worte, die er mir eben noch nachgerufen hatte und mir wurde ganz warm ums Herz.

Auch er liebte mich. Ja, er liebte mich! Er hatte es tatsächlich gesagt. Und auch, dass ich das nicht vergessen soll, also schien es ihm ernst zu sein. Ich hatte seine übereinstimmenden Gefühle dazu auch ganz deutlich gespürt, was mich glücklich aufseufzen ließ – trotz der widrigen Umstände.

Ich dachte darüber nach, als mir auf einmal ein kalter Schauer über den Rücken lief. Entsetzt blickte ich Treason an. War das damit gemeint? War Despair deswegen so ausgerastet und wollte unbedingt für mich gehen? Hatte er deswegen gesagt, dass ich seine Worte nicht vergessen durfte? Weil ich neutralisiert werden sollte?

»Treason?«, sprach ich ihn an. »Du weißt, was jetzt passiert, oder?«

Er nickte bitter.

»Ich soll neutralisiert werden, habe ich Recht?«

Ich wusste nicht, ob ich das wirklich wissen wollte und wie ich reagieren sollte, wenn er wirklich ja sagte. Aber ...

Gespannt sah ich Treason an. Seine Augen blickten traurig. Reuevoll. Entschuldigend.

»Ja«, flüsterte er.

Ich fühlte mich, als wäre ich gerade von einem Laster überfahren worden.

»Aber ... hattest du nicht gesagt, dass der Eingriff sehr zeitaufwendig ist und Cruel deswegen erst morgen neutralisiert wird?«, suchte ich nach Ausflüchten. Ich wusste nicht, warum ich das tat. Rumdiskutieren brachte überhaupt nichts, wenn es bereits beschlossene Sache war. Dennoch *hoffte* ich ... Was ja quasi genau das Problem war – in deren Augen.

»Ja, das habe ich und das stimmt auch«, bestätigte Treason.

»Und warum muss ich dann heute ...?«

»Weil du der Grund bist, warum Agony keine Zeit hat, Cruel heute zu neutralisieren. Zwei Sensianer an einem Tag ist zeitlich nicht zu schaffen«, erklärte er.

»Also stand das schon vorher fest? Ich hätte gar keine Chance gehabt, einen Test zu bestehen?« Ich konnte das alles gerade nicht glauben.

»Nein. Diese Option gilt nur für die Improbas. Da du aber eine Proba bist und dir nie schlechte Gefühle antrainiert wurden, hat man bei dir keine Basis, auf die man zurückgreifen kann. Das heißt, du musst es so oder so neu lernen«, erklärte Treason mit belegter Stimme.

Blitzschnell drehte ich mich um, wollte zurück in das Zimmer laufen und Despair ebenfalls sagen, was ich fühlte – solange ich es noch wusste!

Aber Treason hielt mich fest. »Falsche Richtung, Hope«, sagte er.

»Treason! Ich muss zurück! Nur kurz! Ich muss Despair sagen, dass auch ich ihn liebe! Wenn ich neutralisiert wurde, weiß ich das nicht mehr und er soll es wissen. Unbedingt!«, wehrte ich mich verzweifelt gegen ihn, doch Treason hatte mich fest gepackt und da meine Hände gefesselt waren, konnte ich nichts dagegen tun.

»Hope, hör mir zu!«, unterbrach er mich.

»Bitte, Treason! Gerade du müsstest da doch Verständnis dafür haben! Du hast doch eben noch gesagt –«

»Du sollst zuhören, verstanden?« Treason schüttelte mich barsch, so dass er tatsächlich meine Aufmerksamkeit gewann.

»Überlege dir gut, ob du das möchtest.«

»Ob ich was möchte? Ihm sagen, dass ich ihn auch liebe? – Natürlich!«

Was war denn das für eine blöde Frage?!

»Denk genauer darüber nach«, wies er mich an.

»Auf was willst du hinaus?«, fragte ich skeptisch.

»Meinst du nicht, dass du es ihm unnötig schwer machst, wenn du es ihm jetzt sagst? Du wirst neutralisiert werden, Hope. Danach wird nichts mehr so sein wie früher. Du wirst nicht mehr wissen, dass du ihn mal geliebt hast und du wirst ihn ignorieren.«

»Wenn er es weiß, hilft er mir vielleicht, mich wieder daran zu erinnern?«, antwortete ich schwach.

»Das wird nicht geschehen, Hope. Deine Erinnerungen werden ausgelöscht. Die kommen nicht wieder.«

»Dann verliebe ich mich eben wieder neu in ihn«, gab ich trotzig zurück.

Treason sah mich mitleidig an. Dann nahm er meine Hände und streichelte sanft über meine Handrücken.

»Ich weiß nicht, ob das überhaupt möglich ist, Hope. Die Sensianer, die bis jetzt neutralisiert wurden, haben nicht nur ihre Erinnerungen verloren, sie sind auch vollkommen emotionslos geworden.«

»Das heißt, sie fühlen nichts mehr? Gar nichts mehr?«, fragte ich wie betäubt und musste dabei an Honesty denken und wie merkwürdig sie sich benommen hatte.

»Nein. Und wer nicht fühlt, kann auch nicht lieben. Despair würde daran zugrunde gehen. Er ist kein Typ, der sein Herz leichtfertig verschenkt. Daher solltest du genau überlegen, ob du gerade ihm das antun möchtest; diese Hoffnungslosigkeit, jemanden zu lieben, der keine Liebe erwidern kann. Aber ich lasse dir die Wahl.«

Ohne Treason eine Antwort zu geben, machte ich wieder kehrt und ging den kargen Flur weiter entlang.

Das helle Neonlicht über unseren Köpfen, welches immer mal wieder flackerte, verstärkte das Gefühl der Kälte und Trostlosigkeit.

Treason legte zögernd den Arm auf meine Schulter und ging wortlos neben mir her. Ich glaubte, er versuchte Trost zu spenden, doch für diese Situation gab es keinen Trost mehr.

Tränen rannen mir still und leise über die Wangen. Tja, das war's dann wohl. Ich würde neutralisiert werden und danach würde ich niemanden mehr erkennen, würde nicht mehr wissen, wer ich bin, wo ich herkomme und was ich erlebt habe; würde meine Schwestern nicht mehr kennen und mich nicht mehr an Barry erinnern. Und Despair wäre mir auch fremd.

Ich versuchte mir jedes Detail von ihm noch einmal genau vor Augen zu führen – in der Hoffnung, dass ich es mir doch irgendwie für immer einprägen könnte ...

Seine schwarzen Wuschelhaare, die er immer versuchte, mit Gel in Form zu bringen, von denen sich aber regelmäßig eine Strähne selbstständig machte und ihm frech ins Gesicht fiel.

Die endlose schwarze Tiefe seiner Augen, von der ich anfangs dachte, sie würde mein Verderben bedeuten – die aber zu dem wohl wunderbarsten Sensianer gehörte, den ich je kennenlernen durfte.

Und hach ja, seine akkuraten dunklen Augenbrauen, die etwas schräg angesetzt waren, so dass er grundsätzlich erst einmal böse aussah. Doch wenn man ihn kannte, wusste man, dass die kleine Falte zwischen den Augenbrauen das Geheimnis war. Nur wenn diese zu sehen war, hatte Despair schlechte Laune. Und das kam bei weitem nicht so oft vor, wie Fremde es angesichts seiner »dunklen« Erscheinung vielleicht vermuten würden. – Wie ich in Zukunft vermuten würde, wenn ich mich an diese ganzen wunderbaren Dinge nicht mehr erinnern konnte ...

Ich dachte an seinen wunderschönen, durchtrainierten Körper, an seine muskulösen Oberarme und an seinen definierten Bauch. Als ich ihn zum ersten Mal nur mit einem Handtuch bekleidet gesehen hatte, blieb mir beinahe die Spucke weg. Gleichzeitig erinnerte ich mich aber auch an die Narben, die seinen Rücken zierten und über die ich vollkommen entsetzt gewesen war. Dennoch gehörten sie untrennbar zu ihm. Und auch ich wollte ein Teil seiner Selbst sein. Eines Tages ...

Doch waren es natürlich nicht nur Äußerlichkeiten, die mich magisch zu Despair hinzogen. Ich rief mir noch einmal ganz bewusst unseren ersten Kuss in Erinnerung. Seine wohlgeformten Lippen berührten meine erst vorsichtig, zurückhaltend, dann so leidenschaftlich und gefühlvoll, wie ich es nie für möglich gehalten hätte. Er hatte mir tief in die Augen geschaut, meine Seele berührt und vermutlich schon da mein Herz erobert.

Ich ließ unsere erste gemeinsame Nacht noch mal Revue passieren. Auch wenn nichts weiter passiert war, war es doch eine der schönsten Nächte, die ich jemals erleben durfte. Wie besitzergreifend Despair mich an sich gezogen hatte und seinen Arm um mich legte. Wie er auf der anderen Seite jedoch ganz zärtlich meinen Arm streichelte und sanft seine Finger mit meinen verschränkte und wir irgendwann einschliefen. Wie er mich am nächsten Morgen mit einem sanften Kuss geweckt hatte, er seinen Arm wegziehen wollte, weil er dachte, dass er mir zu schwer wurde – ich ihn aber festhielt, was ihm ein charmantes Lächeln entlockte. Und obwohl ich nie wirklich Angst in meinem früheren Leben verspürt hatte, gab er mir ein unbeschreibliches Gefühl von Geborgenheit und Sicherheit, welches ich nie wieder auf der Welt missen wollte.

Ich schluckte schwer, wischte mir meinen Tränen jedoch nicht weg. Auch, wenn ich sonst immer versuchte, stark zu sein, und mir nach außen hin nichts anmerken lassen wollte, konnte ich mich dieses Mal nicht zusammennehmen. Ich wollte es auch gar nicht. Ich war der Meinung, ich hatte jeden Grund, traurig sein zu dürfen.

7. Kapitel

Despair

Ich saß in meinem Käfig und trat mit aller Kraft, die ich aufbringen konnte, gegen die Tür. Immer und immer wieder, doch das verdammte Ding rührte sich keinen Zentimeter.

»Despair …«, sagte Hate und sah mich mitleidig an. »Du kommst hier nicht raus. Also hör auf, dir selbst noch weh zu tun.«

»Ich muss aber hier raus!«, blaffte ich uneinsichtig zurück.

»Es ist nicht so, als würde ich dich nicht verstehen, Despair. Aber das hier bringt *rein gar nichts …*«

»Ja, Mann! Und außerdem nervt das!«, fügte Cruel ungehalten hinzu.

»Wie konnte er das machen? Wie zum Teufel konnte er das verdammt noch mal machen?«, fluchte ich vor mich hin.

»Du sprichst nicht wirklich von Treason, oder?«, entgegnete Hate mit hochgezogenen Brauen.

Verärgert sah ich ihn an. Natürlich wusste ich, dass ich mir die Frage gar nicht zu stellen brauchte! Treason war ein verdammter Verräter! Wer etwas anderes von ihm erwartete, war ein Idiot! *Ich* war ein Idiot!

Aus Wut schlug ich erneut gegen die Käfigtür und ein scharfer Schmerz durchfuhr mich. Verdammte Scheiße!

»Wie hattest du vor Jahren mal zu mir gesagt, als Treason mich in die Pfanne gehauen hat?«, fragte mich Cruel.

Ich schnaubte. Seine dummen Belehrungssätze konnte er sich sonstwohin schieben. Leider hielt es ihn nicht davon ab, sie mir trotzdem mitzuteilen.

»Wer Treason vertraut, verdient es nicht besser!«, sagte Cruel mit einem spöttischen Grinsen im Gesicht.

Ich knirschte mit den Zähnen. Das stimmte. Das hatte ich gesagt. Aber hier ging es nicht um mich! Hier ging es in erster Linie um Hope und ich wollte mir gar nicht ausmalen, was sie ihr antun würden.

Doch das brauchte ich auch gar nicht. Mir war absolut klar, wozu Treason sie geholt hatte. Sie würden sie neutralisieren. – Woher ich das wusste? Logisch betrachtet, konnten nur wir Improbas ihnen ein intaktes Impro vortäuschen. Hope war aber seit jeher eine Proba und hatte nie ein derartiges Training absolviert. Unter gar keinen Umständen würden sie ihr abkaufen, dass sie die Seiten gewechselt hatte. Dafür verhielt sie sich einfach viel zu … *Proba*.

Ich stützte meinen Kopf in meine Hände und raufte mir die Haare. Das gab's doch nicht! Es musste doch irgendwie möglich sein, hier rauszukommen. Um ihr zu helfen. Um sie rauszuholen.

Ich schnaubte verzweifelt.

»Vielleicht ist es gar nicht so schlimm?«, versuchte Hate mich aufzuheitern. – Moment! *Hate* versuchte mich aufzuheitern? Dann musste ich wohl wirklich einen beschissenen Eindruck machen …

»Ist das dein Ernst? Sie bekommt ein Loch ins Gehirn gebohrt!«, fuhr ich ihn an. Ich wollte gar nicht so pissig zu ihm sein. Auch da ich wusste, dass er es nur gut gemeint hatte, doch ich konnte mich einfach nicht zusammenreißen.

»Na ja, Love und Greed liefen ja auch hier herum«, erwiderte er tonlos.

»Ja, aber hast du sie dir mal angeguckt? Schlimmer als Lemminge! Und ich bin mir absolut sicher, wenn du ihnen sagen würdest, dass sie vom nächstbesten Hochhaus springen sollen, tun sie das auch.«

»Aber sie leben …«, entgegnete Hate schwach. Er schien selbst zu merken, wie nichtig sein Argument klang.

Ich fuhr wieder einen Gang zurück. Hate konnte schließlich auch nichts dafür, dass Treason so ein mieses Arschloch war.

»Ich möchte aber nicht, dass Hope, die so herzensgut und positiv ist, ihren Charakter verliert«, sagte ich leise.

»Du hast Angst, weil sie dich dann nicht mehr wiederkennt, habe ich Recht?«, fragte Hate.

Ich stockte kurz. Das hatte Hate bemerkt? Er war doch sonst nicht so feinfühlig.

Ich überlegte zuerst, irgendetwas Dummes darauf zu sagen, damit ich mich dieser Unterhaltung entziehen konnte, doch ich entschied mich für die Wahrheit.

Niedergeschlagen blickte ich ihn an. »Das ist der schlimmste Gedanke dabei, ja«, antwortete ich.

»Und dass sie dich dann nicht mehr lieben wird«, fügte er hinzu. Es war keine Frage. Es war eine Feststellung.

Überrascht sah ich ihn an. »Woher willst du wissen, dass sie –«

»Despair, ich bin Hate. Mein Gegenstück ist die Liebe. Und auch wenn ich selbst nicht lieben kann, erkenne ich sie sehr wohl.«

Ich wusste zuerst nicht, was ich darauf sagen sollte. Solche tiefgründigen Gespräche hatten wir das letzte Mal ... Ich konnte mich schon gar nicht mehr daran erinnern, wann wir so ehrlich miteinander gesprochen hatten.

»Wer sagt, dass du nicht lieben kannst, Hate?«, fragte ich und überging seine Sätze über Hope und mich.

Spöttisch sah er mich an. »Du weißt, wer ich bin, Despair. Und vor allem *was* ich bin. Wie soll das funktionieren?«

Hate hatte versucht gleichgültig zu klingen, doch ich hörte an jedem einzelnen Wort, dass ihn das traurig stimmte.

»Ich glaube nicht, dass das ein Hindernis ist, Hate«, erwiderte ich überzeugt. »Ich bin Despair und trotzdem bin ich in der Lage, zu hoffen.«

»Du hast dich immer gegen deine Bestimmung gewehrt, Despair. Ich nicht. Ich habe sie akzeptiert. Schlimmer noch: Ich habe sie regelrecht in mich aufgesogen und jetzt hasse ich alles und jeden. Da ist kein Platz für Liebe.«

Hate starrte mich an. In seinen Augen konnte ich keine Emotionen mehr sehen. Er hatte zugemacht. Sich abgeschottet, wie er es so oft getan hatte, nachdem der Oberst sich intensiver mit ihm »beschäftigt« hatte.

»Weil du es gar nicht erst versuchst«, entgegnete ich. »Außerdem hasst du nicht jeden. Du hast uns geholfen und dafür bin ich dir dankbar. Wenn du mich hassen würdest, hättest du das nicht getan. Auch bin ich sicher, dass du irgendwann jemanden finden wirst, für den du deinen Granitpanzer ablegst. Du musst ihr nur eine Chance geben. Und vor allem dir.«

Hate schaute zu Boden. Ihm war das Gespräch sichtlich unangenehm. Aber nicht nur ihm. Ich mochte es ebenfalls nicht, über solche Themen zu reden.

»Hab ich denn Recht?«, fragte er dann.

Fragend sah ich ihn an.

»Mit Hope.«

Ich nickte betrübt und atmete tief ein, um meine Gefühle kontrollieren zu können.

»Mach dir keine Gedanken, Despair. Selbst, wenn sie sich nicht an dich erinnern sollte, hast du jede Möglichkeit, ihr Herz wieder zu gewinnen.« Mit diesen Worten legte sich Hate in seinen Käfig und starrte zur Decke.

Ich schluckte hart. Ich wusste nicht, was mich gerade mehr mitnahm: Hates teilnahmsvolle Worte oder das, was er über Hope gesagt hatte.

Aber vielleicht war da ja etwas Wahres dran? Vielleicht konnte ich ihr Herz wirklich wieder für mich gewinnen? Ich würde zumindest alles dafür tun …

»Alter! Weinst du etwa?«, höhnte Cruel von der Seite.

Was? Ich? – *Niemals!*

Ich fasste mir an die rechte Wange und fühlte tatsächlich, dass sie leicht feucht war. Schnell wischte ich mir darüber.

»Kümmere dich um deinen eigenen Scheiß!«, giftete ich Cruel an und sah ihm fest in die Augen.

Eigentlich hatte ich eine blöde Antwort zurück erwartet, doch Cruel legte den Kopf leicht schief und seufzte:

»Es tut mir leid für dich«, sagte er. »Wirklich.« Und ausnahmsweise war kein angreifender oder schadenfroher Unterton zu hören. Er schien es wirklich ernst zu meinen.

»Ähm …« Wieder verschlug es mir die Sprache. Erst Hate und jetzt Cruel? Ich wusste seine Anteilnahme durchaus zu schätzen, doch was sollte ich darauf sagen? Mir tut es auch leid für dich, dass du neutralisiert werden sollst?

»Ich –«, begann ich, doch Cruel unterbrach mich:

»Ich weiß, Despair. Ich weiß. Da ich mich ab morgen an nichts und niemanden mehr erinnern werde können, wollte ich dir nur sagen, dass ich dich immer geschätzt habe. Wir waren keine Freunde, nein. Aber bei dir wusste man immer, wo man dran war. Und das habe ich sehr gemocht.«

»Cruel, ich –«

»Mach dir keine Gedanken, Despair. Bei mir ist das nicht so schlimm. Mich wird niemand vermissen ...«

Mit diesen Worten legte er sich so zur Wand, dass ihm keiner von uns mehr ins Gesicht schauen konnte. Dann hörte man ein leises Schluchzen.

Oh verdammt! Gerne hätte ich Cruel etwas Aufbauendes gesagt, doch mir fiel beim besten Willen nichts ein, was nicht nach einer hohlen Phrase klang. Was konnte ich bloß tun, um diesem ganzen Albtraum ein Ende zu bereiten?

8. Kapitel

Hope

Wir betraten einen Raum, der Ähnlichkeit mit einer Arztpraxis hatte. Genauso steril und weiß, wie der Gang. Dazu noch etliche Gerätschaften und eine Liege, die jedoch wohl eher aus einer Psychiatrie stammte. Zumindest waren daran lederne Fuß- und Handfesseln angebracht, um eine Person (mich!) zu fixieren.

»Es war gut, dass du Despair nichts gesagt hast«, meinte Treason.

Ich erwiderte nichts darauf.

»So kann er sich zumindest ohne schlechtes Gewissen neu verlieben«, fügte Treason noch hinzu und versuchte sich an einem aufmunternden Gesichtsausdruck.

Wenn er jedoch dachte, dass mich so etwas aufheitern würde, war er absolut schief gewickelt. Trotzdem nickte ich. Ich wollte Despairs Zukunft nicht im Wege stehen und ihn noch stärker an ein gefühlloses Etwas binden, welches ich bald sein würde ...

»Du kannst dich schon mal auf die Liege legen«, wies Agony mich an, welche uns bereits erwartet hatte. Ich zuckte leicht zusammen. »Nummer 2? Bring den Rasierer.«

»Nummer 2?«, fragte ich, während ich mich zur Liege begab und mich auf die Kante setzte. Love kam um die Ecke und reichte Agony die gewünschten Utensilien.

»Sie heißt Love«, sagte ich.

»*Hieß*«, korrigierte mich Agony. »Sie ist keine Love mehr, wie du sicher spürst.«

Ich amtete tief durch. »Werde ich nach der Prozedur auch nur noch eine Nummer sein?«

»Ja. Es sei denn, Treason hat mit dir zu tun. Ihm rutschen öfter noch die alten Namen heraus. Aber da es ihm sowieso an Professionalität mangelt, verzeihen wir ihm das.« Agony warf einen abschätzigen Blick zu ihm, dann fuhr sie einen kleinen Besteckwagen, wie Ärzte ihn für gewöhnlich hatten, neben meine Liege und platzierte allerhand Dinge darauf.

»Was ist das alles?«, fragte ich. Eigentlich wollte ich die genaue Bezeichnung dieser Mordinstrumente gar nicht wissen, doch vielleicht half ein Gespräch bei meiner Nervosität. Ich war nämlich so aufgeregt, dass mir speiübel wurde.

»Das hier ist ein Rasierer«, klärte Agony mich auf. Ich zog die Brauen nach oben.

»Ernsthaft?«, kommentierte ich sarkastisch. Freundlich oder bedächtig brauchte ich jawohl nicht mehr sein. Was hatte ich schließlich noch zu verlieren?

»Aus Hygienegründen und zum besseren Handling werden dir an einer Seite des Kopfes deine Haare abrasiert. Man kann es auch ohne machen, aber das zieht meistens Infektionen nach sich, wie sich herausgestellt hat.« Sie blickte dabei auf Love.

Meine arme Love ...

»Und da es umständlich ist, unsere Probanden zur Wundversorgung immer ins Krankenhaus abzuschieben, achten wir da jetzt ein bisschen mehr drauf.«

»Das Krankenhaus wusste davon?«, fragte ich entsetzt.

»Nicht direkt. Nachdem unsere ersten beiden Probanden erkrankt waren, haben wir die anderen nach dem Neutralisieren einfach liegengelassen und bei der Polizei einen Überfall gemeldet«, berichtete sie stolz und fand sich wahnsinnig gerissen.

Mir entlockte es jedoch nur ein abfälliges Schnauben.

»Wie nett«, kommentierte ich trocken, doch Agony ließ sich nicht stören:

»Ja, nur das Wiederholen war ein bisschen komplizierter. Vor allem, nachdem ihr das mit eurem Auftritt dort vermasselt habt. Dabei wären eure Freunde ohne unsere Hilfe gestorben!«

»Ohne eure *Hilfe* wären sie erst gar nicht in diese missliche Lage geraten!«, gab ich bissig zurück.

Agony zuckte mit den Schultern. »Wie dem auch sei. Dann haben wir hier Tabletten, damit du alles ein bisschen lockerer siehst. Dann ein Schmerzmittel und dann noch ein Anästhetikum. Gerade dessen Verwendung hat sich bewährt. Ohne war es wohl ... leicht schmerzhaft«, fuhr sie unbeirrt fort und blickte abermals zu Love.

Ich schluckte schwer. Was hatte meine Schwester bloß alles durchgestanden ... Erst die Tortouren bei Hate und dann das hier. So gesehen war es in ihrem Fall wohl wirklich ein Segen, sich an nichts mehr erinnern zu können.

Mitleidig lächelte ich Love an, doch sie wusste nichts damit anzufangen. Emotionslos starrte sie zu mir herüber.

Agony bemerkte den Blick. »Das ist so eine kleine Nebenwirkung von der ganzen Sache. Aber solange sie ihr Impro beherrschen wird, sind wir zufrieden«, sagte sie.

»Welches Impro soll sie erlernen?«, fragte ich.

Agony lächelte. »Wir haben uns bei ihr für Disappointment, kurz *Dissy*, entschieden.«

»Enttäuschung? Warum? Ich glaube nicht, dass Love dieses Gefühl überhaupt kennt«, erwiderte ich.

»Nein?« Wieder ein niederträchtiges Grinsen. »Da hat sie auf mich aber einen ganz anderen Eindruck gemacht, nachdem sie kapiert hat, dass du ihr nicht zur Hilfe eilst.«

»Du ... Du bist ein Monster!«, blaffte ich Agony an.

»Danke«, antwortete sie mit zuckersüßer Stimme und widmete sich weiter ihrem Folterbataillon.

»Das hier ist übrigens das Mittel, dass du in deinen Kopf injiziert bekommst. Willst du mal daran riechen? Riecht wie Zugsalbe. Hat auch in gewisser Weise einen ähnlichen Effekt.«

Angewidert drehte ich den Kopf weg. »Und sieht auch so aus«, kommentierte ich die schwarze, zähe Masse.

»Dann hätten wir hier noch ein Skalpell und da hinten steht der Neutralisator. Den kennst du ja bereits«, fuhr sie ungerührt fort. »Somit hätten wir alles. – Ach ja, Jodtinktur sollte natürlich auch nicht fehlen. Damit wir die Eintrittsstelle schön keimfrei halten.«

Sie zwinkerte mir zu. »Bist du bereit?«

Ich schüttelte den Kopf. Ich wusste, dass ich hier nicht mehr herauskam, doch bereit war ich deswegen noch lange nicht.

»Legst du dich freiwillig hin oder soll ich Pain beziehungsweise einen der anderen bitten, dich gefügig zu machen?«, fragte sie schroff. Sie stieß einen Pfiff aus und sofort kamen drei der Improbas herbeigeeilt. Wenn ich mich recht erinnerte, waren das Pain, Fear und Aggro.

»Spurt die Kleine nicht?«, grollte Pain.

»Das sehen wir jetzt«, antwortete Agony und warf mir einen vielsagenden Blick zu.

»Wofür das Ganze? Warum sollen wir alle Improbas werden?«, wollte ich wissen. Die Frage lag mir schon länger auf der Zunge, doch ich hatte mich bis jetzt nicht getraut, sie zu stellen. Mit Despair hatte ich mich ja schon einmal über das Thema unterhalten, doch da der Oberst nun tot war, mussten sie ja einen anderen Grund haben. Und in Anbetracht dessen, dass ich mein Schicksal nicht noch mehr verschlimmern konnte, war jetzt -so glaubte ich – ein guter Zeitpunkt.

»Wofür willst du das wissen? Du vergisst das sowieso gleich wieder«, entgegnete Agony.

»Wisst ihr etwa selbst keine Antwort darauf oder warum diese Ausflüchte?«, bemerkte ich abfällig.

Agony schaute mich pikiert an. Anscheinend hatte es ihr kurzzeitig die Sprache verschlagen.

»Sieh einer an. Die Kleine will mit uns spielen …«, erheiterte sich Fear indes über meine Bemerkung. »Ich glaube, ich bin genau der Richtige für diese Antwort.« Fear setzte ein nahezu teuflisches Grinsen auf.

»Lass das, Fear. Wir haben Wichtigeres zu tun. Wenn der Boss mitkriegt, dass wir hier sinnlos Zeit verschwenden, wird er uns die Hölle heiß machen«, stutzte Agony ihn zurecht, doch Fear wirkte wenig beeindruckt.

Sollte er nicht eigentlich *ängstlicher* sein?

Bevor ich jedoch weiter darüber nachdenken konnte, lenkten mich seine Worte wieder von dem Gedanken ab:

»Komm schon, Agony. Gönn mir den Spaß. Außerdem: Was Baron Barry nicht weiß, macht ihn nicht heiß.«

Ich stockte.

»Schweig! Wenn er mitbekommt, dass du ihn beim Vornamen nennst … !«, zischte Agony wütend.

»Er ist nicht hier«, erwiderte Fear genervt.

»Trotzdem solltest du dir das nicht angewöhnen. Irgendwann rutscht es dir in seiner Gegenwart versehentlich heraus und dann können wir alle seine schlechte Laune ausbaden!«

Während sich die zwei in der Wolle hatten, rauschte mir immer und immer wieder der selbe Name durch den Kopf. Wie ein Film lief es vor meinem inneren Auge ab.

Barry – Barry – Barry …

»Wie heißt euer Boss?«, fragte ich noch einmal nach, um auf Nummer sicher zu gehen, dass ich mich nicht verhört hatte.

Fear wollte gerade zum Gegenschlag ansetzen und ganz offensichtlich Agony nicht nur wörtlich eins überziehen, als er in Anbetracht meiner Frage innehielt und mich erstaunt ansah.

»Was?«, fragte er.

»Wie du euren Boss genannt hast«, wiederholte ich.

Nicht schlüssig, was mir diese Information bringen sollte, antwortete er trotzdem: »Baron?«

»Nein, sein Name«, bat ich.

»Barry?«, fragte er irritiert.

»*Barry*?«, wiederholte ich langsam.

Oh mein Gott! War das … wollte … *konnte* das wirklich wahr sein? Konnten wir von dem gleichen Barry sprechen?

Aber Barry war doch tot! *Oder doch nicht?*

Ein Schauer lief mir über den Rücken. In Sekundenschnelle waren meine Hände schweißnass und mein Mund wurde ganz trocken. Ich hatte das Gefühl, mein Herz setzte aus.

»Ja, Barry. Was kapierst du daran nicht?«, blaffte Fear verständnislos. Auch Agony hatte aufgehört, ihre Instrumente zu sortieren, sondern taxierte mich misstrauisch.

»Ich kenne Barry! Er war mein Mentor!«, klärte ich sie auf.

Agony prustete als Erste los vor lauter Lachen. Dicht gefolgt von Fear und den anderen. Treason sah mich nur überrascht an, gab dann aber mit einem Kopfschütteln zu verstehen, dass er mir kein Wort glaubte.

»Das ist unmöglich!«, lachte Agony.

»Warum?«, fragte ich unsicher.

»Weil du eine Proba bist! Unser Boss hätte niemals eine Proba erschaffen!«

»Never!«, pflichtete Fear ihr bei.

»Ich kann es beweisen!«, sagte ich und dachte an die Notfallnummer, die Barry mir über die Jahre hinweg eingebläut hatte. Ich hatte sie nie angerufen, da ich dachte, Barry sei tot und der Anruf würde sowieso ins Leere laufen. Doch jetzt schöpfte ich neue Hoffnung. So stark, wie ich sie schon seit Wochen nicht mehr gespürt hatte!

»Was für ein Quatsch! Jetzt leg dich hin, damit wir starten können«, wies Agony mich an.

»Und wenn sie ihn doch persönlich kennt?«, gab Fear zu bedenken. Endlich verhielt er sich seinem Impro entsprechend.

»Glaubst du das wirklich?«, sagte Agony verächtlich.

»Sie sagt, sie kann es beweisen.« Fear schaute mich zweifelnd an.

»Das ist doch nur blödes Gerede, um Zeit zu schinden!«, beharrte Agony auf ihrer Meinung, legte sich ihre Folterwerkzeuge zurecht und griff unsanft nach meinen Armen, um sie mit den Lederfesseln zu fixieren. »Stillhalten!«, raunzte sie mich an, da ich versuchte, mich zu wehren. »Oder ich tue dir weh!«

»Barry wird dir dafür den Kopf abreißen!«, schnappte ich nach Agony, doch diese ließ sich nicht beeindrucken.

»*Ich* darf den Boss nicht Barry nennen, aber *du* willst eine eventuelle Bekannte von ihm neutralisieren? Ist das dein Ernst?«, fragte Fear ungläubig.

Agony stockte in ihrer Bewegung. Offenbar begann sie jetzt erst, ernsthaft darüber nachzudenken.

»Lass sie es beweisen. Dann können wir immer noch sehen, ob sie die Wahrheit gesagt hat«, fügte Fear besonnen hinzu, was Agony nicken ließ.

»Okay«, stimmte sie zu. »Aber wie will sie das machen?«

»Das solltest du vielleicht sie selbst fragen und nicht mich«, entgegnete Fear leicht ungehalten. Dann warf er mir einen missbilligenden Blick zu.

»Also?«, wandte Agony sich erwartungsvoll an mich.

»Ich brauche ein Telefon«, antwortete ich.

Fragend sah sie mich an.

»Barry hat mir eine Nummer gegeben. Er sagte, wenn ich Probleme habe oder wir jemals getrennt werden, soll ich sie anrufen«, erklärte ich.

»Das soll *unser Boss* gesagt haben?«, schmunzelte sie skeptisch. »Nie im Leben! Aber gut. Wir sind gespannt. – Treason? Hol eins der Handys, die wir ihnen abgenommen haben.«

Treason nickte und verschwand. Keine zwei Minuten später war er wieder da und reichte mir ein schwarzes Smartphone. Ich sah sofort, dass es Despairs Handy war. Ich lächelte leicht. Ob das Absicht war?

Schnell machte ich es an und gab Despairs Passwort ein, welches er mir anvertraut hatte. Weil ich immer noch kein eigenes Handy hatte und ich so Hilfe holen könnte, wenn er verhindert wäre. – Was ich jetzt hiermit tat ...

Ich tippte besagte Geheimnummer ein und drückte auf den kleinen grünen Telefonhörer im Display.

Tief atmete ich durch – und bekam plötzlich Angst. Was, wenn das Telefon gar nicht mehr besetzt war? Die Nummer nicht mehr existierte? Oder es gar nicht *mein* Barry war, von dem wir hier sprachen? Andererseits: Wie viele Barrys sollte es schon geben, die über die Existenz von uns Sensianern Bescheid wussten?

Es klingelte. Gott sei Dank! Der Anschluss schien noch aktiv zu sein. Einmal, zweimal, dreimal ... Dann nahm jemand ab. Mein Puls beschleunigte sich.

»Hallo?«, fragte ich langsam, nachdem sich niemand meldete.

»Hope?!«, kam es ungläubig als Antwort.

»Jay?«, rief ich glücklich. *Ihn* hatte ich zwar nicht erwartet, aber ich war unglaublich froh, eine bekannte Stimme zu hören.

»Wo bist du?«, fragte er.

»Bei irgendwelchen neuen Improbas. Sie haben uns gefangen genommen und irgend so eine Verrückte namens Agony will mich meiner Erinnerungen und meines Pros berauben!«, erzählte ich in kurzen Sätzen, damit er sich von dieser brenzligen Situation ein Bild machen konnte.

Agony warf mir daraufhin einen bitterbösen Blick zu. Ob es an dem Wort »Verrückte« lag oder daran, dass ich sie gerade verpetzt hatte, wusste ich nicht.

»Gib sie mir! Sofort!«, wies Jay mich an, was ich nur allzu gern tat und Agony mit einem süffisanten Grinsen das Telefon reichte.

»Ja?«, meldete sie sich. »Ja. Ja. Verstanden. Sehr wohl, Sir«, sagte sie und legte dann auf.

Wütend schaute sie mich an, dann Treason.

»Steck sie wieder in ihren Käfig. Planänderung!«, befahl Agony aufgebracht und Treason gehorchte auf der Stelle.

»Komm«, sagte er und reichte mir seine Hand, die ich nun dankend entgegennahm. Ich würde bald zurück bei den anderen sein. Bei Despair! Und ich war unversehrt und Herr meiner Erinnerungen und Gefühle!

Nachdem wir den Raum verlassen hatte, musterte mich Treason skeptisch von der Seite.

»Du kennst wirklich unseren Boss?«, fragte er immer noch zweifelnd.

»Offensichtich, oder?«, erwiderte ich.

»Aber ... wie soll ... Und er ist wirklich euer Mentor gewesen?«

Ich nickte glücklich und dachte an Barry. Nicht nur, dass ich diesem Neutralisator entgangen war, ich würde auch Barry wiedersehen! Barry, meinen Dad, von dem ich geglaubt hatte, dass die Improbas ihn ermordet hatten.

Er würde uns alle hier rausholen. Und diese neuen Improbas würden sicher ihr Fett abbekommen, wenn er erfuhr, was sie den anderen Probas angetan hatten.

»Ich kann das fast gar nicht glauben ...«, murmelte Treason.

»Warum nicht?«

»Weil ihr alle so herzensgut und nett seid«, begründete er seine Bemerkung, was für mich jedoch keine Erklärung war.

»Wir sind *Probas*«, erinnerte ich ihn. »Außerdem: Barry ist selbst ein unglaublich gutherziger Mensch! Wie hätten wir je anders werden sollen?«

Treason nickte verhalten.

»Und warum haben die anderen das nicht einfach gesagt, bevor Agony sie bearbeitet hat?«, fragte er.

Ich schluckte, weil ich daran dachte, dass nur ich diese Nummer damals lernen musste. Ich hatte immer gedacht, dass Barry mich auf dem Kieker hatte, aber als er mich aufklärte, dass es sich dabei um eine Notfallnummer handelte, war ich beruhigter. – Vorerst. Als er mir nämlich zwei Atemzüge später erzählte, dass die anderen diese Nummer nicht lernen mussten, weil sie nicht wichtig genug seien, war ich schon sehr verärgert über diese Zwei-Klassen-Gesellschaft. Um ehrlich zu sein, sogar maßlos enttäuscht. Doch gerade jetzt war ich froh, dass er sich überhaupt sowas ausgedacht hatte. Es hatte mir damit vermutlich mein Leben gerettet. Zumindest mein Leben, wie ich es kannte und wie ich es unter keinen Umständen aufgeben wollte.

»Hallo?«, erinnerte mich Treason an seine Frage und riss mich damit aus meinen Gedanken.

»Wussten sie denn überhaupt, dass euer Boss Barry heißt?«, fragte ich kleinlaut, da ich trotzdem irgendwie ein schlechtes Gewissen hatte, obwohl ich rein gar nichts dafür konnte.

Treason schien kurz nachzudenken, dann schüttelte er den Kopf. »Nein, er wird hier für gewöhnlich nur ›Boss‹ genannt«, antwortete er, was mich wissend nicken ließ. Wir Probas durften ihn zwar alle mit Barry anreden, aber wir kannten ihn ja auch von klein auf. Auch Jay und Ice gebührte dieses Privileg, aber bei Fremden hielt Barry es anders.

Barry … Konnte es wirklich wahr sein? Ich hoffte es, hoffte es inständig.

9. Kapitel

Despair

Mit dem Rücken gegen die Käfigstäbe gelehnt, den Kopf nach wie vor in die Hände gestützt, fragte ich mich immer wieder, wie es so weit kommen konnte. Zum ersten Mal in meinem Leben hatte ich das Gefühl, jemanden gefunden zu haben, der mich so akzeptierte, wie ich war. Der mich *mochte*, wie ich war! Und nun wurde mir diese Person – *Hope!* -schon wieder genommen.

Tja ... Wie gewonnen, so zerronnen, höhnte mein Gewissen.

Das durfte doch einfach nicht wahr sein! Irgendetwas musste ich doch tun können!

Nachdem ich so lange gegen die Käfigtür getreten hatte, bis meine Beine zu schmerzen begannen und Cruel sich mehrfach entnervt beschwerte hatte, gab ich es auf. Die Tür rührte sich ohnehin keinen Millimeter.

Mittlerweile war ich dazu übergangen, sie einfach nur böse anzustarren, als könnte ich sie allein mit meiner Willenskraft zum Brechen bringen, doch das funktionierte natürlich nicht.

Es nützte alles nichts: Ich saß fest und alles, was ich tun konnte, war, abzuwarten.

Einen Augenblick später fuhr ich unwillkürlich zusammen, da sich die Zimmertür öffnete.

Ich sah Hope und Treason.

Verdutzt schaute ich die beiden an. Brachte er sie etwa schon zurück? Ging es so schnell? Und warum konnte Hope noch laufen und war nicht bewusstlos?

Irritiert strich ich mir übers Gesicht. Träumte ich etwa?

»Hope?«, flüsterte ich.

Ihr Blick schnellte sofort zu mir. Dann machte sie sich von Treason los und kam eiligen Schrittes auf mich zu.

»Hope?«, sagte ich noch einmal ungläubig, lauter diesmal, und fasste nach ihrer Hand, um mich zu vergewissern, dass sie auch wirklich echt war.

»Wir kommen hier raus«, sagte sie.

»Was?!«

Sie nickte und lächelte dabei. »Ihr Boss ist Barry!«

Verwirrt schaute ich sie an. *Barry*? Ihr Dad Barry? Der Barry, den wir angeblich umgebracht hatten?

Ohne es aussprechen zu müssen, deutete Hope meinen Blick richtig.

»Genau *der* Barry«, antwortete sie mit einem verschmitzten Grinsen. »Irgendwann wendet sich eben immer alles zum Guten.«

Ich fasste durch die Gitterstäbe und zog sie so dicht zu mir heran, dass ich sie küssen konnte. Zwar nicht richtig, so wie ich es gerne getan hätte, da die dämlichen Gitterstäbe das nicht zuließen, doch immerhin ...

»Kannst du jetzt bitte in deinen Käfig gehen? Wenn Agony gleich –«, bat Treason sie schüchtern, doch Hope unterbrach ihn.

»Ich weiß«, erwiderte sie, strich mir sanft über meine Wange und tat dann wie geheißen.

»Mit *dem* redest du noch?«, fragte ich verständnislos.

»Ich erkläre dir alles später, okay?«

Ich nickte verhalten. Zwar wusste ich nicht, was es da noch zu erklären gab, wo unsere Situation – Wir alle weggesperrt in Käfigen, wegen ihm! doch so offensichtlich war, aber gut. Ließen wir uns mal überraschen ...

»Ich ... ähm ... gehe dann mal wieder zu den anderen «, murmelte Treason.

»Kopf hoch, Treason. Jetzt wird alles gut«, erwiderte Hope aufmunternd.

Ich sah das allerdings nicht uneingeschränkt rosig. Wenn dieser ominöse Barry wirklich ihr »Dad« war, kam sie hier raus. Sie und ihre Schwestern. Das war toll! Und ich war heilfroh, dass Hope nichts mehr passieren würde.

Allerdings konnte ich mir nicht vorstellen, dass dieser Barry uns ebenfalls befreite. Nicht, nachdem wir seine Mädchen entführt hatten. Nicht, nachdem manche von uns ihre Proba umgeschult und dabei schwer misshandelt hatten.

Mir entwich ein tiefer Seufzer. An und für sich wäre die Sache ja nicht so tragisch. Wir hatten alle schon viel aushalten müssen. Wäre da nur nicht die

Tatsache, dass ich Hope dann nicht mehr bei mir hätte. Und wer wusste schon, wann und ob ich sie je wiedersehen würde...

»Mach dir keine Gedanken! Ich werde dafür sorgen, dass wir alle hier rauskommen«, bewies Hope schon wieder hellseherische Fähigkeiten.

Einerseits machte es mir ein bisschen Angst, dass sie mittlerweile so gut in mir lesen konnte. Andererseits war es toll, jemanden gefunden zu haben, mit dem man sich quasi blind verstand.

Treason hatte das Zimmer verlassen und Hope erzählte in ein paar kurzen Sätzen, was sich zugetragen hatte. Von Agony, von Treason und seinen Beweggründen (Na, ob das stimmte?) und wie sie durch Zufall auf Barry kamen und Hope letztendlich bei ihm anrufen durfte.

Irgendwie hatte ich immer noch ein schlechtes Gefühl bei der Sache. Dafür, dass wir eigentlich bis zum Hals in der Scheiße steckten, ging das jetzt alles zu glatt. So viele positive Zufälle konnte es doch gar nicht geben, oder?

Aber egal, wie es sein mochte: Hauptsache, Hope ging es gut und sie war immer noch Hope. Die Hope, in die ich mich verliebt hatte.

Lautes Gepolter und eine harte Männerstimme rissen mich aus meinen Gedanken. War er das? Ihr lieber, treusorgender Barry? Der, der uns alle in Sicherheit bringen sollte?

Ich warf Hope einen skeptischen Blick zu. Sie schien nicht weniger unsicher zu sein.

Da stieß auch schon jemand die Tür auf, so dass sie fast auf den Angeln flog, und ein relativ junger Kerl kam herein und baute sich im Zimmer auf – hinter ihm eine nun fast schon schüchtern wirkende Agony.

»Ich sehe nur eine! Wo ist der Rest?«, herrschte der Typ Agony an, die daraufhin zusammenzuckte und sich vielmals entschuldigte.

»Ich gehe sie holen«, winselte sie und verschwand augenblicklich.

»Jay! Da bist du ja!«, rief Hope erfreut.

Jay? Wer zum Henker war denn das schon wieder? Ich überlegte kurz, da er mir irgendwie bekannt vorkam. War das nicht der Typ, den Hate bei der Entführung der Probas einmal kurz berührt hatte und der sofort anfing, sich mit seinem Kollegen zu zoffen? – Wahrscheinlich ...

Der Typ ging zu Hope. »Ich nehm dich mit. Genau wie deine Schwestern«, teilte er ihr mit.

Etwas verwundert sah sie ihn an. »Alles gut bei dir?«, fragte sie.

Er nickte knapp.

»Du musst die Jungs ebenfalls hier herausholen. Sie können nicht hierbleiben«, bat sie ihn leise, woraufhin er verärgert die Brauen zusammenkniff.

Ich hatte es geahnt …

»Du musst«, hauchte sie und schaute ihn flehend an.

Dann kam Agony wieder und trieb Love, Modesty, Mercy und Honesty vor sich her.

Schockiert sah ich zu den Mädels. Wenn ich ihre leeren Gesichter richtig deutete, ihr graues Haar und diese wirklich verstörende Augenfarbe, waren sie bereits alle neutralisiert.

»Der Boss möchte, dass ich die gesamte Ware aus 1997 mitnehme!«, verkündete er herrisch.

Ware? Pffft! – Ich mochte den Typ nicht. Auch da es schien, als kämen wir vom Regen in die Traufe.

»Natürlich, Sir«, erwiderte Agony und bedeutete Treason, die Käfigtüren aufzuschließen.

»Da fehlen noch welche!«

»Ich hol sie, ich hol sie. Ich wusste nicht, dass Sie die Jungs –«

»Sülz mich nicht voll! Beweg dich! Meine Zeit ist kostbar!«, blaffte der Typ und warf ihr einen eisigen Blick zu. »Wenn du etwas dagegen hast, kannst du das gerne mit dem Boss besprechen.«

»Nein, Sir! Auf keinen Fall, Sir!«, versicherte Agony ergeben und verschwand wieder.

Ich sah zu Hope hinüber, die ihre Bestürzung über den Kerl nur schlecht verbergen konnte. Offenbar hatte sie etwas anderes erwartet.

Treason hatte indes unsere Käfige geöffnet und ich trat argwöhnisch heraus. Genau wie Hate und Cruel, die bereits seit Hopes Rückkehr alles nur stumm verfolgt hatten, jetzt aber offenbar noch weniger zu sagen wussten.

Es dauerte nicht lange, da brachte Agony auch noch Greed und Lie. Ebenfalls mit grauen Haaren und Augen. *Grau, grau, grau.* Schrecklich! Von Greed wussten wir ja bereits, dass er neutralisiert worden war. Doch so wie Lie aussah, galt das Gleiche auch für ihn. Shit!

»Das sind alle«, verkündete Agony eilfertig und verbeugte sich vor dem Typen.

»Mach sie transportbereit«, wies er Agony an.

Sie stieß einen kurzen Pfiff aus und Pain und Fear kamen dazu.

»Fertigmachen, schnell«, gab sie den Befehl weiter, half aber selbst tatkräftig mit, uns alle Hand- und Fußschellen anzulegen. Was sollte das denn jetzt? Sah so eine Befreiung aus?

Ich sah wieder zu Hope. Mein Blick sprach Bände! War sie sich wirklich sicher, dass der Typ uns *helfen* wollte?

Hope gab mir mit einem beinahe unmerklichen Kopfnicken zu verstehen, dass ich ihr vertrauen sollte. Doch um ehrlich zu sein, fiel mir das gerade unheimlich schwer. Diese ganze Situation hier war so bizarr! Was musste das für ein Typ sein, dass selbst diese Improbas so vor ihm kuschten? Und *dem* vertraute Hope? *Wirklich?!*

»Einheitsschlüssel?«, fragte der Kerl und streckte die Hand aus.

Hektisch überreichte ihm Agony den gewünschten Schlüssel, der für alle Handschellen passte.

»Na los! Bringt sie zum Wagen. Der Boss wartet nicht gerne«, knurrte der Typ und Agony setzte sich prompt in Bewegung. Sie packte mich fest am Genick, woraufhin ich ihr ein warnendes »Vorsicht!« zuzischte, was der Kerl natürlich mitbekam.

»Beschädige die Ware nicht!«, mahnte er und Agony nickte folgsam.

Wenn er mich noch einmal ›Ware‹ nannte …

»Sorry«, flüsterte sie und schob mich nun behutsamer voran.

Draußen auf dem Gelände stand ein schwarzer Transporter. Darin würden wir zumindest alle Platz haben.

Agony öffnete die Hecktüren und half mir beim Einsteigen.

»Hättest du mir nicht Hände und Füße gefesselt, hätte ich das alleine gekonnt«, raunte ich ihr zu, doch sie reagierte nicht darauf.

»Setz dich«, wies sie mich stattdessen an und nahm Greed in Empfang, den ihr Pain rausgebracht hatte. Auf diese Weise folgte einer nach dem anderen.

Dieser Jay kam hinterher und begutachtete uns im Wagen. Dann wandte er sich um: »Du da!«, sagte er zu Treason. »Rein dort!«

Treason wollte seiner Anweisung direkt Folge leisten, wurde jedoch zurückgehalten und bekam von Agony ebenfalls Fesseln angelegt, bevor sie ihn zu uns in den Wagen schubste.

Dann begann der Kerl uns durchzuzählen.

»Hier fehlt eine!«, sagte er scharf und durchbohrte Agony förmlich mit seinem Blick.

»Ja, Sir. Sie haben recht, Sir«, begann sie sich zu entschuldigen. »Aber sie ist nicht hier.«

»Sie ist nicht hier?!«, polterte er los.

Agony zuckte zusammen. »Nein, Sir.«

»Und wo ist sie dann?«, fragte er erzürnt.

»Sie ... Wir haben sie woanders deponiert«, antwortete Agony demütig.

»Und warum? Das wird dem Boss aber gar nicht gefallen!«

»Es tut mir leid, aber wir brauchten sie als Druckmittel«, rechtfertigte sie sich.

Ich horchte auf. Hatte Treason Hope gegenüber tatsächlich mal die Wahrheit gesprochen?

»Schön. Und wo ist sie jetzt nun?!«, blaffte der Typ ungehalten.

»Ich ... ich kann Sie hinbringen«, entgegnete Agony eingeschüchtert.

Der Typ schien kurz zu überlegen. Dann nickte er.

»Zumachen!«, forderte er sie auf und sie schloss gehorsam die Hecktüren.

Ich sah zu Hope, die mir gegenüber saß. Sie lächelte mich beruhigend an, doch ihr betont fröhlicher Gesichtsausdruck passte rein gar nicht zu ihren Gefühlen.

Sie schien sich selbst nicht sicher zu sein, was hier vor sich ging.

Ich hoffte nur, dass sie am Ende Recht behalten würde ...

Ich hoffte! Ja, ich hoffte immer noch! Und das, obwohl sie mich noch einmal ins Becken gesteckt und mir eine Einheit verpasst hatten ...

10. Kapitel

Hope

Jay und Agony stiegen zu uns in den Wagen. Jay nahm wie selbstverständlich hinter dem Steuer Platz und Agony auf dem Beifahrersitz.

Ich musterte Jay. Was war bloß los mit ihm? Wo war der witzige Typ von früher hin, der immer zu Späßen aufgelegt war und Barry damit regelmäßig in den Wahnsinn getrieben hatte?

Unauffällig warf ich einen Blick zu Despair, der mir gegenüber saß. Er sah gar nicht erfreut aus. Offenbar misstraute er Jay – in Anbetracht dessen Verhaltens auch nicht weiter verwunderlich und war nur wegen mir mitgekommen. Ich hoffte, ich enttäuschte ihn nicht ...

Ich räusperte mich. »Jay?«

Ich saß direkt hinter dem Fahrersitz beziehungsweise hinter dem Gitter, was uns von Jay und Agony trennte.

»Schweig!«, fuhr er mich barsch an.

Despair zog argwöhnisch die Brauen nach oben.

‹Ich atmete tief durch. Okay, mir war schleierhaft, was hier gerade vor sich ging, aber Jays Reaktion war definitiv nicht normal.

»Jay, ich ...«, versuchte ich es noch einmal, doch wieder fuhr er mir über den Mund:

»Schweig!, hab ich gesagt!«

Betroffen hielt ich tatsächlich meine Klappe. Ich konnte die Situation nur ganz schwer einschätzen und wusste nicht wirklich, was ich tun sollte. Einerseits spürte ich tatsächlich Freude bei Jay, uns wiederzusehen. Gleichzeitig aber auch Aggressionen und Wut. Ich hatte nur keine Ahnung, wem sie galten. Agony? Oder uns?

Wir fuhren eine Weile den Highway entlang. Despair hatte sich ein Stück nach vorne gelehnt und umfasste meine Hände. Ich fand es süß, wie er versuchte, mir beizustehen, obwohl das in diesem Fall ja eigentlich meine Aufgabe war. Immerhin kannte *ich* Jay – glaubte ich zumindest … Trotzdem streichelte Despair mit seinen Daumen beruhigend meine Handrücken, was ich nur allzu gerne geschehen ließ. Ich war wirklich aufgeregt und er hatte das natürlich sofort gespürt.

Dankbar lächelte ich ihn an, was er mit einem »Für-so-etwas-brauchst-du-mir-doch-nicht-zu-danken.-Ich-bin-schließlich-dein-Freund«-Blick kommentierte.

Mein Lächeln wurde breiter. Wer hätte gedacht, dass Despair irgendwann mal so einfühlsam und gefühlvoll werden könnte?

»Wo genau müssen wir abfahren?«, verlangte Jay nun von Agony zu wissen.

»Bei der übernächsten Abfahrt. Dann zweimal links und dann noch mal rechts und wir sind da. Das große helle Gebäude mit dem dunkelgrauen Sockel und den vielen Fenstern«, erklärte sie.

Jay nickte knapp.

»Allerdings wundert es mich, dass du das nicht weißt«, erwiderte Agony plötzlich und musterte Jay eindringlich von der Seite.

Ich spürte, wie er kurz ins Stocken geriet, ließ sich aber nichts anmerken.

»Und mich wundert es, dass du es wagst, so mit mir zu sprechen«, knurrte er gereizt.

Agony schien zu überlegen, ob sie dazu noch etwas sagen sollte, spürte aber offenbar genau wie ich die Veränderung seiner Gefühle.

Er wurde nervös.

»Ich wusste es!«, fuhr sie ihn an.

Jay warf ihr einen abfälligen und erhabenen Blick zu, der sie kurz zögern ließ – und rammte ihr dann ohne Vorwarnung den Ellbogen ins Gesicht.

Agony sackte bewusstlos auf ihrem Sitz zusammen.

»Jay!«, rief ich bestürzt.

Er ließ sich von mir jedoch nicht irritieren, sondern legte eine Vollbremsung hin, parkte auf dem Seitenstreifen und holte ein paar Kabelbinder und eine Spritze aus dem Handschuhfach. In Sekundenschnelle hatte er Agonys Arme gefesselt und verpasste ihr eine Injektion.

»Träum süß, du dämliche Zicke!«, sagte er, machte die Beifahrertür auf und beförderte Agony mit einem Tritt aus dem Fahrzeug.

Sie knallte unsanft auf die Straße.

Perplex sah ich ihn an, während er – als wäre nichts gewesen wieder die Beifahrertür schloss, hinters Steuer schlüpfte und weiterfuhr.

»Jay?«, versuche ich es noch einmal vorsichtig. Ich konnte es nicht leugnen: So langsam bekam ich *richtig* Angst vor ihm. Von dieser Aggro-Seite kannte ich ihn gar nicht.

Jay fuhr sich gestresst durch die Haare und warf einen Blick in den Rückspiegel, vermutlich um zu prüfen, ob die Sache mit Agony irgendjemand mitbekommen hatte. Doch es war weit und breit niemand zu sehen. Ob mich das allerdings beruhigen sollte, war fraglich.

Dann trafen sich unsere Blicke über den Rückspiegel – und plötzlich blitzten mir seine Augen schelmisch entgegen. Er nahm einen Schlüssel vom Armaturenbrett und hielt in demonstrativ nach oben.

»Na? Wollt ihr die Dinger wieder loswerden?«, fragte er neckisch.

»Oh Gott sei Dank, Jay! Du hast mir solch einen Schrecken eingejagt! Auf jeden Fall!« Ich grinste und nahm den Schlüssel glücklich an mich. Ich hatte das Gefühl, als hätte man mir soeben einen Zehn-Zentner-Mehlsack von den Schultern genommen, so erleichtert war ich.

Ich griff instinktiv nach Despairs Händen und wollte ihm als Erster die Handschellen aufschließen, als Jay mich dabei unterbrach:

»Die Kerle auch? Bist du sicher?«, fragte er skeptisch.

»Es hat sich viel verändert«, antwortete ich ihm, der daraufhin verhalten nickte.

»Wenn du das sagst«, erwiderte er misstrauisch und taxierte die Jungs durch den Rückspiegel.

»Jay?«

»Was?«

»Schaust du bitte auf die Straße? Du brauchst dir keine Gedanken zu machen. Die Jungs sind echt zahm geworden.«

Despair schnaubte, kniff die Augenbrauen zusammen, grinste mich dann aber frech an.

Ich streichelte ihm versöhnlich über den Unterarm.

Daraufhin biss er sich anzüglich auf seine Unterlippe und zwinkerte mir zu.

Zuerst war ich darüber etwas irritiert. Sowas war ich ja gar nicht gewohnt von ihm. Aber dann verzog sich mein Mund zu einem breiten Grinsen. Despair kam eben immer mehr aus sich heraus.

»Aber die Kerle –«

»- sind jetzt auf unserer Seite«, verkehrte ich Jays Bedenken ins Gegenteil und befreite Despair endlich von seinen Handschellen. Sofort tat er das Gleiche für mich und die anderen selbst Treason kam in den Genuss, obwohl Despair sich einen mahnenden Blick nicht verkneifen konnte.

Schuldbewusst schaute Treason unter sich.

Ich konnte sein Handeln schon irgendwie nachvollziehen. Unter diesen Umständen hätte manch anderer genauso agiert, doch es schadete sicher nicht, wenn Despair ihn weiter im Auge behielt. Ich dachte nämlich immer noch darüber nach, warum er sich uns nicht einfach anvertraut hatte, doch die Klärung dieser Frage musste jetzt noch warten. Zunächst hatten wir Wichtigeres zu tun.

»Und jetzt?«, fragte ich Jay daher aufgeregt. »Holen wir Loyalty und fahren dann zurück zu Barry?«

Bald würden wir wieder vereint sein und alles würde gut werden. Was für ein unglaublicher Gedanke!

Despair schien meine Vorfreude zu spüren, denn er nahm verständnisvoll meine Hand und drückte sie leicht.

»So ähnlich ist der Plan, ja«, stimmte Jay zu. Ich spürte, wie er wieder unruhig wurde.

»Was ist los?«, fragte ich direkt.

Jay begann nervös auf dem Sitz hin und her zu rutschen. Eine Geste, die ich nie zuvor bei ihm gesehen hatte.

»Jay?«, hakte ich nach, nachdem er mir keine Antwort gegeben hatte.

»Ja, ja, wir holen Loyalty«, erwiderte er gedankenverloren.

»Was ist los, Jay?«, fragte ich scharf.

Jay seufzte. »Wir holen Loyalty.«

»Das hast du schon gesagt«, fuhr ich dazwischen.

»Doch wir können nicht zurück zu Barry«, fügte er hinzu.

Fragend schaute ich ihn an. Nein? Warum nicht?

Jay begann herumzudrucksen. »Die Jungs sind nicht die einzigen, die sich verändert haben, musst du wissen.«

»Was soll das heißen?«, fragte ich unsicher.

»Er hat sich verändert, Hope. Er ist ... irgendwie ...«

»Er ist was?«, wollte ich wissen. »Jay, ich hasse es, wenn man dir alles aus der Nase ziehen muss!«

»*Anders*«, entgegnete er knapp.

Ich überlegte kurz. »Warst du deswegen vorhin so ein Kotzbrocken?«

Jay nickte beklommen.

»Barry ist wahnsinnig enttäuscht von euch und führt seitdem ein strenges Regiment. Hätte ich die anderen Improbas nicht so behandelt, hätten sie mir nie abgekauft, dass Barry mich schickt, um euch zu holen.«

Ich nickte verhalten, aber nicht, weil ich nicht akustisch verstanden hatte, was er sagte. Es ging vielmehr um den Inhalt.

»Er ist *enttäuscht* von uns?«, wiederholte ich ungläubig. Warum sollte er enttäuscht sein? Was hatten wir denn getan?

»Er hält euch für Deserteure«, seufzte Jay. »Deswegen hat er auch angeordnet, euch einzufangen und neutralisieren zu lassen, damit er euch eurer eigentlichen Bestimmung zuführen kann.«

Ich schluckte laut. »Unsere *eigentliche* Bestimmung?«

Jay seufzte erneut. »Das ist eigentlich kein Thema, welches man hier zwischen Tür und Angel besprechen sollte, Hope.«

»Das ist mir egal. Ich will es *jetzt* wissen«, forderte ich.

Jay holte tief Luft – und gab tatsächlich nach:

»Ich muss vorab betonen, dass mir Barry diese Informationen selbst erst nach seinem Wiederauftauchen zur Verfügung gestellt hat. Ich wusste vorher nichts davon! Wirklich nicht!«

Despair musterte ihn skeptisch, doch ich glaubte Jay.

Zumal ich auch Barry kannte und seine übertriebene Vorsicht.

»Wie ihr auf die Erde gekommen seid, wisst ihr noch, oder?«, fragte Jay mich.

»Ein Ufo mit unseren Urvätern war abgestürzt und weil die amerikanische Regierung ihnen half, zurück auf ihren Planeten zu kommen, bekamen sie uns als Geschenk, damit wir hier alle in Frieden und Wohlstand leben können«, ratterte ich runter, was Barry uns beigebracht hatte.

Jay nickte. »Das dachte ich auch immer. Doch das ist nur die halbe Wahrheit. Ihr wart mehr eine Art ›Nachlieferung‹, wenn man es so betiteln möchte.«

Ich zog die Brauen nach oben.

»Das erste Ufo landete bereits am 12. August 1883 in Zacatecas, einer Stadt in Mexiko.«

»Was?«, hauchte ich erstaunt und blickte hinüber zu Despair, der davon offensichtlich auch nichts zu wissen schien. Genau wie die anderen, die ebenfalls nur gebannt zuhörten.

Jay nickte. »Seit dieser Zeit erhält die USA in unregelmäßigen Abständen – je nach Bedarf zwölf neue Sensianer, um ihr Militär aufzustocken«, erzählte er weiter.

Ich wusste nicht, was ich dazu sagen sollte, aber zum Glück ließ mich Jay erst mal nicht zu Wort kommen:

»Man erkannte ziemlich schnell eure Fähigkeiten im Kampf, sprich: eure enorme Schnelligkeit und Kraft gegenüber den Menschen. Dazu kam noch das ungewöhnliche Geschick im Umgang mit Waffen sowie das schnelle Erlernen von Kampfsportarten. Nicht zu vergessen eure besondere Gabe, die Gefühle eurer Widersacher zu beeinflussen oder auch so durcheinander zu bringen, dass sie nicht mehr wissen, ob sie auf euch schießen oder euch die Füße küssen sollen – abhängig von eurer jeweiligen Persönlichkeit natürlich. Körperliche Überlegenheit und emotionale Kräfte ... Nein, bessere Kämpfer als euch gibt es fast nicht.«

»Aha«, antwortete ich skeptisch, auch da ich an den »Kampfwillen« meiner Schwestern dachte ...

»Du glaubst es nicht? Was denkt ihr, warum die USA so mächtig ist? Warum sich ihr nahezu jeder beugt und sie als Kriegstreiber verschrien ist? Sie ist eine Supermacht, nimmt sich alles, was sie will, und fast die ganze Welt hat Angst vor ihr. – Wegen euch.«

»Aber ... ich habe nie irgendetwas mit der Army zu tun gehabt!«, erwiderte ich. »Ihr?«, wendete ich mich dann an Despair, der daraufhin – wie Hate, Cruel und Treason mit dem Kopf schüttelte.

»Hattet ihr auch nicht. Als Barry den Posten übernommen hat, wollte er Gutes tun. Er war der Erste, der auch erkannt hat, dass ihr viel zu schade und vielseitig seid, um nur für die Army verheizt zu werden. Er hatte Visionen. Er wollte die guten Eigenschaften der Menschen fördern und seien wir ehrlich: Wenn man sich die Entwicklung der Menschheit so ansieht, können Liebe, Ehrlichkeit, Vertrauen, Bescheidenheit, Hoffnung und all die anderen positiven Eigenschaften auf der Erde gar nicht genug verbreitet werden. Kämpfen musstet ihr nur lernen, weil es zur bisherigen Ausbildung dazugehörte und die obersten Bosse der Meinung waren, dass man euch – sollte das ›Experiment‹ scheitern wenigstens noch an die Front stellen könnte«, erklärte Jay.

Ich musste mehrmals schlucken. Konnte das wirklich stimmen? Waren wir demnach die Ersten, die auf diese Weise ausgebildet wurden? Dann wäre es auch nachvollziehbar, dass wir nichts von den anderen Sensianern, die noch auf Erden weilten, gewusst haben. Wären wir auch zum Militär gekommen, hätte das sicher anders ausgesehen.

»Und warum will er dann jetzt Improbas aus uns allen machen? Wo sind seine Visionen hin?«, fragte ich verständnislos. Meine Stimme klang bitter.

»Wie ich bereits sagte: Er meint, er hat sich geirrt und eure wahre Bestimmung sei einfach das Militär. Das Kämpfen, das Ausschalten von Personen und allem voran das Gewinnen von Kriegen.« Jay zuckte hilflos mit den Schultern, als würde er diesen Quatsch selbst nicht glauben. Zu Recht!

Wie konnte sich jemand so ändern? Barry hatte uns jahrelang vor jeglichem Schaden bewahrt, hatte uns vor den Improbas versteckt, um eine möglichen Umschulung zu verhindern. Und jetzt wollte er diese plötzlich selbst durchführen?

»Wie stehst du dazu?«, fragte ich Jay leise.

Er schaute wieder in den Rückspiegel und seine Lippen deuteten ein leichtes Lächeln an.

»Ich möchte, dass ihr so bleibt, wie ihr seid«, entgegnete er schlicht.

»Sollten wir dann nicht einfach mit Barry reden? Wenn er sieht, dass er sich geirrt hat und wir nicht übergewechselt sind, wird er seine Meinung doch bestimmt wieder ändern«, sagte ich hoffnungsvoll.

Jay blickte wieder auf die Straße. »Ich fürchte, das wird so nicht klappen.«

»Warum?«, fragte ich atemlos.

»Als ihr entführt wurdet, verschwand auch Barry. Er wurde vom Oberst der sechs Jungs da«, er nickte in Richtung Despair und seiner Brüder, »gefangen genommen und ihm wurde ziemlich übel mitgespielt. Doch Barry konnte sich befreien und das Schwein töten. Aber seitdem ist er nicht mehr, wie er war ...«

Jay seufzte noch einmal schwer. Und das Seufzen beinhaltet so viel mehr, als nur diese traurige Geschichte. Er verband bereits Erfahrungen damit. Das spürte ich ganz deutlich.

Also hatte Barry den Oberst getötet ... Welch unfassbare Wendung ...

Ich blickte entschuldigend hinter mich zu Treason, der sofort einen »Ich-habe-es-euch-immer-gesagt«-Blick« aufsetzte, und nickte ihm zu. Dann richtete ich mein Wort noch mal an Jay:

»Was ist mit Ice? Können wir nicht mit ihm reden?«

Jay schnaubte spöttisch. »Ice vertraut Barry voll und ganz. Und *nur* Barry. Er ist seine rechte Hand und würde sich niemals gegen ihn stellen oder eine seiner Entscheidungen anzweifeln.«

»Er hilft ihm also ...« Es war keine Frage, sondern eine Feststellung.

Jay nickte trotzdem.

»Gibt es eigentlich nur Improbas beim Militär? Oder auch Probas?«, fragte ich, obwohl ich mir die Antwort schon selbst geben konnte. Wozu sollten wir sonst umgeschult werden.

»Ich weiß nur von Improbas«, antwortete Jay wie erwartet.

»Also müssten theoretisch nur wir umgeschult werden«, schlussfolgerte ich.

»Na ja, und die, deren Impro eventuell nicht mehr so gut funktioniert.« Er warf einen kurzen Blick zu Despair, schaute dann aber direkt wieder auf die Straße.

»Ich weiß, dass mein Impro nicht mehr dasselbe wie früher ist«, meldete sich Despair gleich darauf zu Wort. Er hatte wie alle anderen auch unsere Unterhaltung bisher nur stumm verfolgt. »Und ich bin froh, dass es so ist. Ich werde mich ganz sicher nicht zurückschulen lassen und bei Hope werde ich das auch zu verhindern wissen«, sagte er entschlossen. Er räusperte sich. »Wie viele Improbas gibt es auf der Erde?« Despair wollte wohl die Anzahl seiner Gegner erfahren ...

»Das ist schwierig zu sagen.« Jay kratzte sich am Kinn. »Seit neuestem hat Barry jedoch ein Notizbuch, in dem er alles, was das Projekt ›Sensimos‹ betrifft, festhält«, erklärte er.

Ich konnte nur den Kopf schütteln. Barry hatte also plötzlich ein geheimes Notizbuch? *Barry?* Der mir beigebracht hatte, unerkannt zu leben? Der mir immer gepredigt hatte, dass man so wenig Beweise wie möglich produzieren sollte? Hm ...

»Meinst du, du könntest uns das Buch besorgen? Ich habe da so eine Ahnung, dass wir darin noch mehr Antworten finden, die uns dienlich sein könnten«, bat Despair höflich.

»Wenn das mal so einfach wäre ... Er hütet dieses Buch wie seinen Augapfel und trägt es ständig bei sich. Selbst beim Schlafengehen schiebt er es sich zuvor unters Kopfkissen, damit bloß keiner einen Blick hineinwerfen kann. Nicht mal Ice durfte es haben«, schnaubte Jay.

»Okay. Bevor du dich in Gefahr begibst ... Sein Plan wird sowieso nicht funktionieren«, erwiderte Despair selbstsicher.

»Da täuschst du dich. Bei Barry gab es vielleicht früher ein ›Das funktioniert nicht!‹. Seit er wieder da ist, wurde das komplett aus seinem Wortschatz gestrichen«, antwortete Jay bitter.

»Ganz ehrlich, Jay: Schau dir doch die Sensianer an, die bereits neutralisiert wurden. Ich spüre keine einzige Emotion mehr bei ihnen. Glaubst du wirklich, sie lassen sich dann auf ein anderes Gefühl umtrainieren? Wie bitteschön?« Despair starrte herausfordernd in den Rückspiegel, um Jays Blick zu treffen.

»Ich … äh … hab keine Ahnung, wie Barry sich das gedacht hat. Ich weiß nicht mal, ob er das überhaupt weiß!?«, entgegnete er unsicher.

»Vielleicht solltest du es ihm sagen?« Despairs Stimme hatte einen klaren Befehlston angenommen. Doch ich musste gestehen, dass ich nichts dagegen hatte. Diese bestimmende Art von ihm war durchaus anziehend.

»*Ich?* – Vergiss es! Ich habe euch rausgeboxt! Auch wenn Barry den Anruf nicht mitbekommen hat, weil er abwesend war, wird er es früher oder später herausfinden. Schlimm genug, dass ich das Buch für euch stehlen soll. Aber mich hiernach persönlich mit ihm unterhalten? – Never! Ich kann nicht mehr zurück«, wehrte sich Jay.

Ich nickte unmerklich, da ich auch nicht erwartet hatte, dass er sich etwas sagen ließ. Allerdings erschreckte es mich zunehmend, wie er über Barry sprach. War der wirklich *so schlimm* geworden? Ich konnte mir das fast gar nicht vorstellen. Was hatte dieser Oberst nur mit ihm gemacht?

»Warum?«, hakte ich daher besorgt nach. »Meinst du, selbst ein einfaches Gespräch hätte für dich Konsequenzen?«

»Das meine ich nicht nur, das *weiß* ich. Ich habe seine *Ware* gestohlen – übrigens sein neues Wort für euch und soll ihm dann auch noch Vorschriften machen? Bist du eigentlich verrückt geworden?«, echauffierte sich Jay nun.

»Aber Barry –«

»Schlag dir Barry aus dem Kopf, Hope! So wie Barry einmal war, ist er nicht mehr«, blaffte Jay und brachte den Wagen zum Stehen.

»Sind wir da?«, fragte ich, ohne auf seinen kleinen Wutausbruch einzugehen. Weitere Gespräche über Barry konnte ich mir offenbar schenken.

Ich beugte mich soweit das Gitter es zuließ nach vorne und versuchte, etwas durch die Frontscheibe zu erspähen.

»Ja«, antwortete Jay knapp.

»Worauf warten wir dann noch? Holen wir Loyalty und verschwinden wieder«, schlug ich vor, doch Jay schüttelte den Kopf.

»Seit wann bist du so ein Kamikaze? Ist das etwa dein Werk?«, fragte er, immer noch leicht gereizt, an Despair gewandt.

»Nein, mutig war sie schon immer«, erwiderte dieser trocken. Doch an seiner Stimmlage erkannte ich, dass er das gar nicht sooo schlecht fand. »Nur nicht immer besonnen«, fügte er hinzu, was mich schnauben ließ.

»Siehst du den Wagen da vorne?«, fragte Jay.

Ich kniff die Augen zusammen, um meinen Blick zu schärfen. Da Jay in einem Waldstück geparkt hatte und diverse Zweige über die Frontscheibe hingen, musste ich genauer hinsehen, um etwas entdecken zu können. Dann nickte ich.

»Das Auto gehört Barry. Er ist offensichtlich bei Loyalty und ich habe nicht vor, ihm über den Weg zu laufen. Schon gar nicht mit euch im Schlepptau.«

»Aber wir sind viele und er nur einer. Und wir haben gewisse Fähigkeiten, wie du vorhin selbst gesagt hast. Das müsste doch zu schaffen sein!«

Ich wusste nicht warum, aber irgendwie konnte es mir gerade nicht schnell genug gehen. Wenn man Jays Worten Glauben schenkte, durfte Loyalty nicht eine Sekunde länger in Barrys Nähe sein.

»Das ist theoretisch korrekt, Hope. Aber wir haben keine Ahnung, wie viele Personen sich tatsächlich in dem Gebäude befinden. Auch da wir nicht wissen, wie viele Improbas Barry für Loyaltys Schutz beauftragt hat. Einfach reinzustürmen und zu denken, dass er sich Loyalty einfach so abnehmen lässt, wäre glatter Selbstmord!«, beharrte Jay.

»Wenn er sich wirklich so verändert hat –«, begann ich.

»Hat er!«, fuhr Jay dazwischen.

»Dann wäre es aber dumm, so lange zu warten, bis er herausfindet, dass du uns zur Flucht verholfen hast. Er wird daraufhin garantiert die Wachen verstärken und Loyalty selbst nicht mehr aus den Augen lassen. Wenn noch irgendetwas von dem alten Barry übrig ist, wird er wissen, dass wir sie nicht einfach zurücklassen«, hielt ich dagegen.

Jay seufzte gequält. Er wusste, dass ich Recht hatte.

»Auch wenn ich deine Argumentation sehr wohl nachvollziehen kann, sollten wir *jetzt* zuschlagen«, fügte ich hinzu und sah ihn erwartungsvoll an.

Er fuhr sich entnervt durch die Haare. »Was meinst du dazu?«, fragte er Despair. »Oder ihr anderen?«

Ich runzelte die Stirn.

»Als Improbas habt ihr bestimmt die bessere militärische Ausbildung. Ich möchte wissen, was ihr denkt«, erklärte Jay entschuldigend.

Doch das brauchte er gar nicht. Zumindest Despair in taktischen Dingen um Rat zu fragen war nie verkehrt.

»Wir sollten reingehen, Loyalty rausholen und jeden, der sich uns in den Weg stellt –«

»Platt machen«, beendete ich Hates Satz. Das schien die Lösung für all seine Probleme zu sein.

Treason schaute mich daraufhin entsetzt an. Ich hatte den Eindruck, als wollte er mich allein mit seinem Blick dazu bewegen, Hate unter keinen Umständen Recht zu geben, während Cruel nur mal kurz die Augen verdreht hatte und sich verbal wie so oft geschlossen hielt.

Despair seufzte. »Im Grunde habt ihr doch beide Recht«, antwortete er nun ganz diplomatisch.

Verwirrt schauten Jay und ich ihn an. Und das sollte jetzt was heißen?

»Wie lange wirkt das Betäubungsmittel, welches du Agony verabreicht hast?«, fragte Despair.

»Ich weiß nicht genau, wie lange es bei euch hält. Aber bei einem Menschen ungefähr sechs Stunden.«

Despair nickte zufrieden. »Es sind noch ungefähr anderthalb Stunden, bis es dunkel wird. Solange warten wir hier und dann schlagen wir zu.«

Ich lächelte über Despairs Ausdrucksweise. Kein »Ich würde ...« oder »Ich schlage vor ...«, nein. Bei Despair hieß es immer »So wird's gemacht!«.

»Du hoffst darauf, dass Barry das Gebäude zum Abend hin verlässt?«, fragte Jay.

»Im Idealfall ... Bis dahin können wir die Fluktuation beobachten, ob Wachleute beziehungsweise Improbas das Gebäude verlassen und ob neue hinzukommen. Zusätzlich dient uns später natürlich auch die Dunkelheit als Schutz«, fuhr Despair fort.

Jay sah ihn kritisch an.

»Ist was?«, fragte ich ihn daraufhin.

Jay schüttelte den Kopf.

»Sicher?«

»Ich fragte mich nur gerade, ob dein Freund hier nicht vielleicht eher als Einbrecher geeignet wäre.« Jay setzte einen nachdenklichen Blick auf.

»Oh nein! Nein, nein, nein! Das vergiss ganz schnell wieder! Wir jagen Despair nicht allein in die Höhle des Löwen! Niemals!«, hielt ich direkt dagegen, doch Despair unterbrach mich:

»Er hat Recht«, erwiderte er knapp. Ich wusste genau, was er dachte. Dass er die besseren Karten hatte, da heil wieder herauszukommen. Aber das sah ich nicht so! Er kannte Barry ja nicht mal und wenn der ihn dann auch noch beim »Stehlen« erwischen würde -jetzt, wo er ja angeblich so arschig geworden war -, käme Despair da garantiert nicht mehr unbeschadet heraus. Und dieses Risiko war ich nicht bereit einzugehen.

»Fein. Wenn du der Meinung bist, dass es ein Sensianer sein soll, werde ich gehen«, entgegnete ich daraufhin und verschränkte meine Arme entschlossen vor der Brust.

»*Duuu*?«, riefen Despair und Jay gleichermaßen entsetzt. Auch Despairs restliche Brüder – zumindest jene, die noch ganz bei Sinnen waren – starrten mich schockiert an.

»So war das nicht gemeint, Hope. Es muss nicht unbedingt ein Sensianer sein. Ich dachte nur, nachdem, was dein Freund hier eben für taktische Kniffe verraten hat, würde er – und nur speziell er sich dafür besser eignen als ich. Mit keinem Wort wollte ich, dass du dich da angesprochen fühlst«, versicherte Jay und musterte mich entgeistert.

»Aber ich kenne Barry! Und auch, wenn er nicht mehr der Alte sein mag, glaube ich trotzdem nicht, dass er mir etwas antun würde.«

»Er will dich neutralisieren lassen! Was könnte er dir Schlimmeres *antun*?«, rief Jay entsetzt.

»Ja, aber ... Ich dachte nur, dass meine Chancen dahingehend trotzdem besser sind als Despairs.«

Ich blickte zu ihm hinüber, da er bis jetzt noch keinen Ton zu meinem »Plan« gesagt hatte. Auffordernd sah ich ihn an.

Despair zog die Brauen hoch. »Ich hätte nicht gedacht, dass ich mich überhaupt dazu äußern müsste, aber: *Nein!*«

Was hatte ich eben noch über Despairs bestimmende Art verlauten lassen? Dass ich sie anziehend fand? – Ich hatte mich geirrt!

Wütend funkelte ich ihn an, was ihn jedoch vollkommen kalt ließ.

»Ich werde gehen«, kam es da auf einmal aus der hinteren linken Ecke. Er war Treason.

»*Du?*«, fragte ich vorsichtig.

Treason nickte beklommen. »Ich würde behaupten, ich bin der Schnellste von euch. Und als *der Verrat* habe ich Übung in sowas.«

»Aber –« Ich wollte etwas einwerfen, doch Treason sprach einfach weiter:

»Und außerdem habe ich einiges wiedergutzumachen.« Reumütig sah er mich an und setzte ein entschuldigendes Lächeln auf.

Ich schluckte. »Das musst du nicht tun, Treason. Wir verzeihen dir das auch so«, erwiderte ich, woraufhin Hate und Cruel einheitlich ein zweifelhaftes »Tun wir das?« von sich gaben.

Ich warf ihnen einen grimmigen Blick zu. Vielleicht konnten sie Treasons Beweggründe nicht nachvollziehen. Doch wenn ich es mit Despair und mir verglich, wusste ich es sehr genau. Er liebte Loyalty und Liebe war oftmals ein Grund, warum viele Menschen unkluge Dinge taten. Sensianer schienen da nicht ausgenommen zu sein ...

»Ich hol euch das Buch. Aber ich bitte euch inständig, dass wir zuerst Loys helfen.« Flehend sah er mich an.

»Selbstverständlich, Treason. Sie ist auch meine Schwester und ich möchte sie ebenfalls in Sicherheit wissen«, versprach ich.

Treason seufzte erleichtert.

»Dann hätten wir das ja geklärt«, sagte Jay erleichtert. »Machen wir es uns noch ein bisschen gemütlich, bevor es losgeht. Sofern das möglich ist, mit diesem dämlichen Gitter zwischen uns. Aber das ging nicht anders. Sonst hätte Agony direkt Verdacht geschöpft«, entschuldigte er sich.

»Das ist kein Problem«, erwiderte Despair.

»Nein?« Jay sah ihn aufmerksam an.

Despair drehte sich um zu Hate. »Wärst du so freundlich?«

Hate stand auf und kam nach vorne. Ich hatte den Eindruck, der ganze Wagen wackelte unter seinem Gewicht. Hate packte das Gitter mit seinen Pranken, rüttelte kurz daran und riss es dann aus seiner Verankerung.

»Heilige Scheiße!«, fluchte Jay entsetzt. »Ihr habt mich überzeugt. Lasst uns doch direkt reingehen.«

Ich wusste, dass das nur ein Witz war, doch Jay schien ernsthaft beeindruckt zu sein.

Hate nahm das Gitter und lehnte es weiter hinten gegen die Innenwand des Transporters. Dann setzte er sich wieder.

Ich schaute auf meine Armbanduhr. Wir hatten immer noch eine gute Dreiviertelstunde Zeit, bis es dunkel wurde. Gespannt schaute ich aus der Frontscheibe, ob ich irgendetwas Verdächtiges entdecken konnte, doch es kamen weder Leute noch gingen welche.

Ich seufzte etwas gequält. Für Observationen war ich nicht geschaffen. Ich hatte es früher schon immer gehasst, wenn wir ähnliche Geduldsaufgaben (wie zum Beispiel das Versteckthalten über mehrere Stunden hinweg) trainieren mussten. Barry war dabei regelmäßig ausgeflippt, weil ich nie eine Übung bis zum Schluss durchgehalten hatte, sondern mich anderweitig aus der Affäre zog. Entweder, indem ich direkt angriff, oder mich klammheimlich davonschlich.

»Treason?«, sprach ich ihn noch einmal an. Da wir hier sowieso noch eine Weile festsaßen und es immer noch Fragen gab, die ich ihm schon längst stellen wollte, dachte ich mir, wäre es jetzt ein guter Zeitpunkt dafür. Immerhin konnte er hier nicht weg.

»Ja?«, antwortete er aufmerksam und verunsichert zugleich.

»Seit wann weißt du eigentlich, dass diese Improbas Loyalty entführt haben? Ich meine, an dem Abend, als wohl die Entführung stattgefunden hat, war ich ja bei dir und auch danach waren wir eigentlich immer zusammen.«

Despair knirschte mit den Zähnen. Das war wohl kein schöner Gedanke für ihn.

Treason senkte beschämt den Blick. »Erinnerst du dich noch an den Morgen danach, wo ich euch zum ersten Mal Frühstück geholt habe?«

Ich nickte. Und wie ich mich daran erinnerte: Despair kam völlig aufgewühlt zu unserem Appartement, schlug beim Anklopfen die Tür fast ein und brüllte herum, dass wir sofort verschwinden müssten.

»Sie hatten mich auf dem Weg zum Bäcker abgefangen und ja ... dann haben sie mich erpresst.«

Ich schluckte. So lange wusste er das schon? Und er hatte nichts gesagt?

Treason wich meinem Blick aus. Er wusste genau, was ich gerade dachte.

Trotzdem konnte ich mir das Nachhaken nicht verkneifen:

»Warum hast du uns das denn nicht einfach erzählt?«, fragte ich bekümmert. Wieviel Ärger hätten wir uns dadurch ersparen können, wie viele Sensianer wären dadurch einer Neutralisierung entgangen ...

Treason begann unruhig mit seinem Fuß zu wippen. Ihm war genau klar, was er damit alles angerichtet hatte.

»Ich konnte nicht, Hope«, erwiderte er leise.

»Warum?«

»Du weißt, wie dein Pro funktioniert ...«, sagte er und wartete offenbar auf eine Reaktion.

»Ja?«, entgegnete ich stirnrunzelnd.

»Genauso funktioniert auch meins. Ich bin der Verrat. Ich misstraue jedem. Wie hätte ich mich euch anvertrauen sollen? Da steckt das Wort schon mit drin, zu dem ich nicht in der Lage bin. Außerdem haben sie mir gedroht. Sie sagten, sollte ich den Fehler machen und euch davon erzählen, töten sie Loys augenblicklich.«

Treason hatte den Blick wieder gesenkt und wischte sich schnell über seine rechte Wange. Ich hatte nicht mitbekommen, dass er weinte, doch nachdem er die Hände wieder vor sich zusammenfaltete, sah ich, dass sein rechter Handrücken feucht glänzte.

Ich führte mir seine Situation noch einmal vor Augen und auch, wenn ich sein Verhalten nicht gutheißen konnte, hatte ich dennoch Verständnis. Denn ich musste mir wieder eingestehen, dass ich womöglich nicht anders gehandelt hätte, wäre es um Despair gegangen.

»Und dann hast du uns einfach alle so ins offene Messer laufenlassen?«, fuhr Hate mir dazwischen.

»Habe ich nicht!«, rief Treason empört und schaute erschrocken auf. Seine Augen waren leicht gerötet.

Ich hatte mich also nicht geirrt.

»Nein? Wie nennst du das dann?«, schnappte Hate.

»Ich habe mein Bestes getan!«, wehrte Treason sich.

»Dein Bestes im Verraten?!« Hate funkelte ihn zornig an.

»Nein! Ich habe alles dafür getan, dass sie euch nicht erwischen!«

Aufmerksam betrachtete ich Treason. Was hatte er da gesagt?

Er deutete meinen Gesichtsausdruck richtig. »Ich habe *wirklich* versucht, sie euch vom Hals zu halten«, beteuerte er.

»Ach ja? Hat ja wunderbar geklappt. Deswegen hatten sie uns ja auch gefangen genommen«, blaffte Hate.

Treason sah mich unglücklich an.

»Darf ich fragen, was du meinst?«, wandte ich mich an ihn. Meine Stimme klang eher mitfühlend. Nicht so vorwurfsvoll wie bei Hate.

»Sie hatten mir aufgetragen, dass ich ihnen Bescheid sagen soll, wo ihr – oder speziell du, Hope euch aufhaltet, damit sie zugreifen können. Sie haben mir unmissverständlich klargemacht, dass Loys neutralisiert wird, sollte ich mich nicht melden. -Im besten Fall ... Oder eben direkt getötet. Und weil ich nicht wollte, dass dir etwas passiert, Hope, habe ich angefangen, falsche Fährten zu legen, da sie ja natürlich nicht wussten, dass wir bereits zusammen waren.«

Fragend sah ich ihn an. Selbst Hate hielt jetzt die Klappe.

»Immer, wenn ich unterwegs war, um euch zum Beispiel Frühstück zu besorgen und dann ein Mädel gesehen habe, was dir ähnlich sah, habe ich sie alarmiert und gemeint, dass ich dich sehr wahrscheinlich gesehen hätte. Daraufhin haben sie sich das Mädchen wohl genauer angesehen und dann ... Ähm ja ...«

Ich machte große Augen. »Du meinst, weil du die anderen Mädchen als mich ausgegeben hast, mussten sie sterben?!« Ich konnte meine Fassungslosigkeit nicht überspielen. Die armen, armen Mädchen ...

»Ich wusste doch nicht, dass sie sie gleich umbringen würden! Mit dir hatten sie das ja auch nicht vor. Ich wollte ihnen einfach nur zeigen, dass ich mich bemühe, dich für sie zu finden, damit sie Loys in Ruhe ließen.«

»Nach der ersten Todesanzeige hättest du das aber begreifen können!«, hielt ich gleichermaßen wütend wie fassungslos dagegen.

»Was hätte ich tun sollen? Dich ausliefern?« Treason schnaubte, doch seine Augen waren voller Trauer.

Ich glaubte ihm, dass er das nicht gewollt hatte. Und ich glaubte ihm auch, dass er einfach nur nicht gewusst hatte, wie er es sonst hätte regeln sollte. Aber trotzdem ... Er hatte Menschen auf dem Gewissen!

»Hast du auch was mit dem Verschwinden von Love, Mercy, Modesty und Honesty zu tun gehabt?«, fragte ich tonlos.

»Teils, teils ...«, seufzte Treason.

Ich zog alarmiert die Brauen nach oben.

»Modesty ist ja von sich aus gegangen, wie du weißt. Darauf hatte ich keinen Einfluss. Und Love ist mir tatsächlich beim Essen holen ausgebüxt. Damit hatte ich auch nichts zu tun.«

»Aber mit Mercy und Honesty?«, fragte ich schwach.

Treason atmete tief durch, bevor er antwortete: »Indirekt schon.«

Ich fuhr mir ungläubig über das Gesicht. Wie konnte ich nur so blöd gewesen sein? Ich hatte diesem Kerl vertraut! Hatte ihn in Schutz genommen, obwohl Despair mich kontinuierlich vor ihm gewarnt hatte. Warum zum Teufel hatte ich nicht auf ihn gehört? Was hatte ich mir dabei gedacht?!

»Ihr wolltet zur Identifizierung der Leichen fahren und da Agony langsam ungeduldig wurde, sah ich meine Chance gekommen, sie noch ein weiteres Mal zu vertrösten. Ich rief sie an und sagte, ich hätte euch gefunden und –«

»Dann hast du ihr einfach meine Schwestern in die Hand gedrückt?«, rief ich außer mir vor Zorn.

»Ich konnte doch nicht ahnen, dass ihr sie bei mir lasst!«, blaffte Treason verzweifelt zurück.

Ich hielt inne.

»Sonst habt ihr mir doch auf Schritt und Tritt misstraut! Ich hatte wirklich nicht damit gerechnet, dass ihr sie mir trotz Modestys und Loves Verschwinden anvertraut!«, beteuerte Treason noch einmal.

»Und dann?«, fragte ich leise.

Doch wollte ich wirklich wissen, wie es weiterging?

»Ihr seid losgefahren und ich hab mich sofort ans Handy gehängt und wollte die Sache abblasen, aber keine drei Minuten standen sie schon vor dem Appartement und haben dich gesucht. Tja ... ihr wart weg und dann haben sie Mercy und Modesty neutralisiert.«

Ich schluckte. »Deswegen war also alles voller Blut ...«

»Ich kann dir sagen, Hope, das Ding macht eine Sauerei ...«

»TREASON!«, zischte Despair dazwischen.

Sofort hielt er erschrocken inne und entschuldigte sich: »Tut mir leid. Aber ja, deswegen war da überall Blut.«

»Und warum die ganze Unordnung? Was hatte das zu bedeuten?«

»Ich erzählte ihnen, dass ihr abgehauen seid und ich euch nicht aufhalten konnte. Sie haben dann das Appartement auf links gedreht, um zu schauen, ob sie auf irgendwelche Anhaltspunkte stießen, wo ihr hinwolltet. Doch natürlich fanden sie nichts und ich musste versprechen, sie sofort zu informieren, wenn ihr wiederkommt oder ich euch finde.« Betroffen sah Treason mich an.

»Ich verstehe das nicht«, entgegnete ich leise.

»Was?«

»Wenn sie es auf alle von uns abgesehen hatten, warum haben sie dann nur Loyalty mitgenommen, warum nicht auch die anderen?«

»Weil sie gestört wurden. Irgendjemand – entweder waren wir es oder Despair, als er da unten einbrach hat ihnen die Tour versaut. Und da sie nicht wussten, wie viele wir waren und wie stark wir sind, haben sie vorsichtshalber erst mal den Rückzug angetreten, um noch weitere Informationen über uns zu beschaffen«, erklärte Treason.

»Und warum ausgerechnet Loys?«, fragte ich.

»Ganz einfach: Weil du nicht da warst, Hope. Loys muss nach mir gerufen haben, weil ich sie schon mal nachts besucht hatte. Sie dachte vermutlich, dass ich den Krach machte. Dabei hätte sie es eigentlich besser wissen müssen. Ich mache nie Krach, wenn ich es nicht will.« Treason seufzte schwermütig. »Jedenfalls schlussfolgerten die neuen Improbas daraufhin, dass da mehr zwischen uns war und was bot sich dann besser an, als die Freundin *des Verrats* als Geisel zu nehmen, um sich so dessen Impro zu Nutze zu machen?«

Treason atmete tief durch – genau wie ich. Die Erkenntnis, dass ich eigentlich an allem Leid schuld war, lag mir schwer im Magen.

»Mach dir keine Gedanken, Hope. Selbst wenn sie dich direkt gekriegt hätten: Die anderen hätten sie so oder so auch geholt. So lautet schließlich der Auftrag.« Treason lächelte mich vorsichtig an, doch das prallte förmlich an mir ab.

Ihm schien das Ganze allerdings auch schwer auf den Schultern zu lasten. Obwohl ich das Gefühl hatte, Treason war gerade unglaublich froh, endlich alles gebeichtet zu haben und diese ganzen Geheimnisse nicht weiter mit sich herumschleppen zu müssen.

»Ich will eure Unterhaltung ja nicht stören, aber so langsam können wir uns auf den Weg machen«, unterbrach uns Jay, worüber ich dankbar war. Treason hatte mir alles erzählt, was ich wissen wollte, und das musste ich erst mal verdauen. Ich war mir auch nicht sicher, ob ich aktuell mehr verkraften würde ...

Despair griff nach meiner Hand. »Wir kriegen das wieder hin, glaub mir«, sagte er und drückte sie leicht.

Dankbar sah ich ihn an. Despair war so wunderbar geworden. So hilfsbereit, so aufbauend. Ich hatte das Gefühl, ich könnte mich jederzeit auf ihn verlassen und mich an seine starken Schultern anlehnen. Wie hatte dieser Oberst es nur jemals geschafft, solch ein außergewöhnliches Wesen so umzupolen?

11. Kapitel

Despair

»Schaut!«, rief Jay plötzlich und zeigte auf eine dunkel gekleidete Gestalt, die in den Wagen dieses Barrys einstieg.

»War er das?«, erkundigte ich mich. Ich hatte die Gestalt nur noch von hinten erspäht. Mal abgesehen davon, dass ich sowieso nicht wusste, wie dieser Barry aussah …

»Definitiv«, antwortete Jay.

Ich nickte zufrieden. »Sollen wir dann?«, fragte ich. Jetzt hieß es, keine unnötige Zeit zu verlieren.

Jay nickte.

Auch wenn der Typ mir zuerst wahnsinnig unsympathisch gewesen war, hatte ich meine Meinung innerhalb der Stunden, die wir nun gemeinsam im Auto verbracht hatten, geändert. Zwar nicht grundlegend, doch er schien okay zu sein.

»Ja! Lasst uns loslegen!«, erwiderte Treason ebenfalls voller Tatendrang.

Ich sah zu Treason, der tatsächlich mitgehen wollte. – Treason wollte mitgehen? *Freiwillig?!* Dass er das Buch alleine holen wollte, hatte mich ja schon vollkommen irritiert. Aber sich gleich zweimal bewusst in Gefahr zu begeben? Er schien wirklich etwas für Loyalty übrig zu haben … Doch wenn ich ehrlich war, zweifelte ich nach seinen Erzählungen nicht mehr daran. Treason hatte Hope alles offenbart, was er wusste. Ich hatte kein einziges Mal eine negative Gefühlsregung gespürt und das, obwohl Treason sonst voll damit war. Er war einfach ehrlich gewesen, das konnte man ganz deutlich fühlen. Und obwohl er wirklich unangenehme Dinge zu beichten gehabt hatte, hatte er nichts verschönert oder ausgelassen. Alles hatte sich logisch und schlüssig angehört und die Gefühle, die bei einer Lüge oder selbst auch bei einem willentlichen Verschweigen entstanden, konnte ich nicht bemerken.

Ja, Treason hatte mich wirklich überrascht. Dafür zollte ich ihm meine Anerkennung, denn das erforderte viel Mut. Mut, den ich ihm niemals zugetraut hätte ...

»Was machen wir mit den Ölgötzen hier?«, fragte Hate und zeigte dabei auf die bereits neutralisierten Sensianer.

Lie, Greed, Love, Honesty, Modesty und Mercy hatten die ganze Fahrt über nur stumm dagesessen und vor sich hingestarrt. Nicht einmal, als Hope sich mit Treason unterhalten hatte und das Gespräch sich um sie drehte, hatte auch nur einer von ihnen einen Ton gesagt. Bei den anderen hätte ich das ja noch verstehen können – da hatte ich keine Erfahrungswerte -, aber gerade bei Honesty, die uns ja bereits schon einmal auf der Straße begegnet war und dort auch mit Hope gesprochen hatte, wunderte mich das sehr. Ich meinte, dort ging es ja schließlich auch. Warum also jetzt nicht mehr? Warum waren sie so schweigsam?

Was mich ebenfalls wunderte, war, dass sie sich von Agony alle so brav in diesen Transporter hatten verfrachten lassen. Ich dachte daran, wie Honesty sich angestellt hatte, als wir sie mitnehmen wollten. Warum hatte sie sich bei uns so dagegen gesträubt und war bis auf ihre fehlenden Erinnerungen sogar noch relativ klar im Kopf gewesen -zumindest konnte sie sich da noch vernünftig artikulieren – und jetzt saß sie hier rum wie ein Zombie, glotzte stumm vor sich hin und regte sich nicht mehr.

Ich wusste nicht, ob Hope das ebenfalls aufgefallen war. Sie hatte nichts gesagt, aber das mochte auch daran liegen, dass sie mit Treason beschäftigt gewesen war. Ich würde sie jedenfalls drauf ansprechen, sobald wieder etwas Ruhe eingekehrt war. Ich hoffte nur, dass das keine zusätzliche Auswirkung dieses Gifts war, welches Agony ihnen ins Gehirn injiziert hatte. Das würde Hope hart treffen – und mich in Bezug auf meine Brüder ehrlich gesagt auch ...

»Es gibt zwei Möglichkeiten: Entweder schließe ich sie im Transporter ein oder wir nehmen sie mit«, sagte Jay.

Beides gefiel mir nicht. Ich sah es schon wieder kommen: Würden wir sie hierlassen, wären sie bestimmt wieder weg, wenn wir zurückkehrten. Wer auch immer sie kidnappen sollte ... Würden wir sie mitnehmen, würden sie am Ende weglaufen oder uns in den Rücken fallen. Wer wusste schon, was aktuell in ihren Köpfen vorging?

Mit einem gequälten Brummen brachte ich meinen Unmut zum Ausdruck.

»Was meinst du?«, wandte ich mich an Hope.

»Beide Möglichkeiten wären nicht meine erste Wahl ...«, gab sie zu.

Ich lächelte.

»Honesty?«, sprach Hope sie an.

Honesty reagierte nicht.

»Möchtet ihr lieber hierbleiben oder wollt ihr mit uns kommen?«, fragte sie.

Honesty blieb weiter reglos.

Hope schnippte mit den Fingern vor ihrem Gesicht, doch sie zuckte nicht mal mit einer Wimper.

»Mercy?«, versuchte es Hope bei der nächsten.

Doch Mercy verhielt sich genau wie Honesty.

Auch Hopes Versuch, bei den übrigen neutralisierten Sensianern eine Reaktion zu erzeugen, schlug fehl.

Sie seufzte leise und schaute wieder zu Honesty.

»Worüber denkst du nach?«, fragte ich sie.

»Warum sie so still geworden sind«, erwiderte Hope.

Wie hatte ich nur glauben können, dass ihr das nicht aufgefallen war ...

»Das weiß ich nicht, Hope. Aber das ist eine Sache, die warten muss. Wir müssen zuerst Loyalty da rausholen, bevor sich die Gelegenheit womöglich nicht mehr bietet.« Hope nickte sanft. Auch wenn sie der Sache hier vor Ort vermutlich genauso gerne auf den Grund gegangen wäre, war ihr klar, dass Loyalty nicht warten konnte. Wer wusste schon, was dieser Barry derweil mit ihr angestellt hatte oder ob sie überhaupt noch lebte. Nur, weil Treason Loyaltys Unversehrtheit versprochen wurde, musste Agony sich noch lange nicht daran gehalten haben. Doch diesen Gedanken behielt ich lieber für mich. Ich wollte die anderen -insbesondere Hope – nicht zusätzlich verunsichern.

»Ich glaube, sie sollten lieber hierbleiben. Unser Vorhaben wird sowieso schon schwer genug. Da können wir nicht noch zusätzlich auf die Neutralisierten aufpassen, ohne überhaupt abschätzen zu können, wie sie sich verhalten werden«, sagte Hope überlegt. Man hörte ihr deutlich an, dass ihr diese Entscheidung schwerfiel. Doch das war die einzig richtige, die sie treffen konnte.

Ich war stolz, dass sie ausnahmsweise einmal nicht ihrem Gefühl nachgegeben hatte – was garantiert gesagt hätte, sie sollte ihre Schwestern auf keinen Fall zurücklassen –, sondern rational an die Sache herangegangen war.

Ich nickte ihr anerkennend zu. »Dann ist es beschlossen«, erwiderte ich und schaute erwartungsvoll zu Jay, welcher geschmeidig wie eine Katze das Fahrzeug verließ und nahezu geräuschlos die Hecktüren öffnete.

Treason sprang als Erster heraus. Nach wie vor verblüffte mich sein plötzlicher Aktionismus. Treason hatte früher eine Bettgeschichte nach der anderen am Laufen gehabt. Sollte er sich wirklich verliebt haben? Sollte Loyalty die eine sein, die er sich immer gewünscht und unter all den zahllosen Weibern nie gefunden hatte?

Nachdem Hate und Cruel den Wagen ebenfalls verlassen hatten, nahm ich Hopes Hand und half ihr beim Aussteigen – wofür ich ein süßes Lächeln geschenkt bekam.

Ich hielt ihre Hand noch ein wenig länger fest, als es nötig war, aber ich war einfach unglaublich froh, dass Hope nicht neutralisiert worden war. Wenn wir das hier überstanden hatten, würde ich ihr noch einmal eine richtige Liebeserklärung machen. – So wie es sich gehörte, so wie sie es verdiente …

»Wie gehen wir vor?«, fragte Jay an mich gewandt und riss mich damit aus meinen Gedanken.

Er hatte Recht: Ich sollte mich konzentrieren. Wenn das hier schieflief, würde ich vielleicht nie wieder die Chance dazu haben.

Ich blickte einmal in die Runde. Wir waren sechs Leute.

»Zwei von uns gehen vor. Wenn die ersten schon direkt am Eingang geschnappt werden, können die anderen eine Alternativmöglichkeit suchen. Hope und ich gehen vor …«

»Nein!«, platzte Treason mir direkt dazwischen. »ICH gehe zuerst.«

»Bist du sicher?«, fragte ich vorsichtig. Mochte ja wirklich sein, dass Treason Loyalty unbedingt befreien wollte. Aber ich wusste auch, dass er ein riesiger Angsthase war. Was, wenn er die ganze Mission dadurch gefährdete?

»Bitte …«, antwortete er leise, woraufhin Hope erneut ihre Hand in meine schob und die Finger mit meinen verschränkte.

»Lass ihn«, bat sie. »Dir würde es nicht anders gehen.«

Das stimmte. Würde ich Hope in diesem Gebäude wissen, würde ich auch alle Hebel in Bewegung setzen, damit sie wieder bei mir war.

»Okay. Dann geht Teason zuerst mit Hate.«

Treason nickte eifrig. Und auch wenn er nichts sagte, spürte ich eindeutig seine Dankbarkeit. »Wenn sie die Lage gecheckt haben und das Okay geben, folgt der Rest.«

Alle zeigten sich mit einem kurzen Nicken einverstanden.

»Na dann«, forderte ich sie auf, was ich aber gar nicht hätte tun müssen.

Treason war bereits auf dem Weg und zog Hate wie einen viel zu großen Schuljungen hinter sich her.

»Vorsichtiger!«, zischte ich, was Treason egal zu sein schien, aber zum Glück Hate nicht. Er packte Treason am Arm und zog ihn im Schutz der hereinbrechenden Dunkelheit von Deckungsmöglichkeit zu Deckungsmöglichkeit, bis sie sich so unbemerkt zum Eingang vorgetastet hatten.

Hate sah sich noch einmal kurz zu uns um, dann verschwanden sie in dem Gebäude. – *Einfach so?!* Hatte Barry es versehentlich aufgelassen? Oder waren darin einfach so viele Improbas, dass man es nicht abzuschließen brauchte?

Oh Mann! Das stank doch schon wieder gewaltig zum Himmel. Am liebsten hätte ich sie sofort zurückgepfiffen und die Mission abgeblasen, doch ich fürchtete, eine bessere Chance würden wir nicht mehr bekommen.

Ich blickte auf meine Armbanduhr und zählte die Sekunden.

»Eins … zwei … drei …«, flüsterte ich angespannt.

Währenddessen wandte sich Hope an unsere neutralisierten Geschwister: »Ihr bleibt hier, verstanden?«, bestimmte sie.

Nicht, dass irgendjemand von uns gedacht hätte, dass sie *freiwillig* irgendwohin gehen würden, wo sie doch nicht mal eine Reaktion gezeigt hatten, als wir alle den Transporter verließen. Aber Hope hielt eine zusätzliche Aufforderung wohl für besser.

Ich konnte dem nur beipflichten. Vorsicht war besser als Nachsicht.

Hope hatte die Worte kaum zu Ende gesprochen, da erhoben sich alle gleichzeitig, salutierten vor ihr und bestätigten ihre Anweisung mit »Sehr wohl, Sir!« Dann setzten sie sich wieder.

Erschrocken schaute Hope mich an.

Ich konnte jedoch nur ratlos mit den Schultern zucken. Ich hatte keine Ahnung, was hier vor sich ging.

Wieder blickte ich zum Eingang und sah, wie Hate bereits den Kopf herausgestreckt hatte und uns mit einer einladenden Armbewegung zu verstehen gab, dass die Luft rein war. Auch, wenn ich der ganzen Sache nach wie vor eher skeptisch gegenüberstand, atmete ich erleichtert aus.

»Hope, wir müssen«, raunte ich ihr zu. Ich verstand, dass sie sich jetzt womöglich schlecht trennen konnte. Aber wir hatten leider keine Zeit für so etwas ...

»Ich ... äh ... Weitermachen!«, wandte sie sich noch einmal an die Neutralisierten, die daraufhin erneut aufstanden, wieder salutierten und mit »Sehr wohl, Sir!« antworteten.

Verdattert ließ sich Hope den Autoschlüssel von Jay geben und sperrte die Hecktüren des Transporters zu. Selbst, wenn sie nicht wegliefen, wollte Hope sie wenigstens so gut es ging vor äußeren Angriffen schützen.

»Kommt«, sagte ich und unser Trupp setzte sich in Bewegung. Hope und ich liefen voran, Jay und Cruel bildeten die Nachhut.

Wir betraten das Gebäude und sahen Hate und Treason, die direkt hinter dem Eingang auf uns warteten.

Ich lief kurz meinen Blick schweifen. Es schien tatsächlich alles ruhig zu sein. *Zu ruhig!*

»Wo bleibt ihr denn so lange?«, schnappte Treason ungeduldig.

Hate schüttelte nur ungläubig den Kopf. So motiviert hatte er unseren Treason auch noch nie gesehen.

»Wir haben –«, wollte Hope bestimmt das eben Erlebte erzählen, doch ich unterbrach sie. Wir sollten keine Sekunde länger hier drin sein als nötig.

»Später, Hope. Erst Loyalty.«

Sie nickte.

Vorsichtig schlichen wir in dem Dämmerlicht, welches durch die Fenster drang, den Gang entlang, als plötzlich das Licht anging.

Wir erstarten. Keiner von uns gab auch nur einen Ton von sich. Man hätte jede Stecknadel fallen hören können.

Schnell formierten wir uns zu einem Kreis, die Rücken aneinander und beobachteten unsere Umgebung.

»Seht ihr was?«, brummte Hate bemüht leise, dessen Blickrichtung gen Norden ging.

»Nein«, antwortete ich kaum hörbar, da ich genau in die entgegengesetzte Richtung schaute. »Ihr?«

»Nein.«

»Und jetzt?«, fragte Jay.

Meine Augen suchten die Umgebung akribisch ab, bis ich einen Bewegungsmelder entdeckte.

»Ich glaub, das war falscher Alarm. Ich kann einen Bewegungsmelder ...« Ich hatte den Satz noch nicht zu Ende gesprochen, da ging das Licht wieder aus.

»... sehen«, fügte ich noch hinzu. Dann hob ich testweise meinen Arm und das Licht sprang sofort wieder an.

»Okay, es *ist* der Bewegungsmelder. Nichtsdestotrotz sollten wir uns beeilen«, mahnte ich.

Ich hörte, wie restlos alle der Gruppe durchatmeten. Dann gingen wir weiter.

»Was, wenn jemand von draußen das Licht sieht?«, flüsterte Hope mir zu.

Ich spürte, wie eine Mischung aus Angst und Aufregung in ihr hochkroch, doch ich wollte nichts beschönigen: »Das können wir leider nicht ändern, Hope. Hoffen wir einfach, dass wir Loyalty gefunden haben, bevor *wir* gefunden werden.«

Hope seufzte, ging aber mutig weiter.

Wir durchsuchten Zimmer für Zimmer, doch das Gebäude (Oder sollte ich lieber »Labor« dazu sagen?) schien wie ausgestorben. Der ganze Kasten machte auf mich eher den Eindruck einer Forschungseinrichtung. Alles war in Weiß gehalten, es roch nach Desinfektionsmitteln, an den Decken waren Neonröhren angebracht und in den Räumen befanden sich entweder Betten, Käfige oder aber Schreibtische, auf denen irgendwelches silbernes Arztbesteck lag.

Ob Loyalty überhaupt hier war?, schoss es mir durch den Kopf. Oder ob das nur ein gewiefter Trick war, um uns alle hierher zu locken, damit man direkt weiter mit uns verfahren konnte – was auch immer der Plan war …

»Das Erdgeschoss ist clean«, teilte uns Hate mit, der den letzten übriggebliebenen Raum kontrolliert hatte.

»Dann nach oben«, wies ich an. Wieder hätte ich das nicht tun brauchen, da Treason bereits die Treppe hochstieg.

»Warte auf uns«, zischte ich hinter ihm her, doch er ließ sich nicht beirren.

Schnell folgten wir ihm, bis wir im Gang des oberen Stockwerks standen. Er sah genauso trostlos aus wie der untere.

»Auf ein Neues«, murmelte Hate und marschierte hinter Treason her, der bereits den Kopf in das erste Zimmer gesteckt hatte.

»Verdammt!«, fluchte er. »Was, wenn wir sie nicht finden?«

»Wir finden sie, Treason. Mach dir nicht so viele Sorgen. Der Gang ist noch lang«, versuchte Hope ihn zu beruhigen, doch das schien nicht wirklich zu funktionieren.

Wir gingen Zimmer für Zimmer ab – nirgendwo ein Lebenszeichen von Loyalty oder irgendeinem anderen Lebewesen. Trotzdem ließen wir uns nicht entmutigen.

Agony hatte nicht den Anschein erweckt, als hätte sie Jays Manöver direkt durchschaut und uns freiwillig in die Irre geführt. Loyalty *musste* also hier sein!

»Loys!«, schrie Treason plötzlich, als er den vorletzten Raum betreten hatte.

Hope eilte zu ihm, während ich mich aufmerksam umsah, ob dieser Schrei nicht noch andere auf den Plan gerufen hatte. Doch nach wie vor war alles ruhig.

Rückwärts ging ich zu den anderen ins Zimmer, den Blick starr auf den Gang gerichtet.

»Cruel? Checkst du den letzten Raum noch?«, fragte ich.

Er nickte.

»Alles sauber, Mann«, antwortete er, als er kurz darauf wiederkam. Ich drehte mich um und sah unsere Truppe fassungslos auf das Bett starren. Das Bett, in dem Loyalty lag und teilnahmslos gegen die Decke stierte. – Mit grauen Haaren und Augen. *Shit!*

»Loys?«, sprach Treason sie an und berührte dabei zärtlich ihre Wange.

Loyalty zeigte jedoch keinerlei Reaktion.

Treason nahm ihre rechte Hand und hielt sie an seinen Mund. Dann küsste er sie sanft. Er war wirklich verliebt. So behutsam war er mit seinen anderen Liebschaften nie umgegangen.

»Das darf nicht sein, das darf nicht sein …«, stammelte er vor sich hin. Eine Träne lief ihm zeitgleich aus dem Augenwinkel. Er wandte sich ab und schluchzte.

Hope legte ihre Hand auf seine Schulter, doch Treason zuckte zusammen und wich ihr aus.

»Lass das. Nur Loys darf mich berühren«, sagte er mit brüchiger Stimme, so dass er sogar *mir* leidtat.

Ich beugte mich auf der anderen Bettseite zu Loys hinunter und sah sie mir genauer an. Vorsichtig strich ich ihre Haare dort beiseite, wo die anderen ebenfalls alle die Kopfverletzung hatten – und entdeckte einen grauen Deckel. Was ihre Haare und Augen bereits erahnen ließen, bestätigte dies: Auch Loyalty war neutralisiert worden.

Treason hatte mich beobachtet und brach bei diesem Anblick zusammen. Er ging in die Knie, breitet seine Arme über Loyalty aus und vergrub sein Gesicht in ihrer Bettdecke.

»Was hab ich getan? Was hab ich nur getan?«, nuschelte er und war nicht mehr zu beruhigen.

Hilflos standen wir daneben. So hatte noch keiner von uns Treason erlebt.

»Treason, wir –«, begann ich, doch er schnitt mir barsch das Wort ab:

»Lasst mich verdammt noch mal in Ruhe! Geht weg!«, schrie er und klammerte sich an Loyalty.

»Wir müssen aber hier weg, bevor –«

Doch wieder wurde ich unterbrochen. Diesmal jedoch nicht von Treason …

»Bevor was? Bevor ich komme?«

Eine schmeichelnde Frauenstimme erfüllte das Zimmer. Erschrocken wandten wir uns alle zur Tür, in dessen Türrahmen lässig Agony gelehnt stand und den Neutralisator wie eine Kostbarkeit streichelte.

»DU!!!«, fuhr Treason sie an, sprang auf und wollte zu ihr rennen, doch ich hatte ihn schnell an seinem Arm gepackt und zurückgehalten.

»Lass mich los, zum Teufel!«, brüllte er wütend, doch ich gab nicht nach. Das hier konnte nur eine Falle sein und wir saßen mittendrin.

»Reiß dich zusammen!«, blaffte ich ihn an.

Treason wehrte sich weiter, was Agony nur noch süffisanter grinsen ließ.

Ich konnte gut verstehen, dass dieser Blick Treason rasend machte, aber was er vorhatte, war keine gute Idee – wenn auch absolut nachvollziehbar.

Hate eilte mir zur Hilfe und packte Treason fest an den Oberarmen. Er fing an, sich zu beruhigen oder zu resignieren. Gegen Hate hatte Treason kräftemäßig null Chancen.

»Warum hast du das gemacht?«, fragte ich derweil Agony.

»Euer kleiner Freund hat mich verraten und ich habe ihm gesagt, was ihm blüht, wenn er das tut.« Ihr Grinsen wurde breiter.

»Ich habe alles getan, was du verlangt hast!«, brüllte er schmerzlich, doch Agony schien das nicht die Bohne zu stören.

»Tja … so ist das. Jetzt weißt du mal, wie es sich anfühlt, verraten zu werden. Nicht so schön, wenn man seine eigene Medizin schlucken muss, was?« Sie kicherte.

Oh Mann! Bei ihrem arroganten Verhalten fiel es selbst mir schwer, mich zusammenzureißen.

»Wie bist du überhaupt hierhergekommen? Solltest du nicht irgendwo gefesselt im Straßengraben liegen und Insekten auf dir herumkrabbeln lassen?«, reizte ich sie. Vielleicht konnte ich sie aus der Reserve locken, sie dazu bringen, aus Wut einen Fehler zu begehen. Immerhin schien sie das mit uns ja auch zu versuchen.

Und richtig: Agony legte die Stirn in Falten. Ich spürte genau, wie sie sich über meinen Kommentar ärgerte, auch wenn sie versuchte, sich nichts anmerken zu lassen.

»Wie dumm und naiv ihr doch seid. Glaubt ihr wirklich, ich wäre mit euch mitgefahren, wenn ich keinen weiteren Schutz gehabt hätte?« Sie lachte höhnisch.

»Und der wäre?«, hakte ich nach.

»Wir haben alle einen Chip implantiert, so dass wir jederzeit geortet werden können. Pain hat bemerkt, dass ich mich für einen längeren Zeitraum nicht bewegt habe, obwohl wir noch gar nicht am Ziel angekommen sein konnten und da hat er mich gesucht und gefunden«, erwiderte sie erhaben.

Wenn sie nicht bald aufhörte, mich so dämlich anzugrinsen, würde ich mich bestimmt vergessen.

»Aha«, knurrte ich nur.

»Pain war dann so nett, mich hierher zu bringen, damit mir der Boss ein Gegenmittel verabreichen konnte. Tja ... und dann habe ich mich um Loyalty gekümmert«, kicherte sie.

»Du lügst! Die Wunde ist nicht mehr frisch. Du hast sie schon Tage zuvor neutralisiert!« Wütend starrte ich sie an. Wenn sie glaubte, sie konnte uns für dumm verkaufen, war sie schief gewickelt.

»Ups ... erwischt«, lachte sie daraufhin boshaft. »Aber das hätte ich unserem lieben Treason ja nicht sagen können, oder? Sonst hätte er nicht mehr mitgespielt und das wäre doch zu schade gewesen ...«

»Warum hast du das getan?«, schniefte Treason.

»Willst du das wirklich wissen? Die Kleine hat genervt! Sie hat am laufenden Band gejammert: *Treason, wo ist Treason, ich will zu Treason, bla, bla, bla ...*«, äffte Agony Loyalty gelangweilt nach – was Treason herzzerreißend aufstöhnen ließ.

Ich wusste, dass diese Worte sich regelrecht in sein Herz gebohrt hatten.

»Ich werde dich umbringen! Dich und dein widerliches Gefolge!«, schwor Treason und versuchte sich erneut von Hate loszumachen, doch dieser hielt ihn tapfer zurück.

»Bitte … als wenn irgendjemand Angst vor dir hätte, du Würstchen!«, erwiderte Agony daraufhin abfällig.

»DU bist ein verdammtes Monster«, sagte ich und warf ihr einen tödlichen Blick zu.

»Ich weiß. Und *ihr* seid so gut wie neutralisiert.« Sie kicherte wieder.

Hate machte sich groß. Mit seinen gut zwei Metern Körpergröße überragte er uns sowieso alle, aber jetzt sah er noch furchteinflößender aus. *Gefährlicher.*

»Mach dich nicht lächerlich. Glaubst du wirklich, ich hätte nicht vorgesorgt?« Agony stieß einen Pfiff aus und schon hörte man Stiefel im Gleichschritt über den unteren Flur marschieren. In dem Moment ließ Hate Treason los, welcher nach vorne sprang, Agony mitten ins Gesicht boxte, so dass sie überrascht rückwärts aus dem Türrahmen taumelte, und dann geistesgegenwärtig die Tür zuschlug.

»Wir müssen weg!«, brüllte Hate.

Treason schnappte sich wie auf Kommando Loyalty und warf sie sich über die Schulter, während Hate sich vor der Tür positionierte und mit seinem ganzen Gewicht dagegen stemmte, um sie zu verbarrikadieren.

Ich warf einen Blick aus dem Fenster. So hoch war das gar nicht und direkt darunter befand sich ein LKW, auf dem wir zwischenlanden konnten.

»Springen wir?«, fragte ich in die Runde. Dank unserer sportlichen Fähigkeiten durfte das eigentlich kein Problem werden. Ohne eine Antwort abzuwarten, schlug ich die Scheibe ein und hielt Hope auffordernd die Hand hin.

Sie ließ sich nicht lange bitten.

Cruel machte derweil schon einen Satz nach draußen. Zielsicher landete er auf dem LKW und sprang von da aus weiter auf den Boden.

Hope küsste mich schnell, dann wandte sie sich an Treason: »Ich warte unten auf dich und helfe dir mit Loyalty!«

Treason nickte.

Dann sah sie noch mal zu mir: »Wehe, du kommst nicht nach«, drohte sie und sprang nun ebenfalls aus dem Fenster.

Treason versuchte derweil Loyalty klar zu machen, dass sie sich festhalten musste, doch Loyalty registrierte ihn nicht.

»Befehl es ihr«, sagte ich.

»*Was?!* Loys ist meine Freundin! Niemals werde ich ihr Befehle erteilen!«, wehrte er sich, doch wir hatten keine Zeit für solche Sachen.

»Loyalty? Halte dich an Treason so fest du nur kannst, damit du nicht herunterfällst«, wies ich sie streng an.

Loyalty, die immer noch über Treasons Schulter lag, salutierte wie erwartet so gut sie konnte und bestätigte mit einem »Jawohl, Sir!«, bevor sie sich an Treason festklammerte, als wolle sie ihn erwürgen.

Überrascht sah er mich an.

»Später! Jetzt spring!«, hetzte ich, auch da ich die harten Schläge gegen die Tür hörte und Hate sicher nicht mehr lang standhalten konnte …

»Danke«, flüsterte Treason, dann sprang auch er. Etwas unsanft kam er auf dem LKW auf. Vermutlich, weil Loyaltys zusätzliches Gewicht ihn aus dem Gleichgewicht gebracht hatte. Doch Treason ließ sich von Hope helfen und rappelte sich schnell wieder auf.

Jetzt waren nur noch Jay, Hate und ich im Zimmer.

»Spring auch!«, befahl Hate mir.

»Was ist mit Jay? Ich weiß nicht, ob ein Mensch das so einfach schafft«, wandte ich ein.

»Spring! Ich bring ihn mit!«

Schon von klein auf hatten wir gelernt, in einer solchen Situation keine Zeit mit Diskussionen zu verschwenden, also vertraute ich Hate und sprang ebenfalls aus dem Fenster. Geschickt rollte ich mich beim Aufprall ab und ließ mich dann galant weiter zu Boden gleiten.

Hope kam direkt zu mir und fiel mir um den Hals.

»Was ist mit Jay?«, fragte sie.

»Hate bringt ihn mit.«

Hope sah nicht so aus, als hätte sie Zweifel daran.

»Hate, beeil dich!«, rief ich ihm zu.

Hektisch blickte ich mich um. Jeden Augenblick könnten die anderen Improbas auch aus dem Gebäude stürmen und uns auf offener Straße festnehmen – oder umbringen, je nachdem, was sie jetzt vorhatten …

»Hate!«, brüllte ich noch mal. Da erschien er endlich mit Jay auf dem Rücken am Fenster und wollte springen, als Agony nach ihm kickte.

Hate verlor das Gleichgewicht und stürzte hinaus. Unsanft kam er neben dem LKW auf, ein lautes Knacken war zu hören und er verzog das Gesicht vor Schmerzen.

Jay war auf ihm gelandet und scheinbar unbeschadet davongekommen. Gut: Ein Verletzter reichte ...

»Alter, kannst du gehen?«, wollte ich von Hate wissen. Ob es ihm gut ging, brauchte ich nicht zu fragen. Man sah eindeutig, dass es nicht so war. Wichtig war jetzt einzig und allein, dass wir hier wegkamen. Um alles andere würden wir uns später kümmern.

Hate nickte. Teufel sei Dank! Ich wollte ihm aufhelfen, doch Hate lehnte ab. Mühsam rappelte er sich auf, nicht ohne ein lautes Stöhnen von sich zu geben, als er sich mit der linken Hand aufstützte.

»Ich glaub, meine Schulter ist im Arsch«, sagte er und ich sah kleine Schweißperlen auf seiner Stirn.

Jay schaute zerknirscht. »Danke«, wisperte er, doch Hate winkte ab.

»Unsere Knochen heilen schnell, Jay. Nach ein paar Stunden ist alles wieder in Ordnung, keine Sorge. Jetzt müssen wir aber wirklich hier weg«, meldete sich nun Hope zu Wort.

Sie hatte vollkommen Recht. Und *wie* wir hier wegmussten!

Von oben sah man Agony aus dem Fenster schauen, doch wider Erwarten sprang sie nicht hinter uns her, sondern begann schallend zu lachen.

»Wir sehen uns sowieso wieder!«, rief sie gelassen und wandte sich von uns ab.

»Was?« Irritiert sah ich zu, wie sie vom Fenster verschwand.

»Lasst uns gehen, schnell«, lenkte Hope mich ab und ich nickte.

Im Laufschritt eilten wir zurück zu unserem Transporter.

Treason trug Loyalty die ganze Zeit über auf den Schultern. Cruels und mein Hilfsangebot, sie ebenfalls ein Stück zu tragen, da wir kräftiger waren als er, hatte Treason ausgeschlagen.

Von weitem sah ich den Transporter immer noch versteckt seitlich hinter einem Baum stehen und soweit ich das von hier beurteilen konnte, war noch alles so, wie wir es zurückgelassen hatten. Doch konnte man dem Eindruck trauen?

Die letzten paar Meter schafften wir auch noch ohne Zwischenfälle. Aber als der Transporter in greifbarer Nähe war, verlangsamte ich meine Schritte.

Ich sah mich um, doch niemand war uns gefolgt. Warum nicht? Irgendetwas stimmte hier ganz und gar nicht.

Hope griff hektisch in ihre Hosentasche, zog den Fahrzeugschlüssel hervor und warf ihn Jay zu, damit er schon mal aufschließen konnte.

»Was ist?«, fragte sie und kam zu mir. Ihr war nicht entgangen, dass ich etwas zurückgeblieben war.

»Irgendetwas stimmt hier nicht«, grübelte ich weiter und sah mich immer wieder um, doch es war weit und breit niemand zu sehen.

Hope nickte wissend. Ihr war das offenbar auch schon durch den Kopf gegangen.

Jay schloss die Hecktüren auf, als hinter dem Transporter plötzlich eine einzelne Person hervortrat. Ganz gelassen und ruhig. Nicht angriffslustig. Eher überlegen.

»Barry!«, rief Hope schockiert und gleichermaßen froh, einen langjährigen geliebten Bekannten wiederzusehen. »Du lebst wirklich!« Entgegen jeglicher Vernunft wollte sie zu ihm rennen, doch ich hielt sie fest und schob sie bestimmend hinter mich.

Das durfte ja wohl nicht wahr sein!

»Oberst!«, keuchte ich, als ich die Gestalt erkannte, und erstarrte zur Salzsäule.

Auch Hate, Cruel und Treason bewegten sich keinen Zentimeter mehr. Ich hatte das Gefühl, sie wagten es noch nicht einmal, Luft zu holen.

»Wie …«, begann ich, während Hope irritiert zwischen mir und dem Oberst hin und her schaute.

»Was hast du da eben gesagt?«, fragte sie mich leise. Die Lautstärke ihrer Stimme lag sicher nicht daran, dass der Oberst es nicht hören sollte. Sie schien einfach nur so fassungslos zu sein, dass sie ihre Frage nicht normal über die Lippen brachte.

»Soll ich die Lage vielleicht aufklären?«, bot unser Oberst an.

Ich nickte. Was sollte ich auch sonst tun?

Mir schossen gerade unzählige Fragen durch den Kopf. Allen voran, warum Hope unseren Oberst »Barry« nannte und wie er es geschafft hatte, von dem Tisch, auf dem er lag – *ich* hatte seinen verdammten nicht vorhandenen Puls gefühlt! aufzustehen und wieder hier zu erscheinen, als wenn nichts gewesen wäre.

Hatte unser Oberst auch Superkräfte, von denen wir einfach nur nichts wussten? Stammte er auch von einem anderen Planten und war wirklich so unbesiegbar, wie er es immer wieder gepredigt hatte?

»Mir gefallen eure Gesichter«, lachte er überlegen. »So hatte ich mir das immer vorgestellt!«

»Barry, was hat das zu bedeuten?«, fragte Hope. »Wir sind nicht desertiert. Wirklich nicht! Teste uns! Dann können wir den ganzen Kram hier aufklären und wieder unser altes Leben aufnehmen.«

Der Oberst nickte gelangweilt. »Ja, das sehe ich, dass ihr nicht desertiert seid. Zu schade.«

»Oberst, wie –«, begann ich.

»Für dich immer noch *Sir*, blaffte er mich ungehalten an, was Hope einen Schauer über den Rücken laufen ließ. Zumindest spürte ich ein kurzes Zittern bei ihr.

»Du bist auch *ihr* Oberst?«, fragte Hope verständnislos. »Wie kann das sein? Wie konnte das gehen? Wie konntest du immer an zwei Orten gleichzeitig sein?« Das war wirklich eine gute Frage! Eine verdammt gute sogar!

»Ach, Spätzchen. Du bist genauso naiv und dumm, wie ich es erwartet hatte.«

Hope schnaubte ungehalten.

»Na, na, na, wer wird denn gleich bockig werden«, lachte er wieder.

Fragend sah ich ihn an. Zum ersten Mal in meinem Leben verstand ich nur Bahnhof und konnte mir keinen Reim auf etwas machen.

»Na, dann will ich mal nicht so sein.« Er wandte sich an Hope. »Dein geliebter Barry, dieser Schwächling, ist tatsächlich tot.«

»Wie ... Und was bist du dann? Bist du so etwas wie ein Gestaltwandler und kannst dich in andere Personen verwandeln?« Hope wirkte vollkommen fassungslos.

Wieder lachte der Oberst dreckig. »Die Kleine ist wirklich süß. Sehr unterhaltsam! Wundert mich nicht, dass du sie dir ausgesucht hast«, sagte er dann zu mir. »Das verspricht viel Spaß fürs Bett.«

Ich senkte den Blick. In mir brodelte es.

»Ach nein! Erzähl mir nicht, dass ihr noch nicht ... Das darf doch nicht wahr sein! Sag bloß, du hast *Zweifel,* dass du einen hochkriegst?« Dabei betonte er das Wort »Zweifel« übertrieben stark, um danach erneut in einen Lachanfall auszubrechen.

Ich knirschte mit den Zähnen und ein ärgerliches Knurren entwich meiner Kehle.

»Gott bewahre, Despair. Bei mir brauchst du nicht zu knurren. Das solltest du bei deiner Kleinen machen, wenn du sie so hemmungslos nagelst, dass ihr hören und sehen vergeht!«

Ich ballte meine Hände zu Fäusten und spannte meine Muskeln an. Ich hatte schon so lange auf den Moment gewartet, ihm endlich sein dreckiges Maul zu stopfen. Vielleicht war er jetzt gekommen.

»Denk nicht mal dran, Despair. Ein Mucks von mir und eine ganze Kompanie Improbas werden hier stehen und nur darauf warten, dich auseinanderzunehmen.« Der Oberst funkelte mich erhaben an, während ich verärgert die Brauen zusammenkniff.

»Nicht überzeugt? Dann überzeugt dich vielleicht der Gedanke an dein kleines Blondchen. Ich hab 'ne Menge Kerle in der Kompanie, die sich nicht so zieren würden wie du und deinen Job endlich erledigen. Aber du warst ja schon immer ein Versager ...«

Ich atmete tief durch und versuchte mich zu beruhigen. Was er über mich sagte, war mir egal. Ich war Demütigung gewohnt, aber das mit Hope ... Gleichzeitig war mir klar, dass er keine »Scherze« machte. Unser Oberst machte *nie* Scherze. Mit ihm war generell nicht zu spaßen.

»Ich sehe, du kommst zur Vernunft.« Er lächelte schmierig.

Teufel, wie ich diese Person hasste!

»Was ist jetzt, *Barry*? Was soll das hier?«, mischte sich Hope erneut ein. Sie war näher an mich herangetreten und hatte ihre Hand beruhigend auf meinen Rücken gelegt.

»Ach, stimmt ja. Da war ja noch was, bevor ich von *schlaffen* Nichtigkeiten ablenkt wurde.« Wieder grinste er in meine Richtung.

»Ist das alles, was du kannst? Dich über die Potenz anderer zu unterhalten? Warum? Bist du neidisch? Funktioniert die eigene nicht mehr so wie sie soll?«, schnappt Hope nach ihm.

Ich zog scharf die Luft ein und machte mich unweigerlich für einen Kampf bereit. Ich wusste, was einem blühte, wenn man den Oberst beleidigte. – Nur zu gut.

Der Oberst fixierte Hope zornig und fing dann an ... *zu lachen*? Was?!

»Die Kleine hat mehr Eier in der Hose als ihr alle zusammen! – Schätzchen, du weißt nicht, mit wem du dich hier anlegst, deswegen verzeih ich dir das. Zumal du mich amüsierst. Aber sollte dir noch einmal so etwas rausrutschen, werde ich nicht mehr so freundlich sein.« Ich spürte, wie Hope Luft holte, um etwas darauf zu erwidern, doch ich nahm ihre Hand und drückte sie leicht, versuchte sie davon abzuhalten.

Unser Oberst war krank. Ihn noch mehr zu reizen wäre ein fataler Fehler. Sie hatte keine Ahnung, zu was dieser Mensch fähig war und wie sehr sie gerade mit dem Feuer spielte.

Der Oberst bemerkte meinen Griff nach Hope. »Genau, Kleines. Hör auf deinen Loverboy. Er hat von klein auf gelernt, wie man sich bückt und Stiefel leckt.«

»Würden Sie es mir trotzdem erklären?«, fragte Hope auf einmal erstaunlich gelassen.

»*Sie*? Sieh mal einer an. Du kapierst ziemlich schnell.« Wieder ein fieses Grinsen.

Der Oberst ließ seinen Blick durch die Runde schweifen. »Im Ernst? Keiner von euch Idioten weiß, was hier vor sich geht? Nicht mal du, Despair? Du enttäuschst mich ... Wie immer. Aber ich will mal nicht so sein. Habt ihr Pfeifen schon mal was von eineiigen Zwillingen gehört? Dein lieber Barry«, er wandte sich zu Hope, »war der Gute. Und ich … ja, ich war der Realistische.«

Hope starrte ihn perplex an. »Barry soll einen Zwillingsbruder gehabt haben? Unmöglich! Davon hätte er mir erzählt!«, erwiderte sie, doch dafür, dass sie ihm angeblich nicht glaubte, klang ihre Stimme ziemlich verunsichert.

»Wundert mich nicht, dass er euch nichts davon erzählt hat … Er hat mich mein ganzes Leben lang ignoriert! Sich nie wieder bei mir gemeldet! Warum sollte er euch dann etwas von mir sagen? Ich habe nie in seine ach so heile Welt gepasst«, schnaubte der Oberst.

Ich versuchte, eine Gefühlregung bei ihm auszumachen, doch sein Herz war kalt wie Stein.

»Aber wie …« Man sah Hope deutlich an, dass sie von diesen Informationen völlig überfordert war. Sie hatte ihren Barry immer nur in den höchsten Tönen gelobt. Vielleicht fragte sie sich aber auch gerade, wie ein Bruder so nett und der andere so missraten werden konnte …

»Barry war nicht halb so ein Engel, wie du denkst, Hope. Wir sind in einem Heim aufgewachsen. Er wurde als Kind adoptiert – ich nicht. Mein *Bruder* – er spuckte dieses Wort förmlich aus hatte alles, was *wir* uns immer gewünscht hatten. Und nachdem er das große Los gezogen hatte, hielt er es nicht einmal für nötig, sich bei mir zu melden. Nicht *einmal*! Geschweige denn, mich nachzuholen!«

Hope schluckte. »Das heißt, Sie mussten im Heim bleiben?«, fragte sie mitfühlend.

»Pffft!« Der Oberst schnaubte missbilligend. »Wenn es das allein gewesen wäre. Ich wurde etwas später auch adoptiert. Allerdings nicht so wie mein werter Bruder, der den Himmel auf Erden hatte. Ich lernte im Gegensatz zu ihm unsere Mitmenschen *wirklich* kennen. Ihren Hass, ihre Gier, ihre Lügen, ihre Zweifel, ihren Verrat und ihre Unbarmherzigkeit untereinander. Die Menschheit ist schlecht und sie hat nichts anderes verdient, als sich gegenseitig auszurotten.«

»Deswegen? Weil Sie ein ungeliebtes Kind waren, wollen Sie Rache?«, antwortete Hope verständnislos.

Ich atmete tief durch. Hoffentlich artete das hier nicht aus …

»Zuerst ja ... Ich wollte ihn ruinieren, deswegen ließ ich euch entführen. Ich wollte beweisen, dass er eine Niete ist und es nur aufgrund von Glück und seines einflussreichen Ziehvaters so weit geschafft hatte.«

»Und dann?«

»Dann kam mir über die Zeit ein perfiderer Gedanke. Nämlich der, dass ich ja etwas viel Besseres hätte stehlen können ...« Der Oberst setzte ein falsches Lächeln auf und machte eine theatralische Pause. Seine Augen strahlten förmlich vor Begeisterung, als er verkündete: »Seine Identität.«

»Bitte was?«, japste Hope bestürzt.

»Du hast mich schon richtig verstanden, Kleines. Für alle bin ich jetzt Barry. Der tolle Barry, der seine Entführung überlebt hat und noch dazu dafür sorgt, dass die fehlgeleiteten Objekte, die desertiert sind und der Menschheit schaden wollen, wieder neutralisiert werden. So kann ich nebenbei ganz bequem meine Armee erweitern, für die ihr dann kämpfen werdet. Ob ihr wollt oder nicht.« Der Oberst leckte sich höhnisch über die Lippen.

»Damit kommen Sie niemals durch!«, fuhr Hope ihn ungehalten an.

»Ach nein? Warum nicht? Niemand weiß von mir. Dieser Schweinehund Barry ist doch selbst schuld, dass er mich behandelt hat, als würde es mich nicht geben.«

»Sie ... Sie ...«, begann Hope, doch ich schnitt ihr das Wort ab, bevor ich selbst vom Oberst unterbrochen wurde:

»Beruhige dich, Hope. Er –«

»Ganz genau. Du wolltest bestimmt sagen: Er kommt damit durch und niemand wird irgendetwas merken.« Der Oberst lachte laut. Dann wandte er sich zum Gehen.

»Das war's? Das wollten Sie uns erzählen und mehr nicht?«, fragte Hope ungläubig.

Ich schüttelte leicht den Kopf. Das war es garantiert *nicht* gewesen. Unser Oberst hatte immer ein Ass im Ärmel. Die Frage war nur, wann er es zog ...

»Ach, ich wollte mich nur mal vorstellen. Mit irgendjemandem muss man doch seine Erfolge feiern, wenn man es sonst keinem erzählen kann, oder?«, grunzte er vergnügt.

Hope schaute ihn pikiert an.

»Awww … Hast du etwa gedacht, ich würde euch mitnehmen? Ich habe sowieso nur an dir Interesse, Hope, da du die einzige Proba bist, die noch nicht neutralisiert wurde und auch mit Abstand die widerlichste Gabe von allen hat.«

Ich machte einen Schritt nach vorne und stellte mich demonstrativ zwischen den Oberst und Hope.

»Mach dir keine Mühe, Despair. Ich werde sie schon nicht entführen. Jetzt, wo ich euch endlich persönlich zusammen gesehen habe, bin ich mir ganz sicher, dass sie früher oder später von alleine zu mir kommen wird«, entgegnete der Oberst verächtlich.

Ich starrte ihn an. Was wollte er damit sagen? Warum sollte Hope so etwas tun?

»Niemals!«, fuhr Hope ihn an, doch der Oberst lachte nur:

»Das sehen wir dann, Schätzchen. Und jetzt solltet ihr besser verschwinden, damit ich meinen Plan perfektionieren kann.«

Ich schaute zu den anderen, doch niemand wagte es, einen Schritt zu machen; genau wie niemand der anderen es gewagt hatte, das Wort an den Oberst zu richten.

Obwohl wir alle nicht mehr in seiner Gewalt waren, hatte er noch solche Macht über uns. – Zumindest über die meisten. Erschreckend!

In dem Moment griff sich der Oberst ein paar Handschuhe, stülpte sie sich über, nahm seine Waffe und entsicherte sie.

»Sie wollen uns abknallen?«, fragte Hope entsetzt, doch mir war klar, dass er es uns nicht so einfach machen würde. Hier steckte irgendetwas anderes dahinter. Und ich war nicht scharf darauf, so lange hierzubleiben, bis ich es herausfinden musste.

»Komm«, sagte ich und riss Hope in Richtung Fahrzeug. Der Oberst ging noch ein paar Meter von uns weg, zog die Waffe, zielte und schoss sich selbst ins Bein.

»Ahhhh!!!«, brüllte er aus Leibeskräften, schaute grinsend zu uns herüber, warf mir die Waffe vor die Füße und zog seine Handschuhe wieder aus, die er feinsäuberlich in seiner Hosentasche verstaute. Danach zog er sein Handy aus der Tasche und wählte eine Nummer. Seine Stimme wechselte binnen Sekunden von überlegen zu ängstlich.

»Ice? Ja, genau. Das war ein Schuss. Hope hat mich angeschossen! Sie ist verrückt geworden! Du musst sofort kommen! Wir müssen die Menschheit vor ihr beschützen!« Mit diesen Worten legte er auf und machte es sich förmlich im Gras gemütlich, während er sich übertrieben wimmernd sein Bein hielt. Was für ein Schauspieler! Unglaublich!

»Wir müssen sofort hier weg! Ice wird uns alle umlegen!«, schrie Jay und sprang in den Wagen. »Jetzt macht schon!«, forderte er uns auf, bevor er die Fahrertür zuschlug.

Ich schielte zur der Waffe. Wenn ich sie jetzt nehmen würde, könnte ich dem ganzen Spuk ein Ende machen.

»Steig ein!«, befahl ich Hope kurzerhand, die ausnahmsweise das tat, was ich sagte, während ich die Waffe aufhob und auf den Oberst zielte.

Doch anstatt um sein Leben zu betteln, grinste er mich nur dämlich an: »Hältst du mich wirklich für so blöd?«, fragte er spöttisch. »Das ist ja beinahe schon verletzend.«

Irritiert sah ich ihn an. Dann folgte ich seinem hämischen Blick auf die Waffe. Ich kontrollierte das Magazin und sah, dass keine einzige Patrone mehr drin war. Verdammter Mist! Dieses gewiefte Schwein hatte wirklich an alles gedacht!

»Despair! Jetzt komm endlich!«, brüllte Jay aus dem Fenster. Ich blickte auf und sah in der Dämmerung die Umrisse eines kräftig gebauten Kerls über die Wiese auf uns zu rennen. – Egal, mit dem würde ich fertig werden. Doch hinter ihm wenn ich richtig sah – tauchte zusätzlich eine Horde Improbas auf, in der ich glaubte, Pain und Fear ausmachen zu können.

Nein, das waren zu viele. Viel zu viele!

Ich warf die Waffe weg und sprang zu Hope und meinen Brüdern hinten in den Transporter. Jay wartete nicht darauf, bis wir die Hecktüren geschlossen hatten. Er trat das Gaspedal durch und wir entfernten uns mit Vollgas vom Ort des Geschehens.

12. Kapitel

Hope

»Heilige Scheiße! Sind das etwa alles Improbas?«, fragte ich entsetzt und betrachtete die Hundertschaft, die Barry, nein, den Oberst, umstellte.

Despair nickte langsam. »Ich fürchte ja.«

Ich seufzte. »Der da vorne ist übrigens Ice«, sagte ich und deutete in dessen Richtung. Er war als Erster bei diesem Betrüger gewesen, um ihm zu helfen. Wenn er nur wüsste ...

»Sieht ja nicht sehr freundlich aus, dieser Ice«, kommentierte Despair daraufhin trocken.

»Er sieht aus, wie du damals ausgesehen hast«, erwiderte ich, aber nicht ohne ihm ein kleines trauriges Lächeln zu schenken.

Despair nahm meine Hand und drückte sie sanft, wohl in dem Bestreben, sie erst mal nicht mehr loszulassen.

Ich schaute zu Treason, der mir schräg gegenüber saß. Er hielt seine Loyalty fest umklammert und strich immer wieder über ihre Haare. Dabei nuschelte er unaufhörlich:

»Wir kriegen das wieder hin, Loys. Wir kriegen das wieder hin.«

Ein Kloß bildete sich in meinem Hals, da ich die beiden so sah. Loyalty, die apathisch in seinen Armen lag und Treason, der mit den Tränen kämpfte.

Ich griff mit meiner freien Hand nach Treasons und hielt sie so lange fest, bis er zu mir aufblickte.

»Wir *kriegen* das wieder hin«, sagte ich mit überzeugender Stimme und auf seinen Lippen zeigte sich ein kleines, verhaltenes Lächeln.

»Nein, Treason! Wir kriegen das *wirklich* wieder hin«, wiederholte ich fest entschlossen und drückte zur Bekräftigung seine Hand.

»Woher wusstest du das eigentlich mit Loys? Also, dass sie so auf Befehle anspricht?«, wollte er wissen.

»Das haben wir auch nur durch Zufall herausgefunden, als ihr bereits in dem Gebäude wart«, erklärte ich.

Er nickte langsam. »Aber wie kann so etwas kommen? Loys war eine eigenständig denkende Sensianerin und hat sich nichts sagen lassen. Mag sein, dass er ihr Erinnerungsvermögen gelöscht und sie ihrer Kräfte beraubt hat. Aber dass sie sich nun aufführt wie ein Roboter? Da steckt doch mehr dahinter ...«

Ich nickte zustimmend. Das dachte ich auch. »Um ehrlich zu sein, macht mir diese Entwicklung Angst, Treason. Was auch immer er gemacht hat: Stell dir vor, er macht es mit allen auf der Erde lebenden Improbas. Was könnte er mit solch einer Armee für einen Schaden anrichten. Und wir können beim besten Willen nicht ständig überall sein und seine Befehle wieder umkehren. – Falls das überhaupt auf Dauer möglich ist.«

Treason nickte, entzog mir seine Hand und gab Loys einen sanften Kuss auf die Stirn.

»Ich pass auf dich auf, Loys. Ich verspreche es dir«, flüsterte er ihr zu und wieder begannen seine Augen verdächtig zu schimmern. Wenn ich den ach so coolen Treason, der immer einen lockeren Spruch auf Lager hatte, plötzlich so sah, wurde mir ganz anders. Einerseits freute ich mich, dass er sein Glück gefunden zu haben schien, andererseits wurde mir regelrecht übel, wenn ich daran dachte, wie der Oberst es einfach so zerstört hatte. Und noch viel mehr, wenn ich überlegte, dass Despair und mir beinahe das Gleiche passiert wäre.

Despair schien meine Gedanken zu erraten und fuhr mir mit seinen Fingern ganz zart über die Wange.

Ich neigte mich ihm entgegen und schloss kurz die Augen, bis ich seine ernste Stimme hörte:

»Du hast uns verraten, Treason. Du hast genau das getan, was ich von Anfang an immer prophezeit und wovor ich Angst gehabt hatte. Nicht um meinetwillen, sondern wegen Hope.«

Treason atmete tief ein und setzte zu einer Antwort an, doch da wandte sich Despair ihm zu und legte Treason seine Hand auf die Schulter.

»Aber ich kann dich verstehen, Treason. Ja, wirklich! Wäre es um Hope gegangen, hätte ich genau das Gleiche getan, bloß um sie ja nicht zu gefährden. Ich wollte, dass du das weißt und dass ich dir das nicht länger vorwerfe.«

Ungläubig schaute Treason zu ihm auf. Ein ganz leichtes Lächeln zeichnete sich auf seinen Lippen ab. »Ich danke dir, Mann. Das bedeutet mir viel«, antwortete er mit leicht brüchiger Stimme.

Despair hielt ihm die Hand hin, worauf Treason einschlug. Was für ein Moment!

Ich war gerade so stolz auf Despair. Es war ihm sicher nicht leichtgefallen, über seinen Schatten zu springen und Treason diese Worte zu sagen.

»Und wie gehen wir jetzt weiter vor?«, fragte ich mit rauer Stimme.

»Wir sollten den Oberst ein für alle Mal ausschalten«, knurrte Treason.

Despair nickte und auch von den anderen Jungs kam zustimmendes Gemurmel.

»Ich gebe Hope Recht. Da der Oberst die Menschen offenbar so sehr hasst, plant er sicherlich einen Angriff. Und dank der geklauten Identität hat er leider auch alle notwendigen Mittel dazu. Dennoch würde ich eine andere Vorgehensweise vorschlagen«, erwiderte Despair.

Alle – zumindest die, die noch zurechnungsfähig waren – hingen förmlich an seinen Lippen.

»Zwei Dinge: Wir sollten uns dringend dieses mysteriöse Buch beschaffen, welches der Oberst ständig mit sich herumschleppt. Ich bin sehr sicher, dass wir darin interessante Informationen finden werden. Womöglich auch welche, die uns den Umgang mit den Neutralisierten vereinfachen könnten.«

»Das mache ich! Ich hole das Buch! Koste es, was es wolle!«, entgegnete Treason fest entschlossen.

Despair nickte anerkennend. »Du bist ohnehin der Beste von uns in so etwas. Wenn es einer schafft, dann du.«

Treason hob erhaben den Kopf. Er war stolz, von Despair so ein Lob erhalten zu haben. Gleichzeitig war er sich aber auch genau bewusst, dass es stimmte.

»Und das andere?«, fragte Hate.

»Wir sollten den Oberst *nicht* ausschalten.«

Ein unentschlossenes Raunen ging durch die Gruppe.

»Zumindest nicht direkt«, fuhr Despair fort. »Wir sollten ebenfalls versuchen, ihn als Geisel zu nehmen.«

»So etwas tun wir nicht«, sagte Cruel daraufhin. »Er sollte seine Strafe direkt bekommen.«

Doch Despair schüttelte den Kopf. »Du kannst ihn immer noch richten, wenn er für uns nutzlos geworden ist. Und das sollten wir auch, da ich nicht glaube, dass er sich jemals ändern wird.«

»Und warum erst später? Warum nicht direkt? In jeder Minute, die der Oberst weiter auf diesem Planeten lebt, ist er eine Gefahr für uns alle.« Cruel schaute Despair verständnislos an, welcher daraufhin genervt aufseufzte.

Ich wusste jedoch, welches eigentliche Ziel Despair damit verfolgen wollte.

»Du erhoffst dir, ihm Informationen entlocken zu können, habe ich Recht?«, sagte ich.

Despair nickte. »Wenn wir in dem Buch nichts finden sollten, ist er unsere einzige Option, mehr über die anderen Improbas und vor allem über die Neutralisierung herauszufinden«, gab er zu bedenken.

Wieder bewunderte ich ihn für seine Umsichtigkeit. Auch wenn ich mir sicher war, dass er den Oberst ebenfalls gerne tot sehen würde und jegliches Recht dazu hatte, schaffte er es immer, einen kühlen Kopf zu bewahren und alles von einem neutralen Standpunkt aus zu betrachten. Mir war schon oft aufgefallen, dass er seine eigenen Bedürfnisse zurückschob, wenn es dem Allgemeinwohl diente. Was für eine selbstlose Gabe.

»Also erst Buch klauen, auf Informationen prüfen und dann Oberst gefangen nehmen und für Infos foltern, falls das Buch keine enthält«, fasste Treason zusammen.

»Das klingt zwar nicht sehr freundlich, aber im Großen und Ganzen trifft es den Nagel auf den Kopf, ja«, bestätigte Despair Treasons Aussage.

»Gut, dann werden wir genauso vorgehen. – Jay?« Treason klopfte auf dessen Schulter, als hätte er ihn nicht gehört. »Du musst mir sagen, wo ich den Oberst alias euren Barry finden kann.«

»Ich helfe dir gern dabei. Aber stell dir das nicht so einfach vor. Er ist eine extrem linke Bazille und – wie ich fürchte mit allen Wassern gewaschen«, erwiderte Jay.

»Werde ich nicht. Ich kenne unseren Oberst schon etwas länger«, gab Treason zurück, was jedoch wenig überzeugend klang.

***

»Ich glaube, wir sind weit genug entfernt«, sagte Jay nach einer gefühlten Ewigkeit. »Sollen wir uns eine Bleibe suchen – oder brauchen wir doch erst einen Arzt?«

»Bloß nicht!«, grummelte Hate. »Wie Hope bereits sagte: Das wird von allein wieder.«

»Kannst du eine Unterkunft empfehlen?«, ging Despair auf den ersten Teil von Jays Frage ein. Ich sah ihm genau an, dass er ebenfalls eine Bleibe auf Lager gehabt hätte, aber er wollte Jay wohl die Möglichkeit geben, sich zu integrieren.

»Es gäbe verschiedene. Was bevorzugt ihr denn? Besondere Essenswünsche? Jacuzzi auf dem Zimmer?« Jay grinste leicht, schien jedoch gleichzeitig ziemlich überrascht darüber, bei solch einer wichtigen Frage mit einbezogen zu werden.

»Nichts Besonderes. Wichtig ist nur, dass das Personal verschwiegen ist, es dort eher ruhig zugeht und das Hotel nicht allzu viel Laufkundschaft hat«, antwortete Despair.

»Wir könnten ins *Eden Rock* gehen?«, schlug Jay vor.

Despair runzelte die Stirn. Minimal, dass Jay es sicher nicht bemerkt hatte, ich jedoch schon. Das war wohl keine so gute Wahl …

»Oder ins *Quiet Palace*?«, fuhr Jay fort.

Despairs Gesichtszüge erhellten sich wieder.

»Oder ins –«

»*Quiet Palace* klingt gut«, unterbrach Despair Jay.

»Oder wir könnten –«

»Nein. Bring uns ins *Quiet Palace*.« Sein Ton war wieder fordernder geworden. Dennoch bemühte sich Despair sichtlich, freundlich zu Jay zu sein.

Ich wusste, dass Despair fremden Personen wenig bis gar nicht traute, daher rechnete ich ihm sein Verhalten hoch an.

Jay nickte. Es war irgendwie komisch, diesen ehemals so vorlauten Kerl plötzlich so gehorsam zu sehen. Aber ich konnte ihn verstehen. Als ich Despair das erste Mal gesehen hatte, hatte ich auch unglaublichen Respekt vor ihm.

»Jay?«, begann er das Gespräch erneut.

»Ja?«

»Wie schätzt du die Chancen ein, uns doch irgendwie mit Ice verbünden zu können?«, fragte Despair.

Jay stieß einen tiefen Seufzer aus. »Ich fürchte, das wird gar nichts werden.«

»Hattest du nicht mal erzählt, dass die beiden ein Herz und eine Seele seien?«, wandte Despair sich nun an mich, doch ich zuckte nur ratlos mit den Schultern.:

»Den Eindruck hatte ich zumindest immer gehabt.«

»Das war auch so«, bestätigte Jay und machte eine kurze Pause. »Weißt du eigentlich, woher Ice seinen Spitznamen hat?«

Ich schüttelte den Kopf. Hatte der tatsächlich einen tieferen Sinn? »Ich hab immer gedacht, dass sei so ein Männer-*Top-Gun*-Ding gewesen und er hat ihn sich selbst gegeben?«, antwortete ich nachdenklich.

»Ich weiß auch nicht, was genau vorgefallen war. Ice redete nie darüber. Ich weiß nur von Barry, dass er in seiner Kindheit maßlos enttäuscht wurde und seitdem ein massives Vertrauensproblem hat. Und *Ice* rührt einfach von seiner Unfähigkeit, Gefühle zuzulassen. Er ist sozusagen wie ein sprichwörtlicher Eisklotz«, klärte Jay mich auf.

»Oh!«, machte ich nur.

Jay nickte. »Und Barry hat es geschafft, sein vollstes Vertrauen zu erlangen. Er ist quasi seine einzig wahre Bezugsperson und Ice wird ihn niemals hintergehen. Oder anders ausgedrückt: das mit Barry machen, was damals mit ihm gemacht wurde«, fuhr Jay fort.

Ich schluckte laut. Das hatte ich gar nicht gewusst. Mir war zwar aufgefallen, dass Ice nicht so ein Kindskopf wie Jay war, doch dass da solch eine tiefgründige Story dahintersteckte, hätte ich nicht gedacht.

»Aber das ist doch gar nicht Barry«, wandte ich leise ein, als würde uns dieser Gedanke irgendwie weiterbringen. »Ist euch denn gar nicht aufgefallen, dass er plötzlich ganz anders ist?«

Jay nickte beklommen. »Mir schon. Aber Barry, ich meine, der Oberst, erzählte von seiner Gefangennahme und ja ... Erfahrungen verändern Menschen. Wir dachten, dass sein plötzlicher Unmut und seine unberechenbare Laune daher rührten.«

Despair nickte wissend. »Also hältst du einen Wechsel für ausgeschlossen?«, hakte er noch einmal nach.

»Es müsste schon ein Wunder geschehen ...«, erwiderte Jay geknickt.

»Darauf können wir uns leider nicht verlassen. Ich würde sagen, wir legen uns jetzt erst einmal schlafen und diskutieren morgen früh, wie wir weiter vorgehen werden. Was sagt ihr dazu?« Despair schaute in die Runde.

Alle, die es konnten, nickten.

Wenige Minuten später bog Jay auf einen großen Hotelparkplatz ein.

Obwohl sich *Quiet Palace* eher nach Nobelhotel anhörte, bestand der Hotelkomplex aus jeder Menge einzelner Ferienhäuschen, welche sternförmig angeordnet waren.

Ich lächelte. Ich mochte so etwas viel lieber. Solche mondänen Schickimicki-Hotels, in denen wir bislang meistens unterkamen, waren nicht wirklich mein Ding.

Despair bemerkte meinen Blick und beugte sich zu mir: »Ist auch eher mein Stil. Wenngleich ein Hotel mit mehreren Stockwerken und einem Dachgeschoss zweifelsohne auch seine Vorteile bietet«, flüsterte er mir ins Ohr und legte seine Hand auf meinen Rücken, während wir zusammen zum Hauptgebäude mit Rezeption gingen.

Der Rest trabte still hinter uns her. Die Neutralisierten hatten bis jetzt sowieso noch keinen Ton gesagt und Treason, Hate und Cruel schienen so tief in Gedanken versunken, dass sie ebenfalls einfach nur mitliefen.

Despair buchte eins der Häuschen und bat danach Jay, den Wagen außer Sichtweite zu parken. Dann betraten wir gemeinsam die Räumlichkeiten.

Die Unterkunft erinnerte mich stark an Despairs eigenes Haus. Sehr rustikal eingerichtet, mit viel Holz und sogar Schnitzereien an diversen Türen und Schränken.

Ich musste schmunzeln. Deswegen meinte Despair also, dass es mehr *sein Stil* war …

»Gefällt's dir«?«, fragte er mich prompt.

»Hundertmal besser als die piekfeinen Zimmerchen, die wir zuvor bezogen hatten, ja«, gab ich lächelnd zur Antwort, was Despairs Augen ein wenig aufleuchten ließ. Offenbar freute er sich, dass ich seinen Geschmack teilte.

»Ich geh pennen«, sagte Hate und haute sich ohne ein weiteres Wort auf die Couch.

»Kriegen wir eins der Schlafzimmer?«, fragte Treason. »Ich möchte, dass Loys bequem liegt.«

»Klar. Das Häuschen hier hat insgesamt drei. Such dir eins aus«, erwiderte Despair.

Treason nickte dankbar und zog Loys von Raum zu Raum, bis er eins der Schlafzimmer gefunden hatte.

»Mir reicht ein Sessel«, sagte Jay und begab sich dort zur Ruhe. Genau wie Cruel, der es ihm gleichtat.

»Was machen wir mit denen?«, fragte ich und zeigte auf die Neutralisierten.

Ratlos sah Despair sie an. »Befehlen, dass sie sich schlafen legen sollen?«, erwiderte er unsicher.

Es schüttelte mich allein schon bei dem Gedanken, ihnen Dinge, die jeder normale Mensch sonst frei entscheiden konnte, befehlen zu müssen, doch ich fürchtete, Despair hatte Recht.

»Kannst du das bitte machen? Ich bringe das nicht übers Herz«, bat ich ihn leise und schaute mit wehmütigen Augen meine Schwestern und natürlich auch Despairs Brüder an.

»Kein Problem.« Despair teilte sie auf die beiden verbliebenen Schlafzimmer auf. Dann nahm er meine Hand und führte mich zu einem davon.

»Die Betten sind groß genug. Hier ist noch Platz. Du kannst dich gerne dazu legen«, sagte er und zeigte auf das Bett, in dem sich Honesty und Mercy befanden. Wie zwei Schaufensterpuppen lagen sie kerzengerade in dem Bett und starrten hoch zur Decke. Gruselig!

»Ich weiß nicht, ob ich das möchte«, erwiderte ich und sah Despair entschuldigend an.

»Du musst nicht. Aber du solltest auch keine Angst vor ihnen haben. Sie sind deine Schwestern und führen nur Befehle aus. Ich denke nicht, dass dir irgendetwas passieren könnte«, antwortete er.

Mir wurde flau im Magen. Natürlich: Das waren meine Schwestern! Trotzdem hatte ich ein ungutes Gefühl –vermutlich, weil ich sie noch nie in solch einem oder ähnlichen Zustand gesehen hatte.

»Okay«, sagte ich und hauchte ihm einen Kuss auf die Lippen.

»Ich bin gleich hier vorne im Wohnzimmer. Wenn irgendetwas ist, schrei einfach.« Er lächelte mich an und fuhr mir mit seinen Fingern sanft über meine Wange, bevor er mich plötzlich an die Wand hinter mir drückte und mich zuerst zärtlich und dann leidenschaftlich küsste. Nachdem er von mir abgelassen hatte, legte er seine Stirn gegen meine.

»Ich bin so froh, dass dir nichts passiert ist«, flüsterte er und gab mir erneut einen sanften Kuss. Dann ging er zurück ins Wohnzimmer.

Ich lächelte ihm hinterher, bevor ich mich umdrehte und zu meinen Schwestern ins Zimmer trat. Sie lagen immer noch da und starrten nach oben.

Ich seufzte. Musste ich ihnen sagen, dass sie nun schlafen sollten? Mich durchfuhr ein kalter Schauer. Wie absurd. Wenn sie müde wurden, würden sie das sicher von alleine tun.

Mit mulmigem Gefühl legte ich mich neben sie und versuchte nach diesem anstrengenden Tag etwas zu schlafen.

***

Es war mittlerweile drei Uhr nachts und ich wälzte mich noch immer von einer Seite auf die andere. Verdammt! Ich war so müde, aber ich konnte einfach nicht einschlafen. Zu viele Dinge gingen mir durch den Kopf und meine apathischen Schwestern, die immer noch mit starr geöffneten Augen reglos neben mir lagen, machten das nicht gerade besser.

Ich stand auf. Ich musste hier raus. Das hier konnte doch niemand aushalten. Vielleicht würde es mir guttun, wenn ich mal kurz etwas frische Luft schnappte?

Ich tappte durch das Wohnzimmer, vorbei an Despair, Cruel, Hate und Jay. Alle schliefen, was aber auch nicht sonderlich verwunderlich war.

Behutsam öffnete ich die Haustür und schlich hinaus, schließlich wollte ich keinen von ihnen wecken.

Ich lehnte die Tür wieder an, ging ein paar Meter bis zum Geländer der umlaufenden Veranda und stütze mich darauf ab. Dann atmete ich tief durch und schaute hinauf zum Himmel. Wann dieser Albtraum endlich endete?

»So sieht man sich wieder ...«, schnurrte eine schleimige Stimme aus der Dunkelheit.

Ich erstarrte. »Wer ist da?«, fragte ich, obwohl das völlig paradox war. Ich wusste genau, wer gerade zu mir sprach.

Ein unheilvoller Schatten regte sich rechts von mir und trat aus der Dunkelheit ins schwache Mondlicht.

»Oberst, was für ein Vergnügen«, erwiderte ich. Ich versuchte, keine Angst zu zeigen, doch meine Hände begannen verräterisch zu zittern.

Er kam einen Schritt näher, woraufhin ich automatisch einen Schritt zurücksetzte. Ich überlegte, direkt zurück ins Haus zu rennen, oder besser noch, einfach laut zu schreien, doch ich tat unerklärlicherweise nichts von beidem.

»Hab keine Angst. Hätte ich dir etwas antun wollen, wärst du schon längst tot. Du und deine kleinen Freunde.« Der Oberst lachte leise.

»Sie sind uns gefolgt?«, fragte ich ungläubig, da ich mich während der Autofahrt unzählige Male umgesehen und niemanden entdeckt hatte.

»Das war überhaupt nicht nötig, Hope ...« Er trat noch einen Schritt auf mich zu, doch dieses Mal blieb ich stehen.

Er hatte Recht. Hätte er mich töten wollen, hätte er es schon längst tun können.

»Und wie haben Sie uns dann so schnell ausfindig gemacht?« Wieder dachte ich an die Autofahrt und in welchem Tempo Jay davongerast war.

»Ach Hope, jetzt enttäuschst du mich aber …«

Abwartend sah ich ihn an.

»Glaubt ihr wirklich, ich hätte euch einfach so gehen lassen, wenn ich keine Sicherheit gehabt hätte? Alle Neutralisierten verfügen über einen Ortungschip. Ich musste einfach nur mein Ortungsgerät einschalten und dem Signal folgen«, erklärte er herablassend, als wenn es das Logischste auf der Welt wäre.

Ich sagte nichts dazu, doch gedanklich schlug ich mir mit der Hand vor die Stirn. Wie konnten wir nur so dumm sein? Warum hatte das keiner von uns bedacht? Zumal Agony uns mit ihrer Geschichte, wie sie selbst gefunden wurde, mehr oder weniger darauf aufmerksam gemacht hatte.

»Warum können Sie überhaupt schon wieder laufen?«, wechselte ich das Thema. »Sie waren doch so intelligent und hatten sich selbst angeschossen.«

Der Oberst grinste. Seine weißen Zähne blitzten bis zu mir herüber.

»Ob du es glaubst, oder nicht: Das war tatsächlich intelligent. Was ist schon ein kurzer notwendiger Schmerz gegen uneingeschränkte Glaubwürdigkeit?«

»Das beantwortet nicht meine Frage«, grollte ich.

Der Oberst grinste noch breiter. »Die Masse, die die Kopfverletzungen der Neutralisierten heilt, ist zum Glück vielseitig verwendbar. Das absolut Fantastische ist: Bei Menschen wirkt sie doppelt – ach, was rede ich fünfmal so schnell.«

»Wirklich?«, fragte ich überrascht. Eigentlich hatte ich nicht vor, mich auf ein Gespräch mit diesem Irren einzulassen, aber das klang jetzt schon interessant. Was man damit wohl so alles heilen könnte …

»Wie dem auch sei, Hope: Ich bin nicht hier, um dich zu kidnappen oder Ähnliches. Ich baue eher darauf, dass du mich bald aus eigenen Stücken heraus besuchen kommst.«

»Und warum sollte ich so etwas Bescheuertes tun?«, fragte ich geradeheraus.

»Du und Despair, ihr habt gelevelt«, antwortete er wie selbstverständlich.

»Wir haben *was*?«

Was sollte das heißen? Dieses Wort hatte ich ja noch nie gehört.

»Eure Fähigkeiten haben sich miteinander verbunden. Ihr ergänzt euch gegenseitig und dadurch, dass ihr eure ursprüngliche Gabe nicht mehr in Reinform habt, seid ihr – oder speziell Despair für mich nutzlos geworden«, erklärte er. »Man könnte es auch schleimiger ausdrücken und sagen, ihr liebt euch.« Der Oberst schüttelte sich, als er die Worte aussprach. Sehr erwachsen.

»Und was bedeutet das genau?«, hakte ich nach.

»Das ist ziemlich simpel, Hope. Despair war meine stärkste Waffe. Doch in diesem Zustand bringt er mir nichts. Fazit: Wir müssen den Schaden beheben.«

Ich schluckte hart. »Und das wiederum heißt?«

»Einer von euch muss weg. Entweder wirst du neutralisiert, so dass Despair seine Gabe wieder entfalten kann – und ich bin mir sicher, dass er speziell danach noch um einiges stärker werden wird!«

»Oder?« Ich traute mich fast gar nicht danach zu fragen.

»Oder Despair wird neutralisiert und muss neu trainiert werden. Und im besten Fall schlägt deine Gabe durch den Vorfall ins Gegenteil um – was im Übrigen bei euren Gaben sehr wahrscheinlich ist – und wir haben danach zwei Despairs.«

»Also muss entweder ich mich opfern, damit Despair wenigstens normal weiterleben kann, oder wir sind beide dran ...« Das war keine Frage. Ich wollte auch keine Antwort darauf. Es war mehr eine Zusammenfassung für mich selbst, bezüglich der »Möglichkeiten«, die ich hatte.

»Ich sehe, du überlegst?«, hakte der Oberst nach, doch ich schüttelte den Kopf:

»Da gibt es nichts zu überlegen«, antwortete ich.

Wieder grinste er mir schmierig entgegen. »Das wusste ich.«

»In einem Punkt irren Sie sich jedoch«, entgegnete ich.

»Ach ja«?

»Ja. Despair ist nicht der, für den Sie ihn halten. Despair ist ein guter Sensianer«, hielt ich überzeugt dagegen.

»Despair wird nach deiner Neutralisierung der absolut schlimmste Sensianer werden, den die Erde je erleben musste.« Der Oberst lachte erneut leise.

»Das glaube ich nicht!«, beharrte ich.

»Schätzchen, was hat mein dämlicher Bruder euch eigentlich beigebracht? Wenn Sensianer miteinander gelevelt haben, sind sie miteinander verbunden. Aus zwei Seelen wird eine. Zwei Herzen werden eins. Wenn du nicht mehr da bist, wird es ihm selbiges herausreißen. Und ich denke nicht, dass unser sonst so überlegter Despair diesen Schmerz händeln kann.«

Ich stand vor ihm. Den Mund vor Fassungslosigkeit leicht geöffnet. War das wirklich wahr?

»Na ja, überleg's dir. In zwei Tagen möchte ich eine Entscheidung haben. Diese fällst du, indem du spätestens am zweiten Tag bis zwölf Uhr bei mir aufgetaucht bist. Jay wird dir sicher die Adresse geben. Sollest du bis dahin nicht bei mir auf der Matte stehen, gehe ich davon aus, dass du dich für Variante zwei entschieden hast. Dann lasse ich einen Trupp ausrücken, der Despair neutralisieren wird, um mich dann hinterher an zwei Despairs erfreuen zu können. Ich bin sicher, du machst dich mit der neuen Gabe wunderbar, nachdem der Verlust von Despair dich in den Wahnsinn getrieben hat.«

Der Oberst neigte den Kopf schräg zum Gruß, dann wandte er sich ab. Nachdem er sich zwei Schritte von mir entfernt hatte, schaute er noch mal kurz über die Schulter zu mir zurück. »Und Hope? Mach keinen Blödsinn. Wenn du auf die Idee kommen solltest, Despair oder sonst jemanden einzuweihen, um mich am Ende noch anzugreifen, werde ich ein ganzes Bataillon losschicken, welches euch in null Komma nichts gefangen nimmt und neutralisiert. Selbst die Verbliebenen, die mich eigentlich nicht interessieren. Nicht zu vergessen die wunderbare 9mm für Jays Kopf. Haben wir uns verstanden?«

»Und wer garantiert mir, dass Sie Wort halten?«, fragte ich.

»Niemand. Du hast schlicht und ergreifend keine andere Wahl, als mir Glauben zu schenken«, erwiderte er und gab einen grunzenden Lacher von sich.

Ich nickte beklommen.

»Schön. Dann bin ich gespannt, wie du dich entscheiden wirst.« Mit diesen Worten verschwand der Oberst genauso lautlos und unbemerkt, wie er gekommen war.

Eine Gänsehaut hatte sich über meinen ganzen Körper gezogen. Ich wusste nur nicht, ob das an dem eben geführten Gespräch lag oder an der nächtlichen Frische.

Mit schwerem Herzen ging ich zurück in das Haus. Nach wie vor war alles still. Ich schlich in mein Bett. Meine Schwestern lagen unverändert dort. Wie benebelt legte ich mich dazu und starrte gleichfalls an die Decke. Ich hatte das Gefühl, mein Gehirn war kurz vorm Platzen, so viele Fragen stürzten gerade auf mich ein.

Was sollte ich jetzt bloß tun? Sollten wir alle so enden? Oder wäre es einfacher, wenn es nur einem so erging?

Theoretisch brauchte ich mir diese Frage gar nicht zu stellen. Es war immer besser, den Gesamtschaden so gering wie möglich zu halten. Andererseits war es eine sehr schwere Entscheidung, wenn man selbst die betreffende Person war. Nicht, weil ich egoistisch war. Ich hatte einfach Angst. Angst, vor der Neutralisierung und was mir danach blühen würde. Und ob der Oberst überhaupt sein Wort halten und nicht alles umsonst sein würde.

Doch konnte ich so denken? Sollte ich nicht sofort alles Mögliche unternehmen, um jeglichen Schaden von meinen Schwestern und insbesondere von Despair abzuwenden? Doch was würde aus der Menschheit werden, wenn es plötzlich zwei Despairs gäbe? Konnte ich das verantworten?

Die Fragen quälten mich, bis ich irgendwann vor lauter Erschöpfung einschlief.

13. Kapitel

Despair

»Guten Morgen. Darf ich dich zum Essen entführen?«, flüsterte ich an Hopes Ohr und strich ihr zärtlich eine blonde Strähne aus dem Gesicht.

Sie rekelte sich verschlafen und brummte.

Ich lächelte. Auch, wenn ich diesen Anblick noch nicht allzu oft genießen konnte, liebte ich ihn jetzt schon sehr.

Das war dann wohl ein Nein, grinste ich vor mich hin und sah ihr noch eine Weile beim Schlafen zu, bevor ich mich wieder leise aus dem Zimmer schlich. Auch wenn mittlerweile schon Mittag durch war, hatte ich es nicht übers Herz gebracht, Hope aufzuwecken. Denn trotz des ganzen Schlafs wirkte sie selbst jetzt noch unheimlich müde und abgekämpft. Und ich glaubte, sie hatte vor dem Zubettgehen geweint.

Ich gesellte mich wieder zu den anderen ins Wohnzimmer. Treason hatte bereits Mittagessen besorgt und wir saßen alle um einen kleinen Wohnzimmertisch herum und ließen es uns schmecken. – Na ja, die einen mehr, die anderen weniger.

Ich hatte noch nicht richtig auf dem Boden Platz genommen, da tapste Hope plötzlich aus ihrem Zimmer.

»Ich komm sofort«, sagte sie und verschwand erst mal ins Bad.

Ich sah ihr nach. Selbst wenn ich kein Sensianer wäre, hätte ich ihre Sorge sofort gespürt. Die Sache mit ihren Schwestern schien sie enorm zu belasten. Verständlich.

Zehn Minuten später kam sie wieder. Ich hatte gehört, dass sie eine kurze Dusche genommen hatte, was ihre nassen Haare bestätigten. Dennoch sah sie keineswegs frischer oder gar erholter aus.

Ich rutschte von meinem Kissen und bot es ihr zum Sitzen an, da die Couch und die Sessel bereits belegt waren. Hope setzte sich neben mich und nahm sich ein Stück Maisbrot. Dann musterte sie ihre Schwestern, die ebenfalls aßen.

»Sie essen?«, fragte Hope leicht überrascht. Ein kleiner Hoffnungsschimmer fuhr über ihr Gesicht.

Ich nickte und lächelte sie an. Dass ich ihren Schwestern sogar das befehlen musste, verschwieg ich lieber.

Was hatte der Oberst bloß mit ihnen angestellt? Als wir Honesty in der Stadt getroffen hatten, war sie doch auch nicht *so* gewesen. Gut, sie kannte Hope nicht mehr. Aber so wie jetzt? – Nein. Da musste noch etwas anderes dahinterstecken. Am Neutralisieren allein konnte es nicht liegen. Wie das Wort schon sagte, dürften sie danach ja eigentlich nur »neutral« sein und nicht so bedingungslos gehorsam.

Als ich den Neutralisierten eben befohlen hatte, etwas zu essen, griffen sie ohne Zögern zu. Und das, obwohl sie das Essen vorher keines Blickes gewürdigt hatten.

Ich stellte mir gerade vor, wie es wäre, wenn ihnen jemand einen Schießbefehl erteilen würde. Würden sie diesen genauso kompromisslos ausführen? Ich brauchte gar nicht darüber nachzudenken. Die Antworte lautete: Ja. Ja und zwar ohne Umschweife.

Ich schluckte. Ich musste mir dringend etwas einfallen lassen.

Abermals blickte ich zu Hope, die lustlos an ihrem Maisbrot knabberte. Sie wirkte total in Gedanken versunken. Über was sie wohl nachdachte? Ob sie die gleichen Gedanken hatte wie ich?

»Ich werde heute Nacht gehen«, sagte Treason plötzlich.

Ich schaute auf. Gleichzeitig bemerkte ich, dass Hope nicht einmal das registrierte, obwohl ich jetzt vermutet hätte, dass sie sofort Feuer und Flamme gewesen wäre.

»Interessiert das außer Loys und mich keinen?«, fragte Treason pikiert.

Ich schielte weiter zu Loyalty. Sie saß wie alle anderen Neutralisierten emotionslos herum und tat, was man ihr befahl. Trotzdem entlockte es mir immer wieder ein leichtes Schmunzeln, Treason so um Loyalty bemüht zu sehen. Wer ihn und seine Bettgeschichten vorher kannte, würde das hier nicht glauben können.

»Barry … äh, ich meine, den Oberst findest du in der offiziellen Militärbasis. Sei aber vorsichtig. Das Gelände ist komplett videoüberwacht und Zutritt bekommst du nur mit dieser Karte, falls der Oberst nach meinem Desertieren nicht schon alles geändert hat«, antwortete Jay ihm.

Treason nahm die kleine Karte, die ähnlich wie eine Scheckkarte aussah, entgegen und nickte ihm zu. »Danke. Wenigstens einer, der meinen Heldenmut zu schätzen weiß und mich unterstützt«, kommentierte er typisch überheblich.

»Bist du wirklich sicher, dass du das tun willst?«, fragte ich ihn.

Treason war sicher der Beste für den Job, dieses vermaledeite Buch zu stehlen, aber wir durften nicht vergessen, dass er auch ein riesengroßer Feigling war. Menschen hinters Licht zu führen und zu hintergehen waren ganz andere Nummern, als dasselbe mit dem Oberst abzuziehen. Und ich fürchtete, dass Treason einen Fehler machen könnte und geschnappt werden würde.

Klar: Treason und ich hatten unsere Differenzen. Aber ich mochte mir nicht vorstellen, was ihm widerfahren könnte, wenn der Oberst ihn erwischte. *Das* hatte niemand verdient. Auch nicht Treason.

Er sah zu Loys und küsste liebevoll ihre Stirn. Sein Gesichtsausdruck war von herablassend auf fürsorglich gewechselt. Dann schaute er mich mit einer Ernsthaftigkeit in den Augen an, wie ich sie noch nie bei ihm zuvor gesehen hatte. »Loys ist alles für mich. Ich habe noch nie so gefühlt wie jetzt und ich werde alles dafür tun, dieses Glück restlos wiederherzustellen. Du müsstest das von allen hier am besten nachvollziehen können. Ich weiß, dass es dir mit Hope genauso geht«, erwiderte Treason.

Ich blickte zu Hope, die immer noch Maisbrot kauend vor sich hinstarrte.

Treason hatte Recht: Mir ging es ganz genauso. Und ich würde ebenfalls alles in meiner Macht Stehende tun, um Hope ihre Sorgen zu nehmen und ihr ein Leben in Frieden und ohne Angst zu ermöglichen.

Da packte mich Treason am Oberarm, um meine Aufmerksamkeit wiederzuerlangen. Sein Griff war fester als gewöhnlich. Er schien es wirklich ernst zu meinen.

»Ich hole dieses verdammte Buch, Despair. Und wenn es mich mein Leben kostet.« Mit diesen Worten ließ er mich wieder los, stand auf und nahm

Loys an der Hand. »Wir werden noch ein paar Stunden zu zweit verbringen, bevor ich aufbreche. Nur für den Fall, dass ich nicht wiederkomme ...« Seine Stimme, die soeben noch stark geklungen hatte, war nun monoton und schwer geworden. Auch wenn er sonst immer alles auf die leichte Schulter nahm, schien ihm hierbei genau bewusst zu sein, in welche Gefahr er sich begab.

Treason wandte sich zum Gehen.

Ich stand auf und legte meine Hand auf seinen Rücken.

»Treason?«, sprach ich ihn an.

Er drehte sich zu mir um.

»Mach dir keine Gedanken, Alter. Ich habe nichts Unanständiges mit ihr vor. So etwas würde ich ohne ihr Einverständnis niemals tun. Ich möchte sie einfach nur im Arm halten und ihr sagen, wie sehr ich sie liebe.«

»Das ist ehrenwert, Treason, aber darum ging es gar nicht. Ich wollte dir nur sagen: Du schaffst das. Ich glaube fest an dich«, sagte ich und klopfte ihm kurz auf die Schulter, bevor er mir dankend zunickte und Loys hinter sich herziehend in einem der Zimmer verschwand.

Ich schaute in die Runde. Niemand sagte etwas. Jeder war mit seinen eigenen Gedanken beschäftigt, insbesondere Hope.

Also setzte ich mich wieder zu ihr und nahm sie in den Arm. Vorsichtig lehnte sie sich zurück und schmiegte sich an meine Brust. Ich war so froh, dass ihr nicht das gleiche wie Loys oder den anderen passiert war. Das konnte ich gar nicht in Worte fassen. Und gleichzeitig wurde mir noch bewusster, wie Treason sich fühlen musste.

Ich küsste Hope auf ihr Haar und hielt sie einfach nur fest, während mein Blick wieder durch den Raum glitt und unauffällig, aber trotzdem überrascht bei Hate Halt machte.

Hate saß neben Love. Dichter als er für gewöhnlich neben jemandem saß – vor allem, was Frauen betraf.

Love hatte ihre Hände auf die Oberschenkel gelegt.

Hate saß in gleicher Weise daneben, seine Hand auf seinem Oberschenkel nur Millimeter neben der von Loves platziert, ohne sich jedoch zu berühren.

Hate bemerkte meinen Blick und zog schnell seine Hand weg. – Schade. Das hätte er nicht tun müssen. Wenigstens schien seine Schulter wieder verheilt zu sein. Ein Hoch aufs Sensianser-Dasein!

»Was meinst du, wie Treason vorgehen wird?«, fragte mich Jay, doch ich zuckte nur mit den Schultern.

»Das war schon immer Treasons Geheimnis. Deswegen wird er den Job auch erfolgreich ausführen«, erwiderte ich.

Jay nickte unzufrieden. Er hätte sicher gern ein paar mehr Details gehabt. Nicht zuletzt, da er sich für unsere Ausbildung zu interessieren schien – zumindest dem Anschein nach, den ich hatte. Doch mehr Infos konnte ich ihm leider nicht geben. Ich wusste es selbst nicht. Ich hoffte lediglich, dass Treason es schaffte und dieses ominöse Buch uns weiterhelfen würde.

Ich *hoffte* ... Ich konnte das immer noch nicht glauben.

***

Nervös sah ich auf die Uhr. Nachdem der Nachmittag aufgrund von Nichtstun eher schleppend verstrichen war, konnte ich es mittlerweile gar nicht mehr erwarten, bis Treason endlich aus seinem Zimmer herauskam und wir den ersten Schritt in Richtung Albtraumende unternehmen konnten.

Wo blieb er nur? Wenn er mich noch länger warten ließ, würde ich ihn – so fürchtete ich holen müssen. Und das, obwohl ich mich eigentlich eher als geduldig bezeichnen würde. Oder hatte er es sich am Ende anders überlegt?

Wie konnten die anderen nur so ruhig bleiben? Selbst Hope war mittlerweile in meinen Armen eingeschlafen. Wobei ich speziell ihr das nicht verübelte. Sie sah wirklich nicht gut aus. Mehr und mehr fragte ich mich, ob die Sorge um ihre Schwestern alles war, was sie so belastete.

Gespannt fixierte ich Treasons Zimmertür, bis diese sich endlich öffnete. Punkt zwanzig Uhr trat er heraus.

»Ich bin soweit«, verkündete Treason.

»Ich begleite dich«, antwortete ich ihm.

Fragend sah er mich an. »Das solltest du besser nicht tun. Am Ende vermasselst du alles und wir fliegen wegen dir auf«, entgegnete er mit einem schiefen Grinsen, doch ich hatte genau gespürt, wie bei ihm nach meiner Äußerung die Anspannung zumindest teilweise abfiel. Er war dankbar darüber.

»Keine Sorge, Mann. Ich begleite dich nur bis zu dem Objekt, um sicherzustellen, dass du von außen keine Probleme bekommst. Reingehen und das Ding rausholen musst du schon selbst. Sonst könntest du am Ende wirklich noch Recht behalten.«

Treason nickte.

»Sollen wir dann los? Jay meinte, die Autofahrt allein dauert schon über eine Stunde«, sagte ich.

Kommentarlos ging Treason noch mal zurück zum Zimmer, in dem er den Tag verbracht hatte. Ich vermutete, er wollte sich noch von Loyalty verabschieden, auch wenn die Verabschiedung eher für ihn selbst als für Loyalty war. Sie würde wahrscheinlich nicht einmal ansatzweise verstehen, was er da gerade von ihr wollte. – Traurig! Echt traurig!

Ich strich Hope sanft über die Wange. »Hope?«, sprach ich sie leise an. »Bist du wach?«

Ich wusste, dass sie es nicht war und ich sie hiermit gerade weckte, doch ich wollte ihr ebenfalls Tschüss sagen.

Hope richtete sich auf und fuhr sich durch die Haare. »Ja«, erwiderte sie verschlafen und schaute mich aus müden Augen an.

»Ich wollte mich noch von dir verabschieden. Treason und ich brechen jetzt auf, um das Buch zu holen.«

Hope schaute mich an. Ihre Augen schimmerten verdächtig, doch es war schwer zu sagen, ob es davon kam, weil ich sie gerade erst geweckt hatte, oder ob sie traurig war, dass ich ging.

Im nächsten Moment nahm sie mich in die Arme und drückte sich fest an mich. Sie schniefte leise. Da hatte ich meine Antwort.

»Ich komme wieder, Hope. Ganz sicher«, versprach ich, doch Hope ließ nicht los.

Also legte ich auch meine Arme um sie und zog sie ebenfalls fest an mich heran.

Von der starken, selbstbewussten Hope, wie ich sie kennengelernt hatte, war immer weniger übrig. Sie war nachdenklich geworden, nicht mehr so überschwänglich positiv und wirkte seit gestern auch irgendwie zerbrechlich.

»Mach dir keine Sorgen, Hope. Uns passiert nichts. Du wirst sehen. Wir kommen gesund zurück und dann hat dieser ganze Spuk hier ein Ende«, versicherte ich ihr nochmals.

Sie blickte zu mir auf. »Ich weiß, dass ihr es schaffen werdet«, antwortete sie mit brüchiger Stimme und versuchte sich an einem Lächeln, doch ihre Augen sprachen eine ganz andere Sprache. Als wenn es kein Morgen mehr gäbe, als wenn nie wieder die Sonne schiene, als wenn die Flüsse aufhören würden zu fließen und das Gras aufhören würde zu wachsen.

Woher kam nur plötzlich dieser Pessimismus? Ob es an mir lag? An mir und meiner Gabe? Oder ob sie die ganze Sache einfach nur wahnsinnig mitnahm?

»Wir werden es schaffen«, sagte ich noch einmal mit Nachdruck, doch Hope nickte nur ergeben. – Komisch. Ich hatte eigentlich mehr Widerstand erwartet, aber sie war intelligent genug zu verstehen, wie ausweglos die ganze Situation war, würden wir nicht gehen.

Hope klammerte sich geradezu an mich, als würde sie mich nie mehr loslassen wollen. Und wie sehr war ich versucht, mich diesem Traum hinzugeben. Nur wir zwei allein, an einem Ort, wo uns niemand fand und in unserem Glück stören konnte …

Ich seufzte und gab ihr einen zärtlichen Kuss, versuchte so viel Gefühl hineinzulegen, wie nur möglich; wollte sie spüren lassen, wie wichtig sie mir war und dass alles gut werden würde und hoffte gleichzeitig inständig, dass sie es wahrnahm. Dann brachen Treason und ich auf.

***

»Glaubst du wirklich, dass wir es schaffen?«, wollte Treason wissen, nachdem wir eine Weile gefahren waren.

Ich wusste, weshalb er fragte. Es verunsicherte ihn, dass ich zu seinem Unterfangen noch keinen Ton gesagt hatte – nicht mal etwas Negatives. Dabei war das früher so typisch für mich gewesen.

Doch meine Gedanken wanderten immer wieder hin zu Hope. Sie hatte sich vor unserer Abfahrt so merkwürdig verhalten und so unendlich traurig gewirkt. Beinahe, als würden wir uns nie wiedersehen. Und jetzt fragte ich mich die ganze Zeit, ob es ihr gut ging, und machte mir schon Vorwürfe, warum ich nicht einfach bei ihr geblieben war.

»Alter, ich bin echt froh, dass du mitgekommen bist«, sagte Treason prompt und warf mir einen dankbaren Blick zu.

Ich wusste, dass Treason mich in diesem Fall *wirklich* brauchte. Er tat zwar immer so cool, doch bei ihm war immer alles mehr Schein als Sein.

Wenn nur bei Hope alles in Ordnung war ...

»Kein Ding, Mann«, antwortete ich. »Ich hoffe einfach, du kannst dem Oberst dieses Buch abluchsen.«

Treason grinste, garantiert über meine Wortwahl, was mich ebenfalls zum Schmunzeln brachte.

»Wann hat das eigentlich angefangen?«, fragte er neugierig.

»Was?«

»Dass du hoffst ... Nimm es mir nicht übel, Alter, aber das war vorher nicht gerade deine Stärke – um das mal harmlos auszudrücken«, befand Treason.

»Ich weiß es ehrlich gesagt nicht genau. Ich glaube, seit Hope und ich uns näher gekommen sind«, versuchte ich seine für mich schwierige Frage zu beantworten. Man merkte selbst eigentlich immer erst als Letzter, dass man sich verändert hatte.

Treason nickte wissend. »Das ging mir mit Loys auch so.« Er machte eine kurze Pause, bevor er bedrückt weitersprach: »Meinst du, wir können Loys jemals helfen?«

»Du meinst, ob sie irgendwann wieder die Alte wird?«, hakte ich nach.

Treason nickte langsam.

»Ich weiß es nicht, Treason. Aber ich würde es euch wirklich wünschen.« Mit diesen Worten fuhr ich in ein Waldstück und parkte den Wagen versteckt im Dickicht. Wir befanden uns exakt bei der von Jay beschriebenen Stelle – nah genug, um schnell in der Basis sein zu können, aber immer noch außerhalb der Kamerareichweite. Hoffte ich ...

»Danke, Alter«, erwiderte Treason und blickte aus dem Beifahrerfenster. Seine Augen scannten die Umgebung ab. Wie es für Barrys Militärbasen üblich zu sein schien, stand auch diese mitten auf einem freien Feld. Perfekt also, um nicht vom Feind überrascht zu werden.

Andererseits bot das kleine angrenzende Waldstück, in dem wir uns nun befanden, genügend Platz zum Verstecken und Auskundschaften. Ob er das nicht bedacht hatte? Trotzdem fragte ich mich gerade, wie Treason dort jemals ungesehen hineinkommen wollte, wenn wirklich überall Kameras installiert waren. Das war bei unserem Überfall auf die Probas damals nicht so gewesen. Freies Feld ja, aber Kameras? – Zum Glück nicht, oder zumindest nicht in diesem Ausmaß. Treason hatte das alles zuvor für uns ausgekundschaftet.

Nun öffnete er die Beifahrertür, doch ich hielt ihn zurück:

»Bist du wirklich sicher, dass du da reinkommst?«, wollte ich wissen.

»Auf jeden Fall«, erwiderte er ungewohnt selbstsicher und warf mir einen verschlagenen Blick zu.

Ah ... das war der Treason, wie ich ihn kannte.

Er stieg aus, zog eine Folie aus seiner Gesäßtasche und faltete sie auseinander. »Hilf mir«, wies er mich an.

Unwissend, wobei ich ihm helfen sollte, stieg ich ebenfalls aus und ging zu ihm.

»Reiß Gras raus. Ähnliche Länge wie das Grün des Feldes.

Ich nickte und tat, worum er mich gebeten hatte. Der Sinn des Ganzen erschloss sich mir aber noch nicht so ganz.

Nachdem ich mehrere große Büschel ausgerissen hatte, sah ich, dass Treason auf der Rückseite der Folie winzig kleine Plastikhalterungen befestigt hatte, wo er die Grasbüschel gewissermaßen »einklippste«.

»Ist das dein Ernst?«, fragte ich überrascht, doch ich konnte auch die Bewunderung in der Stimme nicht verbergen. »Wo hast du überhaupt den ganzen Krempel her?«

Treason zog spöttisch die Brauen nach oben. »Erinnerst du dich noch an die kleine schwarze Handtasche, wegen der ihr mich immer aufgezogen habt?«

»Klar«, antwortete ich. Daran erinnerte ich mich nur zu gut! Treason war wohl einer der wenigen Kerle, die Hanteln stemmten und gleichzeitig mit einer Handtasche durch die Gegend rannten. Vermutete ich zumindest …

»Lippenstift – wie von euch vielfach vermutetbefindet sich nicht darin. Dafür ein paar ganz nützliche Gimmicks, wie du jetzt sehen kannst.« Treason tat beleidigt, doch ich konnte spüren, wie er in Wahrheit meine Anerkennung genoss.

Nachdem er fertig war, sah die Folie von hinten aus wie … Gras. Besser konnte ich es nicht beschreiben. An der Innenseite waren Gummibänder befestigte, durch die er Füße und Arme schob.

»Wünsch mir Glück«, sagte er. Dann trat er aus dem Dickicht hervor, legte sich flach auf den Boden und robbte auf die Militärbasis zu. Natürlich wäre diese Tarnung am helllichten Tag aufgefallen, doch da es bereits dunkel war, war sie so genial wie primitiv.

Ich blickte Treason nach. Nachdem er außer Sichtweite war, setze ich mich zurück ins Auto. Hoffentlich ging alles gut …

14. Kapitel

Hope

»Ich leg mich ins Bett, okay?«, sagte ich zu Hate, der mir gegenübersaß und auch immer wieder zu mir rüber schielte. Ich nahm an, Despair hatte ihm aufgetragen, ein Auge auf mich zu werfen.

»Es ist spät. Mach das ruhig«, brummte er zustimmend.

Ich erhob mich.

»Hope?«

»Ja?« Fragend sah ich ihn an.

»Ich ... äh ... ich bring dir Love später, okay?«

Ich schmunzelte. »Okay.«

Dann ging ich in das Zimmer, wo ich bereits die erste Nacht verbracht hatte, und schloss die Tür hinter mir. Doch ich hatte keineswegs vor, mich schlafen zu legen. Ich hatte den ganzen Tag über die Worte des Obersts gegrübelt und war zu einem Entschluss gekommen: Selbst wenn Treason es schaffen würde, ihm dieses Buch abzunehmen, änderte es immer noch nichts daran, was das eigentliche Ziel des Obersts war. Er hatte seine Forderung mehr als deutlich gemacht, genau wie meine Möglichkeiten. Ich hatte quasi die Wahl zwischen Pest und Cholera: Entweder opferte ich mich und es wäre somit nur einer dran oder ich würde seine Forderung ignorieren. Doch dann würde es nicht nur mich treffen, sondern auch Despair. Und dass der Oberst dank dieser ganzen befehlswilligen Improbas in der Lage wäre, uns zu allem zu zwingen, hatte er bereits bewiesen. Von der Menschheit, die unter diesem Wahnsinn ebenfalls noch zu leiden hätte, mal ganz abgesehen ...

Und wenn er sein Wort ohnehin bricht? Wenn er dich so oder so umschult und es hinterher zwei Despairs gibt? – Tja ... dieses Risiko musste ich wohl oder übel eingehen.

Mir war sehr wohl bewusst, dass ich diesem Oberst nicht über den Weg trauen konnte. Doch mir blieb ja nicht wirklich eine Wahl. Würde ich nicht gehen, würde ich den Oberst verärgern und er würde sich auf jeden Fall nehmen, was er wollte. Ging ich, blieb immer noch die Hoffnung auf ein nicht ganz so schlimmes Ende, indem er wie versprochen Wort hielt und mich »nur« neutralisierte.

Außerdem vertraute ich auf Despair. Ich glaubte einfach nicht daran, dass er durch meine Neutralisierung den Verstand verlieren und die Menschheit in die Verzweiflung stürzen würde. Dafür schien er mir in der letzten Zeit zu gefestigt.

Ich atmete tief durch, bereit, aufzubrechen.

Zuerst hatte ich noch überlegt, ob ich mich von den anderen verabschieden sollte. Doch meine Schwestern bekamen sowieso nichts mit und den Jungs konnte ich schlecht Lebewohl sagen, ohne dass sie mich aufhielten.

Despair hatte ich extra nicht so verabschiedet, wie ich es nur allzu gerne getan hätte. Es war schwer, ihn in dem Wissen gehen zu lassen, später nicht mehr die Gleiche zu sein, ihn nicht mehr zu erkennen. *Extrem* schwer! Doch ich hatte mein Bestes getan, meine Trauer zu verbergen.

Hätte ich auch nur ansatzweise meine Gefühle zugelassen, hätte Despair sofort Verdacht geschöpft und mich versucht von meinem Vorhaben abzubringen. Doch das wäre vergebens gewesen. Ich musste es tun!

Behutsam schob ich das Fenster hoch und achtete darauf, bloß kein Geräusch zu machen. Wenn Hate oder einer der anderen etwas mitkriegte, konnte ich meinen Plan direkt vergessen. Sie würden mich nie gehen lassen. Auch wenn vielleicht nicht meinetwegen, würden sie das Despair niemals antun.

Ich schlüpfte durch das Fenster und verschloss es hinter mir wieder sorgsam. Nur keine Spuren hinterlassen, die sofort auf eine Flucht hindeuteten.

Jay hatte Treason erzählt, der Oberst befände sich in der alten Militärbasis von Barry. Ich wusste, wo diese war. Ich musste mir nur noch überlegen, wie ich am besten dort hinkam.

Vorsichtig schlich ich hinter unserem Häuschen entlang, immer darauf bedacht, in keinen Lichtschein zu treten und mich stets in der Dunkelheit zu halten. Schritt für Schritt eilte ich dann parallel zu den übrigen Häusern hinunter zum Highway, in der Hoffnung, dort einen Wagen anhalten zu können, der mich mit in die Stadt nahm.

Kurz bevor ich den Highway erreichte, schalteten sich neben mir plötzlich ein Paar Autoscheinwerfer ein und hüllten mich in Neonlicht.

Erschrocken blieb ich stehen. Den Wagen hatte ich in der Dunkelheit gar nicht bemerkt.

Der Motor wurde angeschaltet und das Auto rollte langsam auf mich zu.

Ich überlegte, ob ich wegrennen oder stehenbleiben sollte. War das etwa Despair? – Nein. Er und Treason waren schon vor über einer Stunde gefahren und dass sie bereits wieder zurück waren, schien auch unmöglich. Aber wer sollte es sonst sein?

Sekundenbruchteile später war mir die Antwort klar.

Die Scheinwerfer strahlten mir direkt ins Gesicht, somit konnte ich noch nicht mal den Wagen erkennen. Er rollte nun gemächlich auf mich zu und hielt dann auf Höhe des Fahrerfensters an. Doch obwohl die Scheiben abgedunkelt waren und man dadurch nicht ins Innere schauen konnte, wusste ich bereits, wer mir da aufgelauert hatte: Niemand anderes als der Oberst.

Mit einem leisen surrenden Geräusch bewegte sich die Scheibe nach unten und er lächelte mir süffisant entgegen. »Ich wusste, dass du kommst«, sagte er erhaben und blickte mich abwartend an.

»Sie haben mir ja keine Wahl gelassen«, entgegnete ich bissig. Warum sollte ich auch höflich sein? Was hatte ich jetzt noch zu verlieren?

»Du hattest eine Wahl. Du hast dich nur so entschieden, wie schwache Subjekte sich nun mal entscheiden. Und da ich das vorausgesehen hatte, stehe ich nun hier.« Er nickte mit dem Kopf zu seiner Beifahrerseite. »Steig ein.«

Ich zögerte zunächst, doch dann ging ich um den Wagen herum und tat wie geheißen. Was blieb mir auch anderes übrig? Außerdem hatte sich so wenigstens mein Hinkomm-Problem erledigt.

Der Oberst fuhr los.

»Ich würde ja zu gerne wissen, was Ihnen als kleiner Junge sonst noch so widerfahren ist, dass Sie jetzt so sind, wie Sie sind«, rutschte es mir heraus.

Kurz überrascht, grinste der Oberst nun noch breiter.

»Du meinst intelligent, über den Dingen stehend und über jegliche Gefühle erhaben?«

»Ja, möglich. Vielleicht aber auch eher einsam, verbittert und ungeliebt«, konterte ich.

Der Oberst lachte auf. »Ich weiß, was Despair so an dir liebt. Zu dumm nur, dass euer Glück bald vorbei sein wird.«

Ich schnaubte. »Ja, da ist wirklich zu dumm. Ich bin mir sicher, Sie können sich vor lauter Mitgefühl kaum noch zusammenreißen«, erwiderte ich auf seinen blöden Kommentar hin, was ihm jedoch nur noch einen weiteren Lacher entlockte.

»Eigentlich ist es schade, aus dir so eine hirnlose Weichbirne zu machen. Dein Humor ist wirklich köstlich!«

»Eigentlich ist es schade, dass Sie direkt mit so einer Weichbirne geboren wurden.«

Nun warf mir der Oberst einen scharfen Blick zu. »Treib's nicht zu weit, Hope.«

»Was halten Sie davon, wenn wir das Gespräch einfach einstellen? Dann muss sich keiner von uns mehr ärgern«, schlug ich vor.

Der Oberst erwiderte nichts darauf und blieb auch sonst stumm. Offenbar hatte er meinen Vorschlag akzeptiert.

Ich lehnte mich gegen die Fensterscheibe und ließ die Lichter von draußen vorbeisausen. Ob ich wirklich das Richtige getan hatte?

Ich seufzte leise. Doch, das hatte ich. Dieses Buch mochte hoffentlich meinen Schwestern helfen, aber für mich stellte es keine Option dar. Es konnte den Oberst nicht verschwinden lassen und solange er mit der Hilfe einer Armee seine Ziele verwirklichen konnte, musste ich mich wohl oder übel damit abfinden. Es gab nur eine Sache, die mich beruhigte: Da der Oberst jetzt bei mir war, konnten Treason und Despair schon mal nicht mehr von *ihm* erwischt werden. Ich hoffte nur, dass er das Buch nicht mitgenommen hatte und sie es finden würden.

***

Nach einer gefühlten Ewigkeit waren wir endlich angekommen. – Nein, nicht *endlich*, weil ich mich auf meine Neutralisierung freute, sondern weil ich es auch nicht mehr viel länger mit diesem Arsch in einem so beengten Raum ausgehalten hätte. Selbst wenn er nichts sagte, war dieser Typ mir einfach zuwider.

Der Oberst fuhr in Barrys Garage. Ich wusste das so genau, weil Barry mich mehrfach hierher mitgenommen hatte.

Dem Oberst entging mein Blick nicht. »Schon toll, was man alles so erben kann, was?«

Ich schnaubte, verkniff mir aber jeglichen Kommentar. Dass wir nicht mal ansatzweise harmonierten, hatten vorangegangene Gespräche bereits gezeigt.

Wir stiegen aus und der Oberst führte mich in das Gebäude hinein. Alles schien wie ausgestorben. Wo waren denn die ganzen Mitarbeiter? Die ganzen Soldaten? Und die anderen Improbas? Müssten die nicht auch hier sein? Hoffentlich hatten Despair und Treason es geschafft und rechtzeitig wieder unbemerkt verschwinden können.

»Missfällt dir irgendetwas, Kleines?«, fragte der Oberst.

»Nein. Ich frage mich nur, warum –«

»Warum es hier so leer ist?«, beendete er meine Frage. »Nun ja, ich wollte es Treason nicht unnötig schwermachen.«

Verdattert blieb ich stehen. *Bitte was?!*

Er schüttelte missbilligend den Kopf. »Hast du wirklich geglaubt, ich hätte euer kleines Vorhaben nicht durchschaut?« Der Oberst setzte ein selbstgefälliges Lächeln auf.

»Von was reden Sie?«, stellte ich mich dumm. Sollten Despair und Treason vielleicht wirklich noch hier sein, wollte ich den Oberst nicht darauf aufmerksam machen.

»Hope, es ist mal wieder mehr als unhöflich von dir, überhaupt nur den Versuch zu starten, mich für blöd zu verkaufen. Habe ich nicht schon mehrfach bewiesen, dass ich euch immer einen Schritt voraus bin?«

Ich antwortete nicht.

»Mir ist vollkommen klar, dass Jay – dieser Verräter – euch von meinem Notizbuch erzählt hat. Und mir ist ebenfalls vollkommen klar, dass ihr euch viel davon versprecht und es unbedingt haben wollt.« Wieder ein süffisantes Grinsen.

Ich schluckte. Was bedeutete das? Was wollte er mir damit sagen?

»Und das heißt?«, fragte ich vorsichtig nach, als er nicht weitersprach.

»Das heißt, dass ihr vollkommen Recht habt. In dem Buch stehen wirklich viele, viele wissenswerte Dinge drin«, antwortete er kryptisch.

»Und dann haben Sie alle Wachen abgezogen, damit Treason das Buch stehlen kann?«, fragte ich verwirrt. Machte das Sinn?

»Es tut nichts zur Sache, ob Treason das Buch hat oder nicht. Es ist höchstens positiv«, entgegnete der Oberst gelassen.

»Positiv?« Ich spürte förmlich das Fragezeichen, welches sich immer mehr über meinem Kopf bildete.

»Exakt. Wenn Despair nicht das darin vorfindet, was er sich erhofft, wird es ihn – neben deinem Verschwinden natürlich zusätzlich der Verzweiflung ein Stück näher bringen«, erklärte er.

»Aber Sie haben doch gerade gesagt –«

Der Oberst schnaubte genervt. »Selbstverständlich habe ich zuvor alle essentiellen Seiten entfernt.« Er griff in seine Brusttasche und wedelte mit ein paar Blättern Papier herum.

»Sie sind wahnsinnig!«, kommentierte ich seine vor Freude aufblitzenden Augen. Etwas Besseres viel mir dazu nicht ein.

»Danke«, erwiderte er und schubste mich in ein Zimmer.

Eigentlich war das Barrys Arbeitszimmer gewesen, doch ich erkannte es nicht wieder. Alles sah so kahl und steril aus. Barrys Bilder waren abgehangen und durch Strategiepläne ersetzt worden.

»Was ist das?«, fragte ich und deutete darauf.

»Das, meine liebe Hope, ist ein Manöverplan. Er zeigt an, welche Teile der Erde wir als erste besetzen werden.«

»Besetzen?« Ich blieb wie erstarrt stehen.

»Besetzen und negative Eigenschaften dadurch verstärken. Der dumme Pöbel verdient es nicht anders. Die letzten Jahre haben doch genau gezeigt, in welche Richtung sich die Menschen von ganz allein entwickeln. Überall herrschen nur noch Neid, Eifersucht und Hass. Und mit sich selbst unzufriedene Menschen lassen sich so viel leichter lenken und hervorragend in Kriege führen. Vor allem, wenn sie denken, jemanden gefunden zu haben, den sie für ihr eigenes Versagen verantwortlich machen können«, erklärte der Oberst.

»Und was sollten Sie davon haben? Ich meine, wer will schon Krieg?«

Das mochte jetzt vielleicht naiv klingen, doch ich hatte noch nie verstanden, wofür Kriege überhaupt gut waren.

Der Oberst lächelte geradezu väterlich. »Um unseren kapitalistischen Frieden zu erhalten. Aber davon verstehst du nichts, kleines Mädchen.« Mit diesen Worten packte er mich am Genick und drängte mich zu einem Käfig. Sein Griff war so grob und kräftig, dass ich gar nicht erst versuchte, mich dagegen zu wehren. Und selbst wenn ich es wider Erwarten geschafft hätte, bliebe da immer noch Despair, den ich hoffte, mit meiner Kooperation vor Schlimmerem bewahren zu können.

»Rein interessehalber: Was springt für Sie dabei raus?«, hakte ich nach. Es musste ja schließlich einen Grund geben, fast die ganze Welt absichtlich in ein Kriegsgebiet verwandeln zu wollen. Ich konnte mir nicht vorstellen, dass man freiwillig in solch einer Welt leben wollte, ohne guten Grund zumindest. – Und der musste schon *verdammt* gut sein!

Wieder grinste der Oberst mich an. Er sprach es zwar nicht laut aus, doch in seinem Blick las ich, für wie dumm und ahnungslos er mich hielt.

»Sagen wir so: Der Kapitalismus hat Gönner, denen die Wahrung desselben sehr viel wert ist. Und jetzt rein da!« Der Oberst versetzte mir erneut einen Stoß und ich landete unsanft in dem Käfig.

»Ernsthaft? Für Geld? Für Geld riskieren Sie das Leben von unzähligen Menschen?« Ich konnte es nicht fassen. Ich wusste, dass es oftmals nur um Geld ging, aber hier schien mir der Einsatz doch etwas sehr hoch.

»Andere Menschen bedeuten mir nichts, Hope. Mir ist vollkommen egal, wer stirbt und wie viele es sein werden. Solange ich das nicht bin – und ich werde es nicht seinund meine Bezahlung stimmt, ist mir alles gleich«, antwortete der Oberst in solch einem gelangweilten Tonfall, als hätte er mir gerade ein Suppenrezept mitgeteilt.

Ich schluckte. So einen grenzenlosen Egoismus hatte ich ja noch nie verspürt. Zum Schlechtwerden!

»Und diese Gönner … stammen sie aus Regierungskreisen?«, wollte ich wissen.

Der Oberst begann zu lachen. »Hope, bitte. Deine Ahnungslosigkeit schmerzt ja beinahe schon. Die Regierung ist nur ein weiterer Spielball in diesem System. Und unser werter Präsident tut auch nur das, was ein paar ganz wenige superreiche Familien möchten, damit diese noch reicher werden und der Pöbel weiter für sie zu buckeln hat.«

»Und *das* unterstützen Sie?«, fragte ich fassungslos.

Das musste man sich mal vorstellen: Da gab es ein paar wenige Familien und nur, weil diese offenbar extrem viel Geld hatten, nahmen sie sich das Recht heraus, die normalen Bürger auszubeuten?

»Im Prinzip unterstützt das jeder. Die Mehrheit ist einfach nur zu dämlich, um das zu raffen. Die Menschen glauben an Demokratie, weil sie alle paar Jahre einen neuen Präsidenten wählen dürfen. Und nur, weil es für alles irgendwelche zusätzlichen Institutionen gibt, die sich gegenseitig kontrollieren, kann der beschränkte Pöbel sich einen Missbrauch nicht vorstellen. Dass aber ein Marionettenspieler über allem sitzt und sämtliche Fäden in der Hand hält, dazu fehlt der Horizont. Und so gesehen ist es nicht meine Schuld, dass die Menschen einfach nur zu blind und zu dumm sind. Wer so ignorant ist und meint, intelligenzmäßig bereits an er Spitze zu stehen, braucht sich nicht zu wundern, wenn ihn seine Arroganz irgendwann einholt.«

»Was ist mit den anderen, die hier arbeiten? Sie können das doch unmöglich alle gutheißen!«, hielt ich dagegen.

»Hope, hier arbeiten ausschließlich Personen mit militärischer Ausbildung. Die werden nicht dazu erzogen, Entscheidungen zu hinterfragen. Die führen Befehle aus. Und wer das Geld hat, hat gleichzeitig das Sagen, hat gleichzeitig die Macht. Verstanden?«

Das waren klare Worte. Ich wusste nicht, was ich darauf noch erwidern sollte.

»Und jetzt ruh dich aus, Hope. Der morgige Tag wird anstrengend für dich«, wies er mich an und wollte den Raum verlassen.

»Warten Sie!«

Der Oberst drehte sich noch einmal um.

»Tut das … Ich meine … wird es wehtun?«, fragte ich.

»Selbst wenn es wehtun sollte, hast du es nach der Neutralisierung sowieso wieder vergessen. Glaube ich zumindest«, entgegnete er ungerührt. Dann schaltete er das Licht aus und ließ mich in meinem kalten, kargen Käfig allein.

Ich setzte mich so, dass ich mich mit dem Rücken gegen die Gitterstäbe lehnen konnte. Wenigstens war dieser Käfig größentechnisch etwas komfortabler als der in Despairs Haus.

Ich dachte an die Dinge, die der Oberst mir soeben erzählt hatte. Doch bis auf ein ungläubiges Kopfschütteln brachte ich nichts weiter zustande.

15. Kapitel

Despair

»Alter! Ich hab's gepackt! Ich kann es immer noch nicht glauben!«, rief Treason zum x-ten Mal stolz durch den Wagen.

»Ja, du hast wirklich gute Arbeit geleistet, Treason«, bestätigte ich ihm abermals seine Tat. Was für ein Glück, dass wir bald zurück im *Quiet Palace* waren. Länger würde ich das auch nicht mehr aushalten. Zumal ich mir über den ganzen Hergang bereits seit unserer Rückfahrt den Kopf zermarterte.

»Ich kann es kaum erwarten, bis wir genauestens studiert haben, was sich in diesem Schätzchen verbirgt«, sagte Treason und streichelte sanft über den braunen Ledereinband.

»Ich sagte doch, dass du es lesen kannst«, erwiderte ich mittlerweile leicht genervt.

»Und ich habe gesagt, dass dir die Ehre gebührt«, entgegnete er.

»Du hast nur Angst, dass du den Inhalt nicht verstehst«, foppte ich ihn, doch Treason befand sich auf einem solchen Höhenflug: Ihm schien es egal zu sein.

Endlich bogen wir in die Zielstraße ein. Ich parkte den Wagen versteckt hinter unserem Häuschen und machte mich mit Treason auf den Weg hinein.

»Leute!!! Ich hab's gepackt!«, brüllte Treason beim Hereinkommen und weckte damit alle auf.

»Sag mal, hast du sie noch alle?«, blaffte Hate direkt los und rieb sich verschlafen über die Augen.

»Ja, du Vollidiot! Bist du irre?«, legte Cruel hinterher.

Ich wusste nicht, ob die Neutralisierten überhaupt geschlafen hatten, aber selbst diese blickten – meiner Meinung nach verstört in Treasons Richtung.

»Du hättest uns auch erst mal sachte wecken können, bevor du gleich so rumschreist«, beschwerte sich Jay und knipste das Licht an.

Ich schaute in die Runde. Bis auf Hope waren alle im Wohnzimmer.

»Wo ist Hope?«, fragte ich sofort.

»Sie ist im Schlafzimmer und ruht sich aus«, antwortete mir Hate.

Ich blickte zu Love, die immer noch neben ihm saß. Hate hatte den Arm hinter ihr über die Couchlehne gelegt und obwohl Love ganz vorne auf der Kante saß und die Rückenlehne nicht mal ansatzweise berührte, schien Hate sich ertappt zu fühlen und zog den Arm augenblicklich weg. Wieder einmal.

Ich schüttelte leicht den Kopf, um ihm zu zeigen, dass das wirklich unnötig war, doch Hates Aufmerksamkeit galt nun Treason:

»Jetzt klär uns mal auf«, verlangte Hate. »Du kannst uns nicht einfach so aus dem Schlaf brüllen und dann kommt nichts mehr.«

Treason grinste freudestrahlend. »Also ...«, begann er bedeutungsvoll und ließ den Blick schweifen, um sicher zu gehen, dass auch jeder ihm zuhörte.

Zuerst überlegte ich, ob ich Hope dazuholen sollte, doch dann erinnerte ich mich daran, wie fertig sie ausgesehen hatte und entschied mich dafür, sie lieber schlafen zu lassen. Vielleicht wurde sie von alleine wach. Wenn nicht, würde ich ihr einfach morgen früh alles erzählen.

»Es begann damit ...«, führte Treason seine Story weiter, doch er wurde direkt von Hate unterbrochen:

»Schwing keine Reden, Alter! Sag einfach, wie du es geschafft hast, dem Oberst das Buch abzuluchsen. Mehr interessiert mich nicht.«

Treason schaute betrübt. Ich nahm an, er hatte sich die halbe Rückfahrt überlegt, wie er seine Tat am glanzvollsten darstellen konnte und nun wurde er so überfahren. Immerhin war es das erste Mal, dass er etwas *für uns* getan hatte. Und dann auch noch erfolgreich. Kein Wunder also, dass er stolz war. Auch wenn die Story an sich eigentlich ziemlich lahm war. Zudem hatte ich sie bereits mehrfach ertragen müssen. Und typisch Treason kam jedes Mal noch etwas dazu.

Trotzdem half ich ihm: »Du solltest es dir anhören, Hate. Wie er überhaupt in das Gebäude reingekommen ist, war schon fast filmreif«, sagte ich, woraufhin Hate unwillig brummte und Treason mich mit einer Mischung aus Freude und Dankbarkeit ansah. Ich wusste nur nicht, ob das allein der Tatsache geschuldet war, dass ich ihm das Erzählen ermöglicht hatte, oder dass ich mich für ihn eingesetzt hatte. Ich vermutete sogar Letzteres.

»Na dann lass mal hören«, willigte Hate in seinem typischen Brummton ein und Treason begann zu erzählen:

»Zuerst habe ich mir einen Tarnumhang geschaffen. Das war gar nicht so einfach und brandgefährlich! Immerhin habe ich ja ohne jeglichen Schutz dagestanden und hätte jederzeit ermordet werden können!«

Ich rollte mit den Augen. Warum musste er nur immer so übertreiben?

»Nachdem ich mir also unter höchsten Strapazen besagten Umhang erschaffen habe ...«

Ich räusperte mich. War ich nicht derjenige gewesen, der wie eine Kuh über die Wiese getrabt war und das ganze Gras gesammelt hatte?!

Doch Treason ließ sich nicht beirren: »... warf ich ihn über, legte mich flach auf den Boden und robbte zwischen Kameras und Selbstschussanlagen (*Selbstschussanlagen?* – Pffft!) zum Gebäude voran. Ich sage euch, ich habe Blut und Wasser schwitzt. Die Dinger waren scharf geschaltet und hätten mich jeden Augenblick töten können!«

Das »Töten können« betonte er extra stark und ich konnte mir gerade nur zu gut vorstellen, wie irgendwelche dummen, leichtgläubigen Tussis angesichts dieser Worte erschraken und ihn für seinen angeblichen Heldenmut huldigten.

Treason machte eine theatralische Pause, während ich Jay einen Blick zuwarf.

Sein Gesichtsausdruck sagte: *Welche Selbstschussanlagen?!*, doch ich zuckte lediglich mit den Schultern. Er konnte das nicht wissen, aber Treason neigte ... nun ja ... Wie sollte man es schmeichelnd formulieren? Er neigte des Öfteren dazu dezent zum Übertreiben ...

»Nur durch mein geballtes Wissen und meine langjährige Erfahrung ist es mir schließlich gelungen, das Gebäude ohne tödliche Verletzung zu erreichen«, fuhr Treason fort.

Hate warf mir ebenfalls einen Blick zu, der geradezu köstlich war. Er sagte: »Ich bring dich um, dass ich mir diesen Scheiß anhören muss«, doch ich grinste nur zurück.

Ich hatte mir das schließlich die ganze Rückfahrt über anhören müssen! Wenn sie das jetzt einmal erzählt bekamen, brauchten sie sich nicht zu beschweren.

»Nachdem ich also das Gebäude betreten hatte, suchte ich es – ebenfalls unter Aufwendung meiner eben bereits erwähnten unglaublichen Fähigkeiten Raum für Raum ab, bis ich endlich das Schlafgemach des Obersts fand, todesmutig hineineilte, das Buch an mich nahm und diesen ganzen Trakt genauso gerissen verließ, wie ich hineingekommen war.«

Treason drückte den Rücken durch und hob den Kopf. Es sollte ihn wohl größer und erhabener wirken lassen.

Lächerlich ...

»Du bist einfach so hineinspaziert und hast das Buch rausgeholt?«, fragte Jay daraufhin verwundert.

»Was heißt denn hier ›einfach so‹?«, schnappte Treason zurück.

Jay sah mich unsicher an und blickte dann wieder zurück zu Treason. »Na ja, in deiner Erzählung vermisse ich Soldaten, vor denen du dich verstecken musstest, andere Improbas ... Und auch die Tatsache, dass du das Buch auf Anhieb gefunden hast, kommt mir spanisch vor«, erklärte Jay.

Ich nickte zustimmend. Genau das Gleiche hatte ich auch gedacht, als Treason mir die Story das erste Mal erzählt hatte.

»Ich meine, der Oberst hat das Buch nie – wirklich NIE! aus den Augen gelassen. Und jetzt findest du es einfach so? Da ist was faul«, fügte Jay noch hinzu und sah erneut hilfesuchend zu mir.

»Wie ich schon sagte: Was bedeutet ›einfach so‹? Das ist wieder so typisch! Ich riskiere mein Leben und niemand weiß das zu schätzen!« Treason verschränkte die Arme vor der Brust und schaute einen nach dem anderen grimmig an.

»Wir wissen das alle zu schätzen, Treason«, versuchte ich ihn zu beschwichtigen. »Doch du musst zugeben, dass das ein bisschen sehr einfach war alles, oder?«

»Einfach! EINFACH! Pffft!«, schnaubte er und warf mir einen Blick zu, der Feuer gefrieren lassen könnte.

»Einfach für jemanden wie dich, meine ich natürlich«, sagte ich und musste mich bemühen, sämtliche Gesichtsausdrücke und Gesten zurückzuhalten, an denen man erkennen konnte, wie affig ich diesen Satz fand. Doch was tat man nicht alles, um des lieben Friedens willen ...

»Nun ja ... So gesehen hast du Recht. Für einen Könner wie mich war das wirklich ein Klacks«, gab Treason zu. Er schien vorerst besänftigt zu sein.

»Darf ich das Buch mal sehen?«, fragte Jay nun.

»Nein!«, blaffte Treason. »Despair gebührt die Ehre!«

Damit setzten Treason und ich uns auf ein paar Kissen am Fußboden und ich schlug die erste Seite auf.

Mir lief es kalt den Rücken hinunter, als ich erkannte, was der Oberst da alles dokumentiert hatte. Er hatte diesen Barry offenbar über einen längeren Zeitraum hinweg oberserviert und jedes noch so kleine Detail notiert. Darunter jedes winzige Muttermal, das ihn als Zwillingsbruder optisch unterschied, aber auch bestimmte Verhaltensweisen oder Redewendungen, die typisch für Barry waren. Kein Wunder also, dass es ihm so leichtgefallen war, seinen Bruder zu imitieren und seine Position einzunehmen. Das war wirklich ... *erschreckend*!

Ich blätterte weiter. Als Nächstes folgten Aufzeichnungen über die Sensianer, ihre Fähigkeiten, wie viele in der USA lebten ... Ich schluckte.

»Was ist los?«, fragte Treason und sah mich aufmerksam an.

»Ich weiß nicht, ob ihr das wissen möchtet«, erwiderte ich entgeistert.

»Sag uns sofort, was los ist!«, blaffte Hate mich an und machte Anstalten, aufzustehen, doch ich bedeutetet ihm, sich wieder hinzusetzen.

»Unser Oberst ist ein Stalker. Er hat diesen Barry komplett durchleuchtet und alles – einfach ALLES!wie bei einem Forschungsprojekt festgehalten«, begann ich von vorne.

»Dass er 'ne Schraube locker hat, wissen wir doch. Was irritiert dich daran so?«, wollte Hate wissen.

»Das war nur der Anfang. Hier stehen Zahlen ...«

»Zahlen?«, hakte Treason nach.

»Allein in den USA leben angeblich eins Komma fünf Millionen Sensianer«, klärte ich sie auf.

Treason klappte wortwörtlich die Kinnlade hinunter. Auch Hate starrte mich schockiert an und selbst Cruel, der sich bis dato zurückgehalten hatte, entfuhr ein »Oh shit!«.

»Wusstest du das?«, fragte ich Jay, der nur fassungslos mit dem Kopf schüttelte. Irgendwie sah er jedoch noch schockierter aus als wir alle zusammen.

»Ist irgendwas?«, fragte ich ihn deshalb.

»Eins Komma fünf Millionen ist die ungefähre Mannstärke der amerikanischen Armee.« Er sah mich bestürzt an.

»Du meinst, das könnten alles Sensianer sein?« Hate fuhr sich nervös durch die Haare.

Hate! Nervös! *Oh oh ...*

»Ich möchte euch nicht beunruhigen, aber ich wusste, dass ihr ausschließlich für diesen Zweck eingesetzt werdet. Ich wusste nur nicht, dass ihr so viele seid«, bestätigte Jay Hates Vermutung und somit das, was ich mir nun ebenfalls zusammengereimt hatte.

»Heilige Scheiße! Eins Komma fünf Millionen zum Töten ausgebildete Sensianer. Die machen uns platt!«, rief Treason entsetzt und sah mich mit einem »Tu doch was«-Blick an.

»Da gibt es nur eins: Wir müssen den Oberst schnellstmöglich in unsere Gewalt bringen, bevor er die Armee befehligen kann. Wenn das alles so hirnlose Gefolgsleute sind wie unsere Neutralisierten, dann ... reden wir lieber nicht darüber«, antwortete ich und kam doch nicht umhin, mir das Ausmaß dieser Katastrophe vorzustellen.

»Steht denn auch irgendetwas darüber drin, ob wir das wieder ändern könnten?«, fragte Treason hoffnungsvoll und blickte zu Loyalty, die kerzengerade auf der Couch saß und blicklos gegen die Wand starrte.

»Kommt bestimmt noch«, entgegnete ich und blätterte weiter.

Es folgte ein Kapitel darüber, wie wir zu trainieren waren.

»Dieses Schwein!«, entfuhr es mir, nachdem ich die ersten paar Zeilen überflogen hatte.

»Was ist?«, fragte Treason entsetzt.

»Es hätte genug Möglichkeiten gegeben, uns auf unser Impro zu trainieren, ohne das zu tun, was der Oberst uns angetan hat. Da sieht man, was für ein krankes, perverses Schwein er ist«, antwortete ich.

Hate ballte seine Hände zu Fäusten und ließ deutlich hörbar seine Knochen knacken. Kein Wunder. Er hatte unter seiner Ausbildung am meisten zu leiden gehabt und seine Erfahrungen bestätigten nur die Perversion unseres Obersts.

Meine Augen huschten über die Seiten. Jetzt wurde es interessant.

»Die nächste Überschrift: Das Neutralisieren«, hielt ich meine Zuhörer auf dem Laufenden. Auf der ersten Seite des Kapitels wurde der Aufbau des Geräts beschrieben und wie es zu benutzen war. Es las sich wie eine Mischung aus Horror- und Medizinbuch.

Ich schlug die Seite um, dann stockte ich.

Treason war es sofort aufgefallen: »Nun sag schon, Mann! Was ist?«

»Ich fürchte, hier haben wir unsere Antwort, warum das Buch nicht besser bewacht war«, sagte ich und hielt es aufgeklappt in seine Richtung.

»Da sind Seiten rausgerissen worden!«, rief Treason und nahm mir das Buch aus der Hand, um sich zu vergewissern, dass die Seiten auch wirklich fehlten und nicht an anderer Stelle wieder dazugesteckt worden waren.

»Aber ... was könnte das für einen Sinn machen? Uns das Buch vor die Füße zu legen und die betreffenden Seiten herauszureißen?«, fragte Treason und strich gedankenverloren über die ausgefranste Buchmitte.

»Ich kann mir nur vorstellen, dass es als eine Art Ablenkung diente und er einen anderen Plan –« Ich sprang auf und rannte in das Schlafzimmer, in dem Hope lag. Liegen *sollte*!

»Sie ist weg! Hope ist weg!«, brüllte ich durch das ganze Haus, stürzte wieder zurück und stand fassungslos im Zimmer.

»*Was?!*«, fragten Treason, Hate, Cruel und Jay gleichzeitig.

»Wie konnte das passieren? Ich dachte, ihr habt gesehen, wie sie hineingegangen ist?«, blaffte ich die Jungs an.

»Das haben wir auch! Sie hat gemeint, dass sie müde ist, uns eine gute Nacht gewünscht und sich dann schlafen gelegt«, verteidigte sich Hate, doch an seiner Stimme hörte man, dass er selbst total betroffen war.

»Und dass sich der Oberst an euch vorbeischleichen konnte, während ihr alle schlieft?«, versuchte ich die Sachlage zu ergründen, aber ich wusste selbst, wie absurd das klang. Gerade Hate hörte auch im Schlaf jede Stecknadel fallen. Unmöglich, dass sich eine fremde Person an ihm vorbeischleichen und sogar noch jemanden kidnappen konnte, der sich bestimmt heftig gewehrt hatte!

Ich stockte. Es sei denn ...

»Oh Gott! Hope! Was hast du getan?«, rief ich verzweifelt und ließ mich auf die Knie sinken, das Gesicht in den Händen vergraben.

»Was hast du?« Treason kam zu mir und legte seine Hand auf meine Schulter.

Jay trat ebenfalls neben mich. »Ich fürchte, Hope hat sich selbst geopfert«, sprach er das Entsetzliche aus.

Ich schaute auf. Treasons Gesicht wirkte wie versteinert, während Jays von Mitleid erfüllt war.

»Ich hätte es mir denken sollen. So ist Hope. Selbstlos und aufopfernd. Es tut mir leid, dass ich diese Möglichkeit nicht vorher in Betracht gezogen habe«, entschuldigte sich Jay, was jedoch vollkommen unnötig war. Es war nicht seine Schuld. – Wenn dann *meine*.

Warum hatte ich nicht daran gedacht? Warum war ich nicht bei ihr geblieben? Ich hatte doch gesehen, dass es ihr schlecht ging! Ich war so ein verdammter Idiot!

Ich seufzte tief. Jetzt machte das alles einen Sinn. Ihr Verhalten, ihre geistige Abwesenheit und vor allem der Ausdruck in ihren Augen, als ich mich von ihr verabschiedet hatte. Dazu noch der Abschiedskuss, den sie mir gab.

Meine Kehle brannte wie Feuer. Ebenso wie meine Augen. Ich war sonst wirklich kein Typ, der weinte. Doch jetzt konnte ich mich nicht mehr zurückhalten.

Eine heiße Träne rann mir über die Wange, als würde sie meine Haut wegätzen und mich bestrafen wollen.

Wie hatte ich die Zeichen nur so übersehen können? Wie hatte ich nicht mitkriegen können, was in meiner Freundin vorging?

»Wir holen sie wieder!«, brummte Hate plötzlich und sprang auf.

»Ich bin auch dabei. Hope ist eine gute Sensianerin. Das ist nicht gerecht«, pflichtete Cruel ihm bei.

Treasons Hand drückte meine Schulter. »Ich werde auch helfen, Alter. Du kannst auf mich zählen«, versicherte er mir und ich legte dankbar meine Hand auf seine.

»Hope ist mir immer eine wunderbare Freundin gewesen. Ich lass nicht zu, dass dieser kranke Kopf ihr irgendetwas antut«, schloss auch Jay sich an.

Ich schaute in die Runde. Vor mir standen vier Männer, die mir helfen wollten. Die mir helfen wollten, meine große Liebe zu retten. Die bereit waren, sich dabei selbst in Gefahr zu begeben, damit ich glücklich war.

Eine weitere Träne stahl sich aus meinem Augenwinkel. Nein, das waren nicht mehr nur Männer. Das waren Freunde. *Meine* Freunde.

Ich stand auf und drückte jeden von ihnen – selbst Jay, obwohl ich ihn erst kurz kannte.

»Na dann los!«, sagte Hate und ging zur Tür, doch ich hielt ihn zurück. So gern ich direkt losgelaufen wäre, war es sinnvoll, sich zuvor Gedanken zu machen, wie genau wir vorgehen sollten. In nicht einmal drei Stunden würde es hell werden und ich bezweifelte, dass wir noch einmal so einfach in die Militärbasis hineingelangten ...

***

Nach reichlich einer Stunde Lagebesprechung wurde ich immer unruhiger. Jeder Plan, den wir hatten, könnte auf Kosten von Hope gehen. Genau wie die Zeit, die wir hier verplemperten. – Natürlich: *Ich* hatte vorgeschlagen, uns erst etwas auszudenken, aber ich hatte nicht erwartet, dass das so lang dauern würde. Sonst war ich doch schneller in so etwas!

Doch ich wusste auch, woran es lag: Nichts war mir gut genug. Ich wollte Hope keinesfalls in Gefahr bringen und gerade fragte ich mich, was sie wohl mehr gefährdete: ein unüberlegter Zugriff oder verschenkte Zeit.

Ich entschied mich für Letzteres. Wenn Hope in der Zeit, während wir hier fachsimpelten, etwas passierte, würde ich mir das nie verzeihen können!

Alle taktischen Kniffe über Bord werfend stand ich auf: »Sei's drum, Jungs, lasst uns aufbrechen ...«

16. Kapitel

Hope

Müde rekelte ich mich in dem Käfig, als die ersten Sonnenstrahlen durch die Fenster drangen und mich weckten. Meine Glieder schmerzten und ich fror, da ich die ganze restliche Nacht über auf dem kalten Metall gelegen hatte. Despair hatte mir damals zumindest eine Wolldecke als Unterlage zur Verfügung gestellt.

Hach … Despair …

Was er wohl machte? Ob er schon mitbekommen hatte, dass ich weg war?

Einerseits durchfloss mich bei dem Gedanken an ihn ein Funken Hoffnung. Andererseits hoffte ich, dass er nichts Unüberlegtes anstellte.

Ich hatte mir – bis ich endlich eingeschlafen war – noch lange den Kopf darüber zermartert und war doch immer wieder zu dem gleichen Ergebnis gekommen: Es gab einfach keine andere Möglichkeit, als mich dem Oberst zu stellen.

Ich hörte ein Knarren und blickte auf. Die Zimmertür öffnete sich und das Erste, was ich sah, war ein gigantischer Karton, der hineingeschoben wurde.

»Vorwärts! Keine Zeit verlieren! Der Boss weiß Lahmheit nicht besonders zu schätzen!«

Ich brauche eine Weile, bis ich realisiert hatte, wer da sprach und die Stimme zuordnen konnte.

»Ice!«, rief ich erfreut. Ich spürte, wie mein Pro sich bemerkbar machte. Sollte es doch noch Hoffnung geben?

Sechs Männer betraten hinter dem Karton den Raum und hatten weitere Pakete dabei.

Ich versuchte mich so groß zu machen, wie es der Käfig zuließ, doch ich konnte Ice nirgendwo entdecken.

Hatte ich mich geirrt? War ich schon so verzweifelt, dass ich mir etwas einbildete? Bei dem Gedanken bekam ich Gänsehaut. Was, wenn ich wirklich schon am Rande der Verzweiflung stand?

»Was tut ihr da?«, sprach ich die Männer an, die nicht unweit von mir begannen, die Kartons auszupacken.

»Wir-«, wollte einer antworten, doch er wurde unterbrochen:

»Nicht mit dem Subjekt reden!«, herrschte ihn jemand an.

Doch: Das war eindeutig Ice!

»Ice!«, rief ich noch einmal. Wenn ich mich nur kurz mit ihm unterhalten könnte, ohne dass der Oberst es mitbekam, schaffte ich es vielleicht, ihn zu überzeugen, mir zu helfen. Vielleicht gab es ... *Hoffnung*?

»Ice«, rief ich wieder, um ihn zu mir zu locken. »Ich bin's! Hope!«

Und tatsächlich: Nach den Männern betrat nun auch Ice den Raum. Zielstrebig kam er auf mich zu.

»Wir müssen leise sein. Ich weiß nicht, ob der Oberst –«, begann ich, doch ich wurde harsch unterbrochen:

»Schweig!«

»Ice? Was soll das?«, fragte ich verdattert.

»Du sollst die Klappe halten. Sofort!«, fuhr er mich an.

»*Ich* bin's! *Hope!* Erkennst du mich denn nicht?«

Ich war völlig perplex. Jay hatte zwar erzählt, dass der Oberst Ice eine Gehirnwäsche verpasst hatte, doch ich war mir eigentlich sicher gewesen, dass sich – wenn Ice mich erst mal wiedersehen würde und feststellte, dass alles gelogen und ich nicht übergelaufen war alles wieder zum Guten wendete.

Ice kam bis zu meinem Käfig und musterte mich abschätzig. »Du bist gut, Teufel. Du bist wirklich gut. Doch Barry hat mich bereits vor dir gewarnt. Du siehst vielleicht aus wie Hope, doch tief in deinem Inneren bist du die Schlimmste von allen: die Verzweiflung«, sagte er und kniff die Augen zu schmalen Schlitzen zusammen, als könnte er so die Wahrheit (oder *seine* Wahrheit) besser aus mir herauslesen.

»Von was faselst du da bloß, Ice?«, fragte ich ungläubig. *Teufel?* Bitte was?!

»Stell dich nicht so blöd, Teufel. Ich weiß alles über dich. Und rate mal, was ich am meisten an dir hasse? Du hast mir eine gute Freundin genommen und sie bekehrt. Und ich hasse nichts mehr als Untreue«, entgegnete er.

»Sag mal, Ice, hast du Drogen genommen? *Ich bin's! Hope!*«

Fassungslos starrte ich ihn an. Was war nur in ihn gefahren? Und wie kam er auf dieses merkwürdige Teufelsgeschwafel? Ice war bekennender Atheist!

»Verspotte mich nicht, Teufel. Aber ich werde dir helfen, auf deinen rechten Weg zurückzufinden. Schon bald wird deine Umschulung beginnen und dann erlöse ich dich von deinen Leiden.«

Moment! *Was?!*

»Umschulung?!« fragte ich aufgebracht. »Wo ist der Oberst? Ich will sofort den Oberst sprechen!«, verlangte ich, doch Ice schüttelte den Kopf:

»Wer soll das sein? Der Oberst?«, fragte er.

Ich überlegte kurz.

»Barry! Ich möchte Barry sprechen! Bitte!«, versuchte ich es nun etwas freundlicher.

»Barry? Du wagst es, unseren Boss beim Vornamen zu nennen?! Was für ein Frevel!« Ice wurde ganz fahrig.

»*Boss?* Seit wann nennst du Barry überhaupt ›Boss‹? Du hast dich doch sonst so schwer mit Rängen und Titeln getan!« Ich verstand die Welt nicht mehr.

»Der Boss wird ›Boss‹ genannt, weil er der Boss ist, Teufel. Das sollte dir klar sein«, erwiderte Ice nun gelassen und wandte sich zum Gehen. Er warf mir noch einen Blick über die Schulter zu. »Deine Schulung wird in einer Stunde beginnen. Freu dich auf deine Erlösung.« Mit diesen Worten verließ Ice das Zimmer.

»Zur Hölle! Was soll das? Was ist verflucht noch mal los mit dir?«, schrie ich ihm hinterher, doch Ice hörte nicht mehr. Stattdessen kamen zwei der übrigen Männer – ich schätzte sie auf Mitte dreißig zu mir und grinsten mir süffisant entgegen.

»Was!«, blaffte ich sie an.

»Wie unhöflich du sein kannst«, sagte der eine.

Ich betrachtete die beiden genauer. Rein optisch hätten sie Improbas sein können, doch ich spürte keines ihrer Gefühle.

»Ich glaube, die Kleine ist verwirrt«, antwortete der andere.

»Du meinst, wir sollten uns vorstellen?«

»Das denke ich ...« Daraufhin streckte einer die Hand durch den Käfig und bedeutete mir mit einem Blick, sie zu nehmen.

Als ich ihn berührte, durchzuckte mich ein widerliches Gefühl.

»Du bist ...«, stammelte ich los.

»*Distrust.* Das Misstrauen. Sehr angenehm«, erwiderte er und lächelte mich mit einer Reihe weißer Zähne an. Doch das Lächeln war kalt. Kalt und falsch.

»Und du?«, fragte ich den anderen vorsichtig. Ich wusste nicht, ob ich das wirklich wissen wollte, da der Typ daraufhin verboten grinste.

»Soll ich mich wirklich vorstellen?«, erwiderte er. Der Klang seiner Stimme war genauso wahnsinnig, wie der Ausdruck in seinen Augen.

Dennoch reichte ich ihm meine Hand. Schließlich sollte ich wissen, mit wem ich es zu tun hatte.

Der eigentlich gutaussehende Mann griff danach und sein Lächeln wurde noch breiter. Genau wie seine Augen jetzt noch dämonischer wirkten.

Im letzten Moment überlegte ich, meine Hand wieder wegzuziehen, doch zu spät: Der Mann berührte mich und mir wurde augenblicklich so schlecht, dass ich mich wegdrehen und übergeben musste. Ich hatte plötzlich Gänsehaut auf meinem ganzen Körper. Selbst im Gesicht, dabei hätte ich niemals gedacht, dass so etwas überhaupt möglich war, und ich fühlte mich, als ... Ja ... wie sollte ich das beschreiben? Ich fand kein Wort dafür.

Distrust begann schallend zu lachen. »Du hast aber auch eine einschlagende Wirkung auf die Damenwelt!«

»Danke«, erwiderte der noch Namenlose.

»Und du bist jetzt?«, fragte ich zitternd.

»Verzeih, wo bleiben meine Manieren. Obwohl es auch ein bisschen kränkend ist, dass du es nicht erkennst.«

Ich schüttelte als Antwort den Kopf, wenngleich er gar keine verlangt hatte.

»Ich bin *Psycho.* Und ja ... meine Fähigkeit lässt die Menschen verrückt werden, durchdrehen, überschnappen – such dir was aus.«

Ich nickte. Nicht, weil ich irgendetwas darauf erwidern wollte. Mir war nur gerade klargeworden, warum Ice sich so bescheuert verhalten hatte.

Ich lehnte mich hinter mir an die Gitterstäbe und stieß einen tiefen Seufzer aus, auch da ich meine neugewonnene Hoffnung in Bezug auf Ice wie ein Blatt im Wind an mir vorbeisegeln sah.

Was sollte ich denn jetzt machen? Wie sollte ich dagegen konkurrieren? Solange diese Typen um ihn herumschwirrten, war es unmöglich, normal mit ihm zu reden. Und was sie anrichteten, durfte ich ja bereits bewundern.

»Sie sagt nichts mehr«, stellte Distrust leicht enttäuscht fest.

»Tja ... die Weiber sind immer sprachlos, wenn sie mich kennenlernen. Vielleicht freut sie sich aber auch so sehr auf ihr baldiges Training, dass es ihr die Sprache verschlagen hat«, erwiderte daraufhin Psycho.

Da ich immer noch nichts sagte, wandten sich die beiden wieder zur Tür.

»Wartet!«, rief ich ihnen hinterher. »Das Training, wie sieht das aus?«

»Das wirst du schon noch früh genug erfahren«, antwortete mir Distrust. Dann gingen sie lachend zu den anderen Männern, die – wie ich vermutete ebenfalls Improbas waren und stumm gewartet hatten, erteilten zwei von ihnen irgendwelche Anweisungen und verließen danach zu viert das Zimmer.

Ich hingegen saß wie ein Häufchen Elend in meinem Käfig und beobachtete, was die zwei Verbliebenen so trieben.

Sie machten sich am Inhalt des überdimensionalen Kartons zu schaffen. Zuerst hatte ich nicht die geringste Ahnung, worauf das hinauslaufen konnte, doch nach und nach erkannte ich, was die beiden da aufbauten.

»Ein Pool?!«, rief ich ihnen zu.

Sie beachteten mich nicht.

»*Das* soll mein Training sein? Ich soll schwimmen?«

Verwirrt starrte ich zu ihnen hinüber. War das wirklich deren Ernst? Wenn sie glaubten, dass Wasser mich genauso schockte wie Despair, waren sie schief gewickelt. Ich war eine sehr gute Schwimmerin. Man könnte sogar so weit gehen, und es als *mein Element* bezeichnen.

»Hallo? Könnt ihr nicht reden?«, sagte ich so laut, dass sie mich trotz des Montagelärms gehört haben *mussten*, doch sie ignorierten mich weiterhin.

Also schön!

Ich lehnte mich zurück an die Gitterstäbe und beobachtete die beiden weiterhin, bis schließlich das gesamte Becken – Pool war das falsche Wort, denn das durchsichtige Ungetüm ragte fast bis zur Zimmerdecke hoch – aufgebaut war und Wasser hineinplätscherte. Dabei wurde mir immer flauer im Magen. Erst jetzt begann ich wirklich zu realisieren, was mich hier eigentlich erwartete: eine *Umschulung*!

Der Oberst – dieses miese Schwein!

Ich seufzte erneut und vergrub mein Gesicht in den Händen. Was hatte ich eigentlich erwartet? Dass der Oberst plötzlich Fairplay spielen würde? – Nein, wenn ich ehrlich war, hatte ich nicht wirklich damit gerechnet. Ich hatte nur die aberwitzige Hoffnung gehegt, dass er Despair in Ruhe lassen würde, sobald er mich hatte. Und hegte sie noch immer, wenn ich ehrlich war ...

Mein Blick wanderte wieder hin zum Pool. Ich hatte Despair nie gefragt, *wie genau* er damals geschult worden war. Doch wenn ich mir seine panische Angst vor tiefem Wasser vor Augen führte, konnte es nur mit dem Schwimmbecken zusammenhängen. Ob sie ihn als Kind ins Wasser geworfen hatten, obwohl er noch nicht schwimmen konnte? Ob sie ihn immer wieder untergetaucht hatten, so dass er das Gefühl bekam, er würde gleich ersticken? – Ein entsetzliches Gefühl!

Ich erinnerte mich daran, dass mir einmal etwas Ähnliches passiert war allerdings unbeabsichtigt.

Ich war mit meinen Schwestern in einem See schwimmen gewesen. In der Mitte des Sees befand sich eine Holzinsel, die mit Ketten im Boden verankert war, um sie stets an der gleichen Stelle zu halten, und auf die man hinaufklettern konnte, um sich dort zu sonnen. Eines Tages war ich um die Insel herumgetaucht und aufgrund der Trübe des Wassers versehentlich darunter geraten. Ich wusste nicht mehr genau, wie das passiert war ... Jedenfalls hatte ich die Orientierung verloren und egal, in welche Richtung ich schwamm: Immer, wenn ich auftauchen wollte, knallte ich mit dem Kopf gegen die Unterseite des Holzes. Ich wurde panisch! Megapanisch! Ich dachte, ich müsste nun ertrinken, auch da dieses widerliche Gefühl, Luft zu brauchen, aber nicht atmen zu können, meinen ganzen Körper beinahe lähmte. Jedoch hatte ich das Glück, im letzten Moment mit ein paar weiteren unbeholfenen und planlosen Schwimmzügen doch noch unter der Insel hervorzukommen und wiederaufzutauchen.

Nachdem mir das passiert war, habe ich mich nie wieder in der Nähe der Insel begeben. Nie wieder! Und ich konnte mir gut vorstellen, dass es Despair mit seinen Erfahrungen bezüglich des Schwimmens ähnlich ging …

Die Erinnerung hatte mich so gefangen genommen, dass ich gar nicht mitbekommen hatte, dass die Improbas verschwunden waren. Dafür nahm ich nun eine andere Präsenz umso deutlicher war: den Oberst!

»Na? Träumst du schon von deiner Umschulung?«, sprach er mich an. Obwohl er nur ein Mensch war, konnte ich seinen Hass, seine Verachtung und seinen Vergeltungswillen überdeutlich spüren.

»Sie hatten gesagt, dass Sie mich neutralisieren werden. Von einer Umschulung war nie die Rede«, brachte ich mühsam hervor. Jetzt, da er so dicht vor mir stand – vermutlich auch noch aufgeputscht durch die ganzen negativen Gefühle der Improbas, die die Atmosphäre hier vergifteten – wirkte er plötzlich ziemlich einschüchternd auf mich.

»Das habe ich gesagt. Das stimmt«, bestätigte er.

»Und?«

»Nun ja, da wir gestern so eine wunderbare Unterhaltung geführt haben, dachte ich, dass es eigentlich schade wäre, dir dein freches Mundwerk und deinen Biss zu nehmen. Viel interessanter wäre es doch, wenn ich genau diese Eigenschaften mit einem Impro kombinieren würde.« Der Oberst lächelte verschlagen.

»Sie haben gelogen«, erwiderte ich tonlos und gleichzeitig fragte ich mich, wie der Oberst so Oberst bleiben konnte, während Ice völlig ausgetickt war. Oder hatte sich der Oberst genau aus diesem Grund zuvor nicht blicken lassen? Weil die Improbas hier waren? Wo auch immer sie sich nun aufhielten …

»Los, Kleines, fangen wir an.« Der Oberst schloss den Käfig auf und reichte mir seine Hand.

Ich überlegte, ob ich ihn vielleicht überwältigen könnte, doch dann bemerkte ich im Augenwinkel, dass Ice im Türrahmen stand – und entschied mich dagegen.

Wer wusste schon, zu was er mittlerweile fähig war.

17. Kapitel

Despair

»Jetzt macht schon!«, blaffte ich die Truppe ungeduldig an. Ich wusste, dass sie mir nur helfen wollten und nur noch dabei waren, die Neutralisierten anzuweisen, hierzubleiben. Ich war auch mehr als dankbar dafür! Trotzdem ging mir gerade alles viel zu langsam!

Ich schritt voran zur Haustür, als es plötzlich klopfte. Irritiert blieb ich stehen. Hope? Oder der Oberst? – Nein, der Oberst klopfte nicht.

Ich sah mich nach den anderen um, die nun ebenfalls wie vom Donner gerührt hinter mir standen.

»Wer ist da?«, formte ich mit den Lippen zu ihnen.

Einheitliches Achselzucken war die Antwort.

Ich wollte nach der Türklinke greifen, da klopfte er erneut. Kurz zögerte ich, dann griff ich beherzt zu und öffnete vorsichtig die Tür – natürlich nicht, ohne mich vorher in eine Verteidigungsposition gebracht zu haben.

Vor der Tür stand eine Frau mit platinblonder langer Mähne, einer Sonnenbrille auf der Nase und einem schwarzen Kostüm als Kleidungsstück.

Sollte das ein verdammter Witz sein? Wollte hier jemand Hope imitieren?

Ich runzelte die Stirn und knirschte mit den Zähnen.

»Hier bin ich. Wie bestellt. Sind Sie allein? Dann können wir die Verträge unterzeichnen.« Noch bevor ich die Frau aufhalten konnte, war sie an mir vorbeigehuscht und platzierte sich mitten im Wohnzimmer. Irgendetwas an ihr brachte mich total aus der Fassung. Ich wusste nur gerade nicht, was.

»Sind Sie allein?«, fragte sie noch einmal.

Ich nickte perplex. – *Wer war das?!*

Doch noch bevor sie auf einmal anfing, ihre Perücke abzunehmen, wusste ich es:

»Vic!«, rief ich erfreut und gab meinen Brüdern – die ebenfalls alle kampfbereit dastanden ein Zeichen, ihr nichts zu tun.

»Oh Mann! Was bin ich froh, dass ich euch gefunden habe«, schnaufte sie, während sie sich durch ihre roten Haare fuhr und die Sonnenbrille abnahm.

»Hey Vic«, grüßte Treason und zog sie in den Arm. »Schön, dass wir dich wiederhaben.«

»War gar nicht so einfach, aber ich hab's geschafft«, erwiderte sie mit einem frechen Grinsen.

»Hi Vic«, grüßte auch Cruel und Jay nickte ihr freundlich zu.

»Wie hast du uns gefunden?«, fragte Hate und drückte sie ebenfalls an sich. – *Moment?!* Hate drückte jemanden freiwillig an sich? Er schien sie wirklich gern zu haben. Und er hatte sich verändert. *Zurück*verändert.

»Tja ... ich würde sagen, das ist der Vorteil, mal einen dubiosen Freundeskreis gehabt zu haben«, antwortete sie kryptisch.

»Und das heißt?«, hakte Hate nach.

»Einer davon ist Hacker und schleust für Firmen Viren und Spyware in die Computersysteme der Konkurrenzfirmen ein. Ich hab ihn gebeten, anhand Despairs Handynummer sein Handy zu orten und ja ... hier stehe ich.« Sie lächelte verlegen.

»Er konnte mein Handy orten? Wie?«, fragte ich entgeistert. Ich wusste nicht, ob ich mich darüber freuen oder vollkommen entsetzt sein sollte.

Vic nickte zaghaft. »Ich weiß es nicht, aber mach dir keine Sorgen, Despair: Er ist wirklich gut in dem, was er tut, und selbst er hatte große Mühe, dich ausfindig zu machen. Sonst wäre ich schon viel früher gekommen.«

»Das wärst du mal besser«, seufzte ich und musste sofort wieder an Hope denken.

»Warum? Was ist los?«, stutzte sie.

»Siehst du hier Hope irgendwo?«

Sie blickte sich kurz um. »Nein. Das war mir direkt aufgefallen, aber ich dachte, sie ist vielleicht im Badezimmer? Ansonsten seid ihr doch vollzählig, oder?«

»Ja, das sind wir. Und Hope siehst du nicht, weil sie nicht da ist«, erwiderte ich schwermütig.

»Wo ist sie denn?«

»Wir fürchten, sie ist beim Oberst …«

»*Was?!* Ich dachte, dieses Schwein sei tot?!«, reagierte Vic entsetzt.

»Das dachten wir alle«, schnaubte ich.

»Und jetzt? Wie hat er es geschafft, sie zu kidnappen?«

Ich schüttelte langsam den Kopf. »Ich fürchte, sie ist freiwillig gegangen.«

»Warum sollte sie so etwas Dummes tun?«, hakte Vic verständnislos nach.

»Genaueres wissen wir es nicht. Aber es gab keine Einbruchsspuren, nachdem sie verschwunden war, und wer Hope kennt, weiß, dass sie alles für ihre Liebsten tun und riskieren würde«, antwortete ich.

»Du meinst, sie hat sich auf den Weg gemacht, den Oberst allein auszuschalten?« Vics Augen wurden größer und größer.

»Ich weiß nicht, was sie vorhat. Entweder versucht sie es tatsächlich oder sie will dem Oberst einen Deal vorschlagen. Unser aller Leben gegen ihres. Und da sie weiß, dass sie in seinen Augen der größte Dorn ist und er eigentlich nur sie möchte, könnte ich mir Letzteres sehr gut vorstellen.«

In Vics Gesicht stand nun pures Entsetzen.

Doch was sollte ich sagen? Gerne hätte ich ihr eine erfreulichere Nachricht von Hope übermittelt, doch die gab es nicht.

»Und was steht ihr dann noch hier rum? Lasst uns sie retten!«, entgegnete Vic entschlossen und ging zurück zur Tür.

»Moment!«, rief ich und hielt sie an der Schulter fest. »Wir waren tatsächlich gerade auf dem Weg zu ihr, doch du bist da nicht eingeplant.«

»Ach nein? – Tja … dumm nur, dass du mir rein gar nichts zu sagen hast«, schnappte sie und sah mich auffordernd an.

Auch wenn ich mich gerade über ihre Starrköpfigkeit ärgerte, brachte sie mich doch innerlich zum Schmunzeln. Kein Wunder, dass Hope und sie sich so gut verstanden. Hope hätte genau das Gleiche gesagt.

»Also?«, forderte Vic uns auf.

Ich seufzte ergeben. Ich würde es ihr sowieso nicht ausreden können und da auch meine Brüder keine Einwände erhoben, wollte ich es dieses Mal einfach akzeptieren. Zumal ich keine Lust hatte, zusätzliche Zeit mit irgendwelchen sinnlosen Diskussionen zu verschwenden.

»Okay, dann los«, willigte ich ein.

Vic klappte die Kinnlade runter. Sie konnte offenbar selbst nicht glauben, dass ich so schnell klein beigegeben hatte, doch wie bereits erwähnt: Wir hatten keine Zeit!

»Gute Entscheidung, Alter«, sagte Treason und klopfte mir auf die Schulter.

»Find ich auch«, äußerte sich auch Cruel und ging hinüber zu Vic.

Von Hate kam ein »Mmh, mmh« und selbst Jay nickte mir zu.

Keine fünf Minuten später saßen wir zu sechst im Auto. Zum Glück war ich der Fahrer, deswegen hatte ich mit dem extremen Platzmangel keine Probleme. Hate auch nicht, er hockte neben mir. Treason, Cruel, Jay und Vic allerdings saßen wie die Ölsardinen auf der Rückbank und konnten sich nicht bewegen.

Mir entwich ein Grinsen, als Vic maulte, sie würde gerade zu einer Flunder mutieren.

»Du wolltest es so«, kommentierte ich und fing mir dafür einen tödlichen Blick über den Rückspiegel ein.

Ich mochte Vic. Und wenn ich ehrlich war, war ich sogar froh, sie nun dabeizuhaben.

»Was ist das?«, fragte Vic, die direkt neben Treason saß und auf seine Brusttasche schaute, aus der das braune Lederbuch des Obersts ragte.

»Leider nicht das, was wir uns erhofft hatten«, antwortete er und erzählte Vic die Geschichte dieses ominösen Buchs.

»Echt jetzt?! Dieser Arsch hat die relevanten Seiten herausgerissen?«, fragte sie fassungslos.

»Das vermuten wir, ja«, erwiderte Treason.

»Mach dir keine Gedanken, Treason: Wenn sie so wichtig waren, dass er sie sogar herausgerissen hat, nur damit ihr sie nicht bekommt, wird dieser Oberst sie garantiert aufgehoben haben und wir können sie stehlen«, entgegnete Vic aufmunternd.

Ja, auch das konnte Vic gut: Leute aufmuntern. Das war mir bei ihr und Hope auch schon mehrfach aufgefallen.

»Mir gefällt, wie du denkst, Schätzchen«, grinste Treason und nickte zustimmend mit dem Kopf.

»Darf ich das Buch mal sehen?«, fragte sie vorsichtig.

»Wenn du es schaffst, es mir aus der Tasche zu ziehen? Ich kann mich nicht bewegen«, erwiderte Treason, was mich noch mehr schmunzeln ließ.

Treason bemerkte es durch meinen Rückspiegel und schlug mit seiner Hand kräftig von hinten gegen meinen Fahrersitz.

»Ey! Ich dachte, du kannst dich nicht bewegen«, beschwerte ich mich grinsend.

»Dafür reicht's noch!«, blaffte er.

Ich wusste nicht, woher meine plötzliche Euphorie kam, zumal ich wegen Hope eigentlich total niedergeschlagen war. Doch hier saßen wir, machten uns gemeinsam auf den Weg zu ihr. Meine Brüder – nein, meine Freunde und ich. Unser Ziel: Hope retten. Vic, ebenfalls eine Freundin, war dabei, um uns zu helfen. Und selbst Jay, den ich erst seit kurzem kannte, wollte alles für Hope riskieren und hatte kein einziges Mal nach den möglichen Konsequenzen gefragt.

Und das Beste an allem war: Die Truppe war verlässlich.

Woher ich das wusste? – Sie waren nicht gegen Geld mitgekommen, sondern aus freien Stücken, weil Hope ihnen etwas bedeutete.

Freundschaft und Liebe die beste Motivation, die solch ein Vorgehen haben konnte.

Und ich? Ich war mir sicher, dass wir es schaffen würden. Denn ich hatte … *Hoffnung …*

***

Auf dem weiteren Weg zur Militärbasis blätterte Vic in dem Buch. »Das ist ganz schön krass, was hier so drinsteht. Ich hatte ja bereits vermutet, dass ihr noch einem anderen Zweck dient, aber das hier sprengt jegliche Vorstellungskraft«, kommentiere sie die gelesenen Seiten.

Ich nickte zustimmend.

»Und was wollt ihr jetzt machen? Ich meine, habt ihr euch schon einen Plan zurechtgelegt, wie wir Hope da rausholen?«, wollte sie wissen.

»Reingehen, Oberst plattmachen, Hope mitnehmen«, erwiderte Hate knapp.

Ich verdrehte die Augen. Ich wusste, dass er es gut meinte, doch Hates Methode wäre sicherlich nicht von Erfolg gekrönt.

Hate bemerkte meinen Blick.

»Was denn? Vorhin kam dir ja auch keine bessere Idee«, brummte er.

»Leider nicht. Aber ich denke, wir sollten schon etwas vorsichtiger vorgehen. Immerhin hat er Hope und ich möchte auf keinen Fall riskieren, dass sie ebenfalls diesem Neutralisator-Weib zum Opfer fällt«, erwiderte ich – und hoffte gleichzeitig, dass das nicht schon längst geschehen war.

Ich schluckte. Was, wenn wir zu spät kamen? Wenn der Oberst sie schon längst neutralisiert hatte und Hope mich nicht mehr erkennen würde?

Ein unbekannter Schmerz zog sich plötzlich durch meine Herzgegend. Doch es war kein Gefühl, es war wirklich ein körperlicher Schmerz.

Schnaufend hielt ich mir die linke Brust und hielt kurz die Luft an. Dann verschwand der Schmerz genauso schnell, wie er gekommen war.

Puh! Hölle! Was war das denn?!

»Alles in Ordnung?«, fragte Hate leise.

Während unserer Ausbildung hatten wir eigentlich gelernt, Schwächen vor unseren Mitstreitern zu verbergen.

Ich schaute unauffällig in den Rückspiegel. Von den anderen schien niemand etwas mitbekommen zu haben. Gut!

Ich nickte Hate zu und konzentrierte mich wieder aufs Fahren.

»Ich hab mir was überlegt, Jungs«, sagte Vic.

Nicht schon wieder!

»Vergiss es, Vic«, entgegnete ich direkt.

Enttäuscht sah sie mich an. »Warum? Du weißt doch noch gar nicht, was ich sagen will?«, beschwerte sie sich.

»Und wie ich das weiß«, hielt ich dagegen. »Du hast dir wieder irgendeinen Plan ausgedacht, der dich in immense Gefahr bringen würde, wenn er schiefgeht.«

Vic lächelte. »Das wäre möglich. Aber zum Glück sind meine Pläne bis jetzt ja nie schiefgegangen.« Sie zwinkerte mir zu, während Treason mir in den Rücken fiel und beipflichtend nickte.

»Treason, du bist keine große Hilfe«, sagte ich und sah über den Rückspiegel zu Cruel, der nur mal lässig mit den Schultern zuckte.

»Ich denke, wir können Vics Hilfe gut gebrauchen. Sie ist kein Improba. Sie wird von den anderen nicht direkt als Feindbild erkannt und –«, mischte sich nun Hate ein, doch ich unterbrach ihn:

»Sag mal, hast du vergessen, dass einer von denen sie halb aufgeschlitzt hat?«, fuhr ich ihn an.

Er stockte. »Um ehrlich zu sein, hatte ich das wirklich vergessen«, antwortete er leicht zerknirscht und warf einen entschuldigenden Blick zu Vic.

»Hier steht drin«, Vic wedelte mit dem Buch, »dass allein in der USA eins Komma fünf Millionen Sensianer leben. Die Chance, dem Gleichen dabei zweimal über die Füße zu laufen, ist schon eher gering, oder?«, antwortete sie siegessicher.

»Nein. Ich halte das sogar für *sehr* wahrscheinlich. Unser Oberst umgibt sich mit Vertrauenspersonen und die sind immer die gleichen«, antwortete ich daraufhin ehrlich.

»Wenn ich mich auch mal kurz einmischen dürfte«, meldete ich nun Jay zu Wort.

»Ja?« Ich sah ihn über den Rückspiegel an.

»Da der Oberst nun Barrys Identität genießt, hat er eine besondere Vertrauensperson: Ice. Aufgrund seiner Vergangenheit ist er absolut loyal, aber wenn du es irgendwo probieren möchtest, dann musst du wohl ihn wählen«, riet Jay Vic.

»Absolut loyal und bei Ice probieren – das passt aber nicht wirklich zusammen«, erwiderte ich skeptisch.

»Das ist korrekt. Trotzdem denke ich, er wäre die einzige Möglichkeit. Wenn auch eine sehr unsichere.« Jay sah mich entschuldigend an.

»Gut. Dann werde ich versuchen, Ice davon zu überzeugen, dass Barry – beziehungsweise der Oberst ein falsches Spiel spielt«, antwortete Vic fest entschlossen.

»Ähm … Vic? Hast du mitbekommen, was Jay gesagt hat? Die Chance ist absolut gering und bevor du dich unnötig in Gefahr begibst –«

Doch sie unterbrach mich: »Ich weiß sehr wohl, auf was ich mich da einlasse. Aber erstens denke ich nicht, dass euer ›Plan‹ – welcher auch immer das sein mag von mehr Erfolg gekrönt sein wird, und zweitens bin ich nicht diejenige, an der der Oberst Interesse hat.«

»Argh! Du bist so … *starrköpfig*!«, schimpfte ich, doch Vic ließ sich davon gar nicht aus der Ruhe bringen:

»Ich werde mein Bestes tun, um Hope zu helfen. Ob dir das passt oder nicht«, schloss sie die Unterhaltung kühn und wendete sich dann wieder dem Buch zu.

»Mach doch, was du willst«, schnaubte ich und konzentrierte mich wieder aufs Fahren. Ich wollte Vic doch nur beschützen. Mittlerweile musste sie doch mitbekommen haben, wie krank der Oberst war. Warum nur kapierte sie das nicht?!

»Gleich wird's ernst«, sagte Jay, vermutlich, weil er die angespannte Stimmung, die sich nach Vics und meinem kleinen Disput gebildet hatte, durchbrechen wollte.

»Wir sind bald da?«, fragte Vic interessiert.

»Ja«, bestätigte Jay.

»Wie bald?«, hakte sie nach.

»Wir müssen nur noch diese Straße entlangfahren, die nächste rechts abbiegen und dann steuern wir quasi direkt auf die Militärbasis zu«, erklärte er ihr.

Ich seufzte. Das hieß doch schon wieder nichts Gutes, wenn sie so genau nachfragte.

»Lass mich raus!«, verlangte sie prompt und tippte mir von hinten auf die Schulter.

»Bitte was?!«

»Du hast mich schon verstanden«, erwiderte sie.

»Ich kann dich doch hier nicht –«, begann ich, doch schon wieder wagte sie es, mich zu unterbrechen:

»Du sollst mich rauslassen. Ich laufe den Rest und meine Chancen sind größer, wenn ich nicht vorher mit dem Feind gesehen werde«, beharrte sie.

Ich knirschte mit den Zähnen. Was für ein Wahnsinn!

»Da hat sie Recht«, pflichtete Treason ihr bei und auch Jay und Cruel sah ich im Rückspiegel nicken.

Ich warf einen kurzen Blick zu Hate, der mich ebenfalls auffordernd ansah.

»Na schön«, gab ich mich geschlagen und fuhr rechts ran. Es war noch ein gutes Stück zu laufen und vielleicht hatten wir die Sache schon geregelt, bevor sie es überhaupt dorthin geschafft hatte.

Mit diesem Gedanken ließ ich sie aussteigen und wir fuhren weiter bis zu der Stelle, wo ich mich bereits beim ersten Mal mit Treason versteckt hatte.

Nachdem wir alle ausgestiegen waren, lehnte Treason sich zu mir rüber. »Dir ist schon klar, warum Vic so drauf ist, oder?«, fragte er mich.

Ich nickte. »Sie liebt Hope. Sie will ihr helfen.«

Doch Treason schüttelte den Kopf. »Sie hat Hoffnung, Despair. Und weißt du warum? Weil du sie so stark ausstrahlst, dass sogar ich es spüre.«

Er ging zu den anderen, während ich wie angewurzelt stehenblieb.

Was hatte er da gesagt? Ich strahlte Hoffnung aus? Ich als Despair?

»Kommst du jetzt oder sollen wir das Ding alleine rocken?«, forderte Treason mich auf.

Ich schüttelte den Kopf und schloss zu den Jungs auf.

Jay erklärte uns, wo welche Kameras angebracht waren, und in welchem Minutentakt sie welchen Bereich filmten. Das Reinkommen würde schon mal ein Kinderspiel werden. Hoffte ich.

Warum um alles in der Welt hatten wir Jay nicht schon beim ersten Mal mitgenommen? Dann hätten wir uns auch Treasons Grasumhang sparen können ...

»Ich denke übrigens das Gleiche wie du«, flüsterte Treason mir auf meinen Gesichtsausdruck hin zu, was mich schmunzeln ließ.

Nachdem wir vereinbart hatten, wer mit welcher Person lief und wer wem den Rücken deckte, machten wir uns auf den Weg hinein in die Militärbasis.

18. Kapitel

Hope

»Du gefällst mir richtig gut, mein Liebchen. Ketten stehen dir ausgezeichnet«, amüsierte sich der Oberst und betrachtete mich selbstherrlich vom Beckenrand aus.

Ich zog verärgert die Augenbrauen in die Höhe, kommentierte seine dumme Bemerkung jedoch nicht. Ich wollte ihm nicht noch mehr Erfolg gönnen, indem ich mich zu einem Streitgespräch hinreißen ließ und aufgrund meiner nachteiligen Position am Ende noch den Kürzeren zog.

Meine Zähne klapperten, was dem Oberst ein noch breiteres Grinsen bescherte.

Ja, sehr witzig!

Ich wusste ja nicht, wie Despairs Training ausgesehen hatte, aber meine Umschulung war bis jetzt nicht wirklich schlimm. – Nur kalt.

Der Oberst hatte meine Hände in Ketten gelegt und mich in den Pool geschubst. Eigentlich kein Problem. Wie bereits erwähnt, war ich eine gute Schwimmerin und ein paar zusammengebundene Hände machten mir nichts aus. Vielmehr war das Wasser selbst das Problem. Seine Temperatur konnte maximal achtzehn Grad betragen und nachdem ich den ersten Schock des Reinwerfens überwunden hatte, begannen meine Zähne nun nach gut einer halben Stunde trotz Bewegung zu klappern. Mir wurde kälter und kälter.

»Ist dir kalt?«, schnarrte der Oberst.

»Leck mich!«, entgegnete ich und ärgerte mich gleichzeitig, dass genau in diesem Moment meine Zähne besonders heftig aufeinanderschlugen.

»Na, na, na … Wer wird denn gleich so unhöflich werden. Andererseits danke ich dir dafür.«

»Wofür?«, fragte ich irritiert.

»Dass du mir damit deutlich zu verstehen gibst, dass deine Belastungsgrenze noch lange nicht erreicht ist«, erwiderte er mit einem listigen Grinsen. Dann piepte sein Handy und er warf einen kurzen Blick darauf. Sein sowieso schon unausstehliches Grinsen wurde noch einmal breiter.

»Tja, meine Liebe. Sieht so aus, als müsstest du dich vorerst weiter mit Ice vergnügen. Es gibt eine höchsterfreuliche Angelegenheit, der ich mich leider zuerst widmen muss. Aber ich denke, ihr kommt schon klar miteinander. Immerhin seid ihr ja langjährige Bekannte.«

Der Oberst stieß einen Pfiff aus und Ice kam zu uns.

»Du kennst die Vorgehensweise.«

Ice nickte.

Dann lehnte der Oberst sich zu ihm hinüber und sprach ganz dicht an seinem Ohr, doch ich hörte es trotzdem:

»Und denk daran: Sie ist nicht mehr die, die du kanntest. Ein Weib voller Lügen und Niedertracht. Du kannst ihr nicht vertrauen.«

Ice nickte wiederholt und der Oberst verließ den Raum.

Ich schaute zu Ice und versuchte abzuschätzen, in welcher geistigen Verfassung er sich gerade befand. Als er eben mit dem Oberst kommuniziert hatte, wirkte er nicht mehr ganz so psychopatisch wie bei unserem letzten Aufeinandertreffen. Andererseits musste das auch nichts heißen. Konnte ja gut sein, dass er ausschließlich auf mich so reagierte.

Unwillkürlich ließ ich den Blick durch den Raum schweifen und suchte nach den beiden Improbas, die sich mir vorgestellt hatten und deren »Gaben« ich für Ices Betragen verantwortlich gemacht hatte. Sie schienen offensichtlich nicht da zu sein. Sehr gut!

Ob ich es noch mal bei Ice probieren sollte?

Er stand neben dem Becken und schaute mich zwar nicht direkt an, doch ich registrierte genau, dass er mich aus dem Augenwinkel heraus beobachtete.

»Ice?«, richtete ich vorsichtig das Wort an ihn und bemerkte, dass ich mich schon von ganz alleine in eine abwehrende Haltung begab. Wer wusste schon, wie er reagierte?

»Ich soll nicht mit dir reden. Du lügst, wenn du den Mund aufmachst, Teufel«, entgegnete er sofort.

Obwohl er gemein und abweisend klang, freute ich mich doch über seine Worte. Er war zwar alles andere als kooperativ, aber immerhin hatte er nicht gleich wieder so einen Ausraster bekommen. Es schien also wirklich an den Improbas gelegen zu haben und diese waren nun offenbar weit genug weg. Was für ein Glück!

»Ice, hör mir bitte zu. Nur fünf Minuten«, bat ich ihn eindringlich.

Er zog abschätzig die Brauen in die Höhe. »Vergiss es!«

Doch ich ließ mich nicht beirren. Irgendetwas sagte mir, dass Ice zwar voll und ganz hinter diesem »Barry« stand, er aber noch nicht vollständig aus seinem Gedächtnis radiert hatte, wie gut *wir* mal befreundet waren.

Das hier war nicht Barry! Und Ice musste davon erfahren! Vielleicht könnte er uns dann alle retten?

»Ich erzähl dir jetzt was, Ice. Und ich bitte dich wirklich inständig, mal genauer darüber nachzudenken und zu überlegen, ob ich nicht doch die Wahrheit sage.«

Ice reagierte nicht.

Hm … Ich sah das jetzt einfach mal als guten Anfang. Immerhin war er nicht abermals wie eine Furie auf mich losgegangen und hatte mir den Mund verboten.

»Dieser ›Barry‹ dort ist nicht Barry.«

Ice begann zu grinsen. »Echt jetzt?! Etwas Besseres fällt dir nicht ein?!«

»Nein, Ice. Du musst mir das glauben. Unser Barry ist tot. Dies hier ist sein Zwillingsbruder und er ist so von Rache und Missgunst so zerfressen, dass er die ganze Menschheit ins Elend stürzen will, nur um sich selbst zu bereichern.«

Ice schnaubte. »Der Boss hatte mir bereits gesagt, dass du nach deinem Desertieren eine blühende Fantasie entwickelt hast, nur um uns alle zu täuschen. Aber das hier ist schon echt filmreif. Lächerlich! Wirklich!«

»Nein, Ice. Bitte! Es ist die Wahrheit! Ich –«

»Ich will das nicht hören!«, unterbrach er mich barsch. »Es ist alles so, wie es der Boss gesagt hat. Du bist übergewechselt und versuchst mich jetzt in eine Falle zu locken. Aber nicht mit mir! Dafür musst du schon früher aufstehen.«

»Nein, Ice. Wirklich! Du musst etwas unternehmen. Ist dir denn nicht aufgefallen, dass Barry sich plötzlich ganz anders verhält?«, fragte ich ihn aufgebracht.

»Nachdem, was der Boss dank euch alles durchmachen musste, kann man es ihm wohl nicht verübeln«, erwiderte Ice zornig.

Ich spürte deutlich, dass er Mitgefühl mit diesem Verräter hatte! Das durfte doch nicht wahr sein!

»Und wie erklärst du dir dann, dass er mich umschulen will? Und dass er die anderen bereits neutralisiert hat?«, hielt ich dagegen.

»Für die anderen gab es keine Hoffnung mehr. Aber dir, dir will er eine Chance geben. Du bist nur leider zu dumm, um das zu begreifen.«

»Eine Chance? Indem er mich UMSCHULEN will?! Indem er das tut, was der wahre Barry niemals wollte und wovor er immer gewarnt hat?« Ich schaute Ice verständnislos an. Wie konnte man nur so verblendet sein?

»Durch die Einheiten wird dein Pro wieder hervorgekitzelt. Und –«

»Was für ein Schwachsinn! Durch die Einheiten werde ich umgeschult!«, fiel ich ihm ärgerlich ins Wort.

»Du bist doch schon längst umgeschult!«, blaffte Ice mich an.

»Hör auf, so einen Müll von dir zu geben! Mein Pro funktioniert bestens!«

Ice setzte plötzlich einen überlegenen Gesichtsausdruck auf. »Ach ja? Bist du dir da sicher? Dann erklär du mir doch mal, warum ich mich in deiner Gegenwart nicht mehr grenzenlos hoffnungsvoll fühle? – Na? Soll ich dir sagen, warum? Weil das nicht mehr dein Pro ist. Ganz einfach! Und wenn das nicht mehr dein Pro ist, kannst du ja nur umgeschult worden sein.«

Zuerst wollte ich ihm sagen, was der Oberst mir erzählt hatte: dass Despair und ich gelevelt hatten und wir deswegen nicht mehr so exakt voneinander zu unterscheiden waren. Unsere Fähigkeiten hatten wir aber nach wie vor, auch wenn unser Blick jetzt nicht mehr so fokussiert schien und wir weitsichtiger geworden waren. Aber wenn ich mir Ice so betrachtete, konnte ich mir das wohl sparen. Er war total vom Oberst eingenommen und mich verließ immer mehr die Hoffnung, ihn auch nur ansatzweise von seiner (aufdiktierten) Meinung abbringen zu können.

»Dazu fällt dir wohl auch nichts mehr ein«, schlussfolgerte er aus meinem Schweigen und schaute siegessicher auf mich herab.

Ich schüttelte zunächst nur traurig den Kopf – nicht, weil er Recht hatte, sondern weil ich es unglaublich schade fand, wie man einen Menschen so manipulieren konnte.

»Du irrst dich, Ice. Wirklich. Was auch immer dieser Typ dir erzählt hat, es entspricht nicht der Wahrheit. Ich hoffe nur, du erkennst es, bevor es zu spät ist«, antwortete ich dann beklommen und seufzte leise.

»Du leugnest es also immer noch?«

Ich reagierte nicht. Erstens war mir nicht genau klar, wovon er sprach, und zweitens hatte ich keine Energie mehr, mich dieser anstrengenden Unterhaltung auszusetzen. Zumal sie ganz offensichtlich sowieso ins Nichts führte.

»Nun gut. Ich wollte es erst nicht wahrhaben, aber der Boss sagte mir bereits, dass wir bei dir härtere Geschütze auffahren müssen.« Mit diesen Worten wandte sich Ice zum Gehen.

»Denk nach, Ice! Denk einfach nach! Seit wann musst du Barry mit ›Boss‹ ansprechen? Das hätte er niemals von dir verlangt, das weißt du genauso gut wie ich! Und er hätte auch nie zugelassen, dass irgendeinem von uns etwas passiert wäre!«, rief ich ihm zu, woraufhin er sich noch einmal kurz umdrehte:

»Wäre das wirklich nicht Barry, sondern sein Zwillingsbruder: Meinst du nicht auch, er hätte uns davon erzählt?«

»Ich …« Ich brach den Satz wieder ab. Ich wusste selbst nicht, warum er es vor uns geheim gehalten hatte. Vielleicht, weil er mitbekommen hatte, was für ein Mensch sein Bruder geworden war? Oder womöglich war Barry tatsächlich nicht allein der herzensgute Mensch gewesen, für den wir ihn immer gehalten hatten? Doch das war alles pure Spekulation.

Barry war jetzt tot und niemand würde ihn dazu noch befragen können. Fakt war lediglich, dass es einen Zwillingsbruder gab und wir irgendwie versuchen mussten, ihm das Handwerk zu legen – auch, wenn ich mich aktuell nicht wirklich in der passenden Situation dafür befand …

Ich rieb über meine Arme. Mir war mittlerweile so kalt, dass meine Zähne permanent aufeinanderschlugen und sich meine Haut schon ganz taub anfühlte. Doch solange Ice noch hier war, brauchte ich keinen Fluchtversuch zu starten. Er würde mich sowieso direkt wieder zurück ins Becken werfen.

»Es tut mir leid, Teufel. Aber das hier ist nur zu deinem Besten.« Dann wandte er sich endgültig ab, zückte im Gehen ein kleines Kästchen und drückte darauf. »Aus der Ferne ist es leichter«, sagte er nur kryptisch.

Aber das ... Das war doch eine Fernbedienung! Ich erkannte es so gut, weil in diesem Moment ein Lämpchen an dem schwarzen Kästchen aufleuchtete und ein leises Summen ertönte.

Ließ er mich jetzt hier heraus? – Hoffentlich ...

Ich hatte schon viel zu viel Zeit in dieser kalten Brühe verbracht.

Der Summton hielt an und ich schaute mich um. Wo kam der nur her? Was hatte das zu bedeuten? Doch wohin meine Augen auch blickten: Ich konnte nichts erkennen.

Plötzlich schob sich eine schwarze Plane in mein Gesichtsfeld und kam langsam aber sicher auf mich zu.

Irritiert schaute ich darauf, bis ich realisierte, was da gerade passierte.

Das gab's doch nicht! Ice hatte die Poolabdeckung aktiviert! Und ich war noch hier drinnen! War er verrückt geworden? Wollte er mich umbringen?!

Schnell schwamm ich zum Beckenrand und versuchte mich herauszuhieven, doch da das nur ein aufgestelltes Becken ohne Leiter und Greiffläche war, kam ich nicht heraus. Immer wieder rutschte ich vom Plastikrand ab, der vor mir aufragte. Die Handschellen machten meine Fluchtversuche natürlich nicht einfacher. Schon gar nicht, da das Becken so tief war, dass man sich noch nicht mal vernünftig vom Boden abstoßen konnte.

Die Plane kam näher und näher. – Oh Gott! Wenn mir nicht schleunigst etwas einfiele, würde ich ertrinken!

Ich ließ mich tiefer sinken, damit ich den Boden berühren konnte; dann stieß ich mich so fest ich konnte davon ab, doch da meine Glieder mittlerweile schon so gut wie taub waren, gelang mir das mehr schlecht als recht.

Ich gab nicht auf und versuchte es wieder und immer wieder. – Bis die Abdeckung mich erreicht hatte und sich mit einem Surren kraftvoll über meinen Kopf schob.

Ich wurde unter Wasser gedrückt, nutzte meine letzte Luft und schlug nach oben gegen die Plane, doch ich war chancenlos.

Sofort fühlte ich mich an die Sache am See erinnert. Nur, dass ich diesmal nicht die Möglichkeit hätte, irgendwo wieder aufzutauchen.

Mein letzter Gedanke galt Despair. Ob sie das auch mit ihm gemacht hatten? Kam daher auch seine panische Angst vor tiefem Wasser?

Ich spürte, wie mir nach und nach die Luft ausging. Meine Brust schmerzte und mein Körper wollte mich zwingen, Luft zu holen, doch wenn ich das tat, würden sich meine Lungen mit Wasser füllen und …

Ich *musste* atmen! Auch wenn ich wusste, dass das unter Wasser völlig unmöglich war, konnte ich dem immensen Verlangen nicht mehr standhalten und mein Körper reagierte reflexartig und schnappte nach Luft.

Wasser drang in meine Kehle, in meine Luftröhre. Ich wollte es wieder aushusten, doch dadurch gelangte nur noch mehr hinein.

Mir wurde schwindelig und die gähnende Schwärze zog mich unbarmherzig hinab …

19. Kapitel

Despair

Dank Jays Informationen konnten wir uns unbemerkt in die Militärbasis hineinschleichen. Allerdings, so musste ich zugeben, traute ich dem Spaß nicht ganz. Wie schon bei Treasons erstem Mal waren wir viel zu einfach hineingekommen und wieder gab es keine Wachen, Soldaten oder sonst irgendwelche Personen, die die Basis schützten. Das alles roch sehr nach einer Falle. Und wir tappten fröhlich hinein.

Doch hatten wir leider keine Alternative. Daher mussten wir einfach doppelt so aufmerksam sein und versuchen, unsere Widersacher zu bemerken, bevor sie uns bemerkten.

Jay ging voraus und führte uns zielsicher durch die Gänge. Auch ihm schien das Ganze zu missfallen, was mich nur noch mehr beunruhigte, doch er bewegte sich so vorsichtig, wie ein Mensch es nur tun konnte, und ich war sehr beeindruckt von dieser Leistung.

»Wir sind gleich da« zischte Jay mir nun zu.

Ich war direkt hinter ihm und nickte leicht.

Cruel, Treason und Hate, die unsere Nachhut bildeten, sicherten uns nach hinten ab. Auch dort schien alles noch ruhig zu sein.

»Siehst du das Zimmer da vorne?«

Wieder nickte ich Jay zu.

»Das sind Barrys Räumlichkeiten. Ich vermute stark, dass er sie dort hingebracht hat«, erklärte Jay.

Ich überlegte fieberhaft, wie wir Hope unbemerkt dort herausbekamen, doch mir war jetzt schon klar, dass das Ganze auf einen Kampf hinauslaufen würde.

Die Militärbasis war so abgeriegelt, dass es nur einen einzigen Zutritt gab. Und wenn wir Hope hier herausholen wollten, mussten wir diesen wohl oder übel nutzen – so unvernünftig das auch war und so sehr das jeglicher Erfahrung widersprach.

Jay steuerte auf eine Tür zu und ich folgte ihm auf dem Fuße. Davor verharrten wir einen Augenblick und lauschten. Es war nichts zu hören.

Alle Alarmglocken in mir schrillten. Das war absolut untypisch – und ein Grund, sofort den Rückzug anzutreten. Doch wenn ich Hope retten wollte, musste ich alles in Kauf nehmen. Und ich würde es tun.

Alles.

Für sie.

Ich stellte mich kampfbereit neben Jay und wartete, bis er die Tür vorsichtig aufgeschoben hatte. Meine Muskeln spannten sich an, mein rechter Arm jederzeit bereit zuzuschlagen.

Ich linste vorsichtig in den abgedunkelten Raum, tat dann, da ich auf den ersten Blick nichts Verdächtiges erkennen konnte, einen Schritt hinein.

Blitzschnell ließ ich meinen Blick durch das Zimmer schweifen, doch hier war niemand. Dann suchte ich an der Wand nach einem Lichtschalter, fand und betätigte diesen.

»Was zu Hölle …«, begann ich und sah zu Jay, der mir inzwischen gefolgt war, ein »Ich hab keine Ahnung, was hier vor sich geht« auf den Lippen.

»Was ist denn bei euch los?«, brummte Hate vom Flur her bemüht leise, was ihm jedoch wie immer nicht gelang.

Doch ich war nicht imstande, ihm zu antworten. Mein Blick hing an dem hohen Schwimmbecken.

Ein Schwimmbecken?! Mitten in einem Zimmer? Das war absolute Oberst-Manier. Und dass es mit einer Abdeckplane verschlossen war, verhieß nichts Gutes …

Da entdeckte ich Wasserspritzer auf dem Fußboden. – *Hope!* Jegliche Vorsicht außer Acht lassend stürmte ich auf das Becken zu.

Was, wenn er Hope das Gleiche angetan hatte wie mir? Was, wenn er sie nicht wieder herausgeholt hatte und mir ein lebloser Körper entgegentrieb, sobald ich das Becken aufdeckte?

Obwohl das Becken durchsichtig war, konnte man dahingehend nichts erkennen. *Noch!* Denn wenn ein Körper unter der Plane schwamm, wurde dieser regelrecht von ihr eingehüllt und konnte so oftmals nicht zu Boden treiben. Nur weil ich Hope also nicht direkt sah, musste das noch lange nichts heißen. Auch wenn ich mir natürlich nichts sehnlicher wünschte!

Sofort setzte sich die Gedankenspirale in Gang und ein bestialischer Schmerz schoss mir durchs Herz. Keuchend fasste ich mir an die Brust. Mir wurde schlecht.

Oh nein! Das konnte nicht sein! Das durfte nicht sein!

Ich nahm mir den Tisch, der im Zimmer stand, schob ihn an den Beckenrand, stieg hinauf, riss mit einem kraftvollen Schwung die Plane zurück und fand …

Nichts! – Was? Wie?

Mit fahrigen Händen deckte ich den kompletten Pool ab, immer noch die scheußliche Angst im Nacken, dass Hope vielleicht doch irgendwo unter der Plane trieb, doch das Becken war tatsächlich leer. Teufel sei Dank!

»Hast du was gefunden?«, fragte Treason vorsichtig und kam zu mir.

Schnell schüttelte ich den Kopf. »Nein, Mann. Zum Glück nicht.«

Ich atmete tief durch und wischte mir den Schweiß von der Stirn. Keine Ahnung, was ich getan hätte, wäre Hope tatsächlich da drinnen gewesen …

»Und jetzt?«, fragte Cruel, der ebenfalls zu mir ans Becken getreten war.

Ratlos sah ich zu Jay.

»Sorry, Jungs. Aber das müsst ihr wissen. Das ist euer Oberst, nicht meiner«, erwiderte er.

»Hatte Barry noch weitere Räumlichkeiten, in denen der Oberst Hope versteckt halten könnte?«, fragte ich.

Jay schien zu überlegen, schüttelte dann aber entschuldigend den Kopf. »Nein. Das hier war Barrys Reich. Es sei denn …«, seine Miene erhellte sich, »es sei denn, das ehemalige Zuhause der Probas, wo ich früher gedient habe, bevor … Na ja, bevor ihr sie entführt habt«, antwortete er.

»Ist das weit von hier?«, wollte ich wissen.

»Nicht besonders.«

»Dann nichts wie los!« Ich sprang vom Tisch und wollte schon hinausstürmen, als plötzlich der Oberst höchstpersönlich im Türrahmen stand.

Verdammt!

»Sie mal einer an. Die verlorenen Söhne kehren zurück. Was für eine Überraschung«, schnarrte er und lächelte uns gehässig entgegen.

»Was hast du mit Hope gemacht?«, verlangte ich augenblicklich zu wissen.

»Despair: arrogant wie eh du je. Meinst du nicht, unter den gegebenen Umständen solltest du mir wenigstens jetzt ein bisschen Respekt zollen?«

»Niemals!«, schnaubte ich ungehalten. »Und jetzt beantworte meine Frage!«

»Tja ... ich habe mit Hope nur das gemacht, was sie wollte. Schließlich ist sie freiwillig zu mir gekommen«, entgegnete der Oberst mit einem widerlichen Grinsen.

»Du mieses Schwein!«

Ich machte einen Schritt auf ihn zu, wollte ihm sein dämliches Grinsen aus dem Gesicht schlagen, da standen plötzlich mindestens zwanzig Improbas hinter ihm.

»Komm doch, wenn du dich traust«, provozierte er mich – und ja, verdammt! Ich ließ mich darauf ein! Was hatte ich auch jetzt noch zu verlieren?

Mit zwei schnellen Schritten war ich so gut wie bei ihm, doch im letzten Moment wich er nach hinten aus und verschwand in der Menge seiner Soldaten.

Hate, Cruel und sogar Treason hasteten indes an meine Seite – was den Improbas jedoch nur ein müdes Lächeln entlockte.

Und sie hatten Recht: Angesichts ihrer Überzahl hatten wir so gut wie keine Chance.

»Wollt ihr wirklich kämpfen oder wollt ihr euch nicht lieber sofort ergeben?«, fragte einer von ihnen.

»Darauf kannst du lange warten«, schoss Treason ungewöhnlich mutig zurück und brachte damit nicht nur mich zum Staunen.

»Wie ihr wollt ...«

Die ersten Schläge und Tritte konnten wir noch relativ gut abzuwehren, doch die anderen Improbas entpuppten sich ebenfalls als erfahrene Kämpfer und es verlangte mir alles ab, die Angriffe von mehreren Sensianern auf einmal immer zeitgerecht zu parieren.

Treason war schließlich der Erste, der in die Knie gezwungen wurde, danach folgten Cruel und Hate. Und auch ich konnte nach ein paar Minuten nicht mehr standhalten.

Es waren einfach zu viele, das musste ich mir wohl oder übel eingestehen.

Jay war ganz außen vor geblieben. Aber das nahm ich ihm nicht übel. Ein Mensch gegen auch nur einen Improba? – Sehr unfair ...

Nachdem die Improbas uns überwältigt hatten, steckten sie uns in einen Käfig, der sich in einem angrenzenden Zimmer befand.

»Was passiert jetzt mit uns?«, fragte ich den einen, der vorhin schon gesprochen hatte.

»Das wird euch der Boss schon selbst sagen. Morgen oder so. Oder vielleicht auch nicht. Wer weiß ...«

Die Improbas verließen den Raum und schalteten das Licht aus.

»Na, das hat ja hervorragend geklappt«, schnaubte ich und drehte mich zu meiner Truppe.

»Mach dir keine Vorwürfe, Despair. Wir haben unser Bestes gegeben, doch bei der Anzahl hatten wir von Beginn an keine Chance«, erwiderte Treason und stieß einen tiefen Seufzer aus.

Ich nickte wissend. Das stimmte leider. Überhaupt schien dieses ganze Vorhaben aufgrund der bescheidenen Ausgangslage von Anfang an zum Scheitern verurteilt. Doch wie hätten wir es anders angehen sollen?

»Wir müssen uns nun einfach etwas überlegen, wie wir hier wieder rauskommen«, brummte Hate, woraufhin Cruel zustimmend nickte.

»Nur wie? Ich kenne euren Oberst ja noch nicht so lange, aber er scheint mir nicht der Typ zu sein, der irgendetwas dem Zufall überlässt«, wandte Jay ein und ich pflichtete ihm mit einem kurzen Schnauben bei:

»Ich fürchte, da hast du Recht, Jay. Nichtsdestotrotz müssen wir alles versuchen.«

Die Runde verfiel in tiefes Schweigen. Jeder schien angestrengt darüber nachzudenken, wie wir unser Vorhaben doch noch zum Erfolg führen könnten, doch der ultimative Einfall blieb aus. Zumindest äußerte sich keiner dahingehend.

»Und wenn wir uns gegenseitig verprügeln? Vielleicht werden wir dann getrennt und sobald die Käfigtür geöffnet wird, überwältigen wir den Oberst?«, schlug Treason vor.

»Ich glaube eher, der Oberst würde sich einen Spaß daraus machen und Wetten abschließen, wer von uns als Erster draufgeht«, erwiderte Hate – und sprach damit genau meine Befürchtung aus.

»Außerdem bliebe dann immer noch das Impoba-Problem. Oder meinst du, der Oberst würde sich uns alleine entgegenstellen? Vergiss es!«, fügte Cruel hinzu.

»Habt ihr vielleicht bessere Vorschläge?«, blaffte Treason die beiden an.

»Vielleicht könnte Despair einen Anfall oder etwas Ähnliches vortäuschen? Er schien mir der Wichtigste von euch allen zu sein und ich könnte mir vorstellen, dass euer Oberst nicht möchte, dass ihm etwas geschieht. Zumindest noch nicht zu diesem Zeitpunkt«, sagte Jay nachdenklich.

»Ich fürchte, auch das wird nicht klappen. Durch Barrys Position hat der Oberst nun so viele Improbas unter sich, da ist er auf einen Einzelnen nicht mehr angewiesen«, erwiderte ich und zermarterte mir weiter den Kopf.

Was um alles in der Welt könnten wir nur tun?

Bevor ich mich jedoch weiter mit der Frage auseinandersetzen konnte, wurde das Licht wieder eingeschaltet und Ice kam herein.

Sollte ich es einfach mit einem vernünftigen Gespräch versuchen?, schoss es mir durch den Kopf. Jay hatte zwar gesagt, dass Ice absolut loyal zu diesem Fake-Barry stand, doch wenn er nicht allzu hohl war, würden ihn gut vorgebrachte Argumente vielleicht zweifeln lassen? Im besten Fall sogar umstimmen?

Ice legte einen Rucksack ab – einen Rucksack, den ich kannte.

Ich schluckte laut. Was hatte er vor?

Ohne uns zu beachten, verschwand er wieder und holte nach und nach weitere Utensilien herbei. Unter anderem eine Trage mit Lederfesseln und Arztbesteck.

»Was tut er da?«, flüsterte Treason mir zu.

Ich wusste, dass es keine wirkliche Frage war, sondern eher Fassungslosigkeit, die er damit zum Ausdruck bringen wollte.

Wie auf Kommando zog Ice den Neutralisator aus dem Rucksack und kam damit auf uns zu.

»Der Boss hat einen neuen Plan für euch«, teilte er uns schonungslos mit.

»Ich sehe es«, erwiderte ich ebenfalls betont gelassen.

»Wer von euch möchte zuerst?«

»Versuch es doch herauszufinden, Bürschchen«, gab Hate angriffslustig zurück, was Ice jedoch nur ein müdes Lächeln entlockte.

»Ihr habt zwei Möglichkeiten: Entweder spielt ihr mit oder ich zwinge euch dazu. Eigentlich hatte ich gedacht, dass ihr schlau genug wärt, um das von selbst zu wissen«, antwortete Ice trocken.

Hate schnaubte.

»Also? Wer von euch?«, fragte Ice noch einmal.

Ich stellte mich vor die Käfigtür. »Ich bin der Erste – vorausgesetzt, du beantwortest mir eine Frage und hörst mir fünf Minuten zu«, verlangte ich von ihm.

Ice schaute mich mürrisch an. Mein Ultimatum schien ihm nicht besonders zu gefallen, doch ich vermutete, er überlegte gerade, welche Variante die einfachste wäre: mir fünf Minuten Zeit zu schenken und dafür am Ende einen kooperativen Improba zu haben oder mich zu meinem »Glück« zu zwingen. Letzteres bedeutete eindeutig mehr Stress, also ging er wie erhofft auf mein Angebot ein.

»Was willst du, Improba?«, fragte er barsch.

»Ich möchte wissen, was ihr mit Hope gemacht habt.«

»*Hope?* Warum interessiert dich das noch? Du wirst es sowieso gleich vergessen«, erwiderte er kopfschüttelnd.

»Dann macht es ja auch nichts, wenn du es mir verrätst, oder?« Ich sah ihn abschätzig an.

»Meinetwegen. Wenn es dich glücklich macht ... Hope wurde zu einem See gebracht. Du kennst ihn. Es ist der See, in dem dieser Oberst dich trainiert hat«, antwortete Ice gelangweilt.

Mir lief es kalt den Rücken hinunter. Ja, ich kannte den See. Kannte ihn *zu* gut. Und ich wusste gerade nicht, ob ich mich darüber freuen durfte, dass

Hope offensichtlich noch am Leben war – oder ob genau dieser Umstand ihre Qual noch verlängerte.

Ich schluckte hart, als ich daran dachte.

Der See war zwar nicht besonders tief, doch er hatte in der Mitte eine Kettenvorrichtung, die man einer Person um die Fußgelenke schnallen konnte und die einen in regelmäßigen Abständen unter Wasser zog. Ganz in der Nähe der Folterstation befand sich auf einem Podest im Wasser ein Knopf, dessen Betätigung der Quälerei ein Ende hätte bereiten können. Durch gezieltes Schwingen an der Kette kam man auch bis auf wenige Zentimeter an ihn heran, doch kurz bevor man ihn wirklich erreichte, wurde man von der Vorrichtung wieder zurückgezogen und unter Wasser getaucht. Ich wusste nicht, wie viele Male ich es versucht hatte, bis mir irgendwann klar wurde, dass es keine Hoffnung gab …

Und Hope hatte der Oberst *dorthin* gebracht? Jetzt schon?!

Selbst wenn er sie auf Biegen und Brechen umschulen wollte, war das definitiv keine Maßnahme für den ersten Tag!

»Hat es dir jetzt die Sprache verschlagen, oder was? Oder sollen wir direkt mit der Neutralisierung anfangen?«, holte Ice mich aus meinen Gedanken.

»Nein. Hör mich an«, sagte ich fest entschlossen. »Dein Barry ist nicht der Mann, für den du ihn hältst. Er ist unser Oberst. Der Zwillingsbruder von –«

»Fängst du jetzt auch noch mit dieser Scheiße an? Das habt ihr euch ja schön ausgedacht. Aber dafür müsst ihr früher aufstehen. Ich weiß, was ihr vorhabt. Der Boss hat mich bereits im Vorfeld über eure Pläne instruiert«, unterbrach mich Ice.

»Unsere Pläne?«, hakte ich nach.

»Unter anderem der, dass ihr ihn mit dubiosen Geschichten diffamieren wollt. Aber so einfach funktioniert das nicht. Deine teuflische Freundin hat es bereits versucht und auch sie hatte keine Chance. Ich verachte Lügner und Verräter«, antwortete Ice bestimmt.

»Was auch immer Hope dir erzählt hat: Es war die Wahrheit. Dieser Typ da ist *unser* Oberst. Nicht *dein* Barry«, erwiderte ich so gelassen wie ich nur konnte, obwohl ich ihn zu gerne gepackt und die Dummheit und die Ignoranz aus seinem Schädel herausgeprügelt hätte.

»Ihr könnt viel erzählen. Und nur, weil ihr alle eure Geschichte wunderbar auswendig gelernt habt, macht es sie noch lange nicht wahr!«, hielt er verbissen dagegen.

»Du kennst Hope ihr Leben lang, oder?«

Ice sah mich kurz irritiert an, dann nickte er.

»Hat sie dir jemals einen Grund gegeben, ihr zu misstrauen?«, fragte ich und hoffte, ihn damit zum Nachdenken zu bewegen.

»Nein. Aber da war sie auch noch nicht von euch verdorben worden!«

»Diese Veränderung ist dir angeblich aufgefallen. Aber die Veränderung von *Barry* nicht?«, versuchte ich ihn auf den Irrsinn aufmerksam zu machen.

»Das hat seine Gründe, die *du* ja übrigens nur zu gut nachvollziehen können müsstest! Man kann von einem Menschen nicht erwarten, dass er noch der Alte ist wie zuvor, wenn ihm Schlimmes widerfahren ist.«

Teufel! Wie konnte man denn nur so engstirnig sein? Hier hatte der Oberst binnen kürzester Zeit wirklich ganze Arbeit geleistet ...

»Und wenn Hope –«, begann ich, doch wurde wieder unterbrochen:

»Du stiehlst meine Zeit!«, fuhr Ice mich an. »Wenn du nichts Besseres zu bieten hast, kommen wir nun zum Ende.«

»Eine Sache noch«, wandte ich ein. »Wenn euer Boss wirklich Barry ist, woher wusste er dann, in welchem See MICH MEIN Oberst geschult hat?«

Irritiert schaute Ice mich an. Ich sah sofort, dass seine Gehirnzellen zu rattern begannen – wobei mich das schon ein wenig enttäuschte. Das war DAS Totschlagargument. Dagegen konnte er gar nichts mehr sagen! Er musste uns glauben!

»Unser Boss weiß das, weil er dort selbst gefoltert wurde. Von euerm Oberst höchstpersönlich!«, entgegnete er kalt.

Ungläubig sah ich ihn an. – *Bitte was?!* Das konnte doch wohl nicht sein Ernst sein! Das konnte er nicht wirklich glauben!

»Gut, dass du das Wort ›foltern‹ benutzt hast. Dir ist also egal, wenn genau das mit einer ehemals guten Freundin von dir gemacht wird? Ich dachte, du bist so loyal?«, spottete ich.

»Dieser Teufel ist nicht mehr meine Freundin. Sie hat alles verraten, woran wir geglaubt haben. Und um ihr zu *helfen*, wird sie diesem Verfahren unterzogen. In der Hoffnung, dass sie irgendwann wieder die Alte wird. Deshalb muss sie eben da durch. So unangenehm das auch sein mag«, erklärte er im Brustton der Überzeugung. »Und jetzt leg die Handschellen an und komm heraus, wie du es zugesagt hast.«

»*Handschellen?* Hat Barry die früher auch schon immer benutzt?«, versuchte ich es ein letztes Mal. Auch diese waren nämlich typisch für unseren Oberst. Ice konnte das zwar nicht wissen, doch ich hoffte, ihn dadurch noch einmal mehr auf »Barrys« Veränderung aufmerksam zu machen.

»Das ist eine Sicherheitsmaßnahme. Er hatte ja schließlich genug Zeit, euch ›kennenzulernen‹. Und jetzt Schluss mit dem Unsinn! Ihr seid der Feind. Ich würde euch so oder so nichts glauben, also spar dir lieber deine Luft«, entgegnete Ice.

Ich schnaubte entnervt. Es war hoffnungslos! Dieser Kerl war so verbohrt, da war kein Durchkommen.

»Du machst einen riesigen Fehler. Aber früher oder später wird er dir bewusst werden und ich hoffe, dann ist noch genug Zeit für Reue.«

Ich nahm die Handschellen entgegen, die Ice mir hinhielt, legte sie an und ließ mich von ihm aus dem Käfig führen.

Hate wollte dazwischengehen, doch blitzschnell hatte Ice einen Elektroschocker gezogen, den er ihm an den Hals hielt.

Hate torkelte zurück, war aber nicht seiner Kräfte beraubt. »Spinnst du?«, fuhr er Ice mit tödlicher Stimme an.

»Noch so ein Versuch und ich lasse das alles von den Improbas regeln! Klar?«, schnauzte Ice zurück, woraufhin Hate widerwillig nickte.

Dann wandte sich Ice wieder mir zu und stieß mich voran.

Ich ließ mich von ihm zu der Liege bringen. Noch tat ich alles, was er verlangte, doch insgeheim zermarterte ich mir meinen Kopf nach einem Plan, der uns doch noch alle hier rauszubringen vermochte. Irgendwas musste mir doch einfallen. Musste! Musste!

»Und was wirst du mit mir machen?«, rief Jay ihm zu. »Neutralisieren kannst du mich ja nicht.«

»Das wird der Boss entscheiden. Bis es soweit ist, bleibst du genau da, wo du bist«, antwortete Ice ihm kurzangebunden.

»Und wenn er dich anweist, mich zu exekutieren? Würdest du das tun? Würdest du mich umbringen?« Jay hatte das nur gesagt, um Ice aufzurütteln. Doch nachdem er die Worte laut ausgesprochen hatte, spürte ich, wie entsetzt er selbst darüber war.

»Das würde ich«, entgegnete Ice kalt, doch ich hörte an seiner Stimme, dass er nicht hundertprozentig hinter diesen Worten stand. Zum Glück! Vielleicht gab es doch noch Hoffnung? Wenigstens für die anderen?

»Nun wieder zu dir: Zuerst rasieren wir dir die Eintrittsstelle. Das macht es einfacher«, erklärte mir Ice betont gleichmütig, drehte sich um und holte ein Rasiermesser hervor, bevor er mich mit den Fesseln an der Liege festschnallte.

»Bist du jetzt Agonys Handlanger geworden, ja?«, fragte ich. Es wunderte mich tatsächlich, dass sie hier nicht auftauchte. Sicher hätte sie große Freude daran gehabt.

»Ihr müsst heute ausnahmsweise mit mir Vorlieb nehmen. Es gab einen Zwischenfall und Agony wurde dorthin berufen.«

»Einen Zwischenfall«, wiederholte ich nachdenklich.

»Nichts, was dich zu interessieren hat. Und jetzt ...«

In dem Moment wurde die Zimmertür aufgerissen und der Oberst stand im Raum, eine Frau an ihren leuchtend roten Haaren hinter sich her schleifend.

»Vic!«, rief ich entsetzt. An sie hatte ich ja gar nicht mehr gedacht.

»Schaut mal, was hier Schönes um die Basis herumgeschlichen ist. Habt ihr wirklich geglaubt, eine Frau auf mich ansetzen zu können? Wie dämlich seid ihr eigentlich?«, blaffte der Oberst.

»Lass mich los! Du mieses Schwein!«, raunzte Vic ihn an. Nach allem, was ihr widerfahren war, bewunderte ich sie für ihren Mut.

»Was machen wir mit ihr, Ice?«, fragte der Oberst seinen Handlanger.

Ice musterte Vic eindringlich, gab jedoch keine Antwort.

Im nächsten Augenblick trat Vic gezielt auf den Fuß des Obersts, welcher völlig perplex zu fluchen begann. Damit hatte er wohl nicht gerechnet.

»Du dämliche Kuh! – Entledige mich einfach von ihr. Sie ist sowieso nutzlos«, wies er Ice wutentbrannt an, welcher daraufhin aus seinem Stiefelschaft ein Messer zog und mit großen Schritten auf Vic und den Oberst zuging.

»Nein! Tue ihr nichts«, brüllte ich und versuchte mich von der Liege zu erheben, an die ich gekettet war, doch ich schaffte es nicht.

Tatenlos musste ich halbliegend zusehen, wie Ice sich Vic immer weiter näherte. – Oh verdammt! Ich hatte doch gewusst, dass es besser für sie gewesen wäre, in unserer Unterkunft zu bleiben. Was sollte ich nur tun?!

»Ice! Bitte!«, rief ich nochmals, doch Ice hatte das Messer schon fest umschlossen. Kurz vor ihr blieb er stehen und schaute sie an.

»Noch irgendwelche letzten Worte?«, fragte er und hielt die Waffe bereits bedrohlich hoch.

Der Oberst dahinter grinste nur. Dieses Dreckschwein!

»Ice! Tu das nicht! Schon gar nicht für einen Kerl, der nicht der ist, für den er sich ausgibt! Vic ist unschuldig!«, schrie ich ihm zu – und Ice starrte Vic tatsächlich abwägend an.

Mit angsterfüllten Augen blickte sie wie ein scheues Reh zurück.

»Und?«, fragte Ice sie.

»Es ist alles wahr, was sie sagen. Ich schwöre es bei meinem Leben«, flüsterte sie ihm zu.

Ice schnaubte, holte weit aus und stach kraftvoll zu.

»Nein!«, brüllte ich.

Blut spritzte durch die Gegend, doch anstelle von Vic sank der Oberst zu Boden.

Irritiert beobachtete ich, wie das Messer seitlich aus seinem Hals ragte und er noch ein paar letzte röchelnde Laute von sich gab, bevor er sich nicht mehr bewegte und leere Augen in die Ferne starrten.

Mein Blich wanderte hinüber zu meinen Brüdern, die das Schauspiel ebenfalls fassungslos verfolgten.

Ice und Vic indes starrten sich schweigend an.

Plötzlich nahm Ice Vics Gesicht in die Hände und gab ihr einen sanften Kuss.

»Bist du es wirklich? Ich dachte, ich sehe dich nie wieder«, hauchte er an ihren Lippen.

»Ich habe jeden Tag darauf gewartet, dass du mich holst«, schniefte Vic. »Doch du kamst nicht.«

»Meine Adoptiveltern haben mich nicht zu dir gelassen. Und als ich endlich alt genug war, sagte man mir im Heim, dass du abgehauen wärst. Ich hatte gehofft, dass du nur ausgerissen bist, um zu mir zu kommen. Vergebens …«, erwiderte Ice mit brüchiger Stimme.

»Sie gaben mir keine Info, wo ich dich finden könnte. Und ich war massiv enttäuscht, dass du mich einfach so im Heim zurückgelassen hast. Ohne ein Wort«, entgegnete Vic traurig.

»Ich konnte nicht! Ich durfte mich nicht mal kurz von dir verabschieden!«

»Und ich dachte, du hast mich so schnell schon vergessen.«

»Oh Vic! Ich habe täglich an dich gedacht, immer nach dir gesucht. Doch die Erinnerungen von damals waren verschwommen. Ich wusste nicht, wo ich anfangen sollte«, entschuldigte Ice sich. Seine Stimme klang zutiefst bedauernd.

»Und ich habe die Hoffnung nie aufgegeben, dich doch irgendwann noch einmal in die Arme schließen zu können«, flüsterte Vic und fuhr mit ihren Lippen leicht über seine.

»Egal, was passiert. Ich lasse dich nie wieder gehen, Vic.«

»Ich bleibe bei dir, solange du mich willst, Trend.«

Mit diesen Worten verschmolzen ihre beiden Münder zu einem innigen Kuss und Ice (*Trend?*) hielt Vic so fest, dass sich seine angespannten Armmuskeln deutlich unter der Haut abzeichneten.

Ich warf noch einen fragenden Blick zu den anderen, doch die hockten alle wie die Ölgötzen im Käfig, die Augen starr auf Vic und Ice gerichtet.

Aber was sollte ich dazu sagen? Mir ging es ja selbst nicht besser. Ich hatte keine Ahnung, was hier eigentlich los war. Doch so sehr ich den beiden ihr offensichtlich lang erwartetes Wiedersehen gönnte – schließlich hatte Ice den Oberst für uns erledigt -, hatte ich nur eins im Kopf: *Hope.*

»Ich will euch ja nicht stören«, begann ich. »Aber Hope …«

Bei diesen Worten löste sich Vic von Ice.

»Was ist mit ihr?«, fragte sie alarmiert.

»Wir müssen ihr helfen. Sie ist in einem See und wird dort einer Schulung unterzogen«, erklärte ich.

Vic schlug sich erschrocken die Hand vor den Mund, zu keiner Antwort fähig.

»Hilfst du uns, Ice?«, fragte ich vorsichtig.

Es sah zwar nun alles danach aus, doch ich wollte mich lieber absichern.

»*Trend*. Scheint so, als wäre der andere Name Geschichte …« Er lächelte Vic an und gab ihr einen sanften Kuss auf die Stirn. Danach trat er an meine Liege, öffnete meine Fesseln und ich sprang auf, um ihm beim Befreien von meinen Brüdern und Jay zu helfen.

»Es tut mir leid«, entschuldigte er sich bei uns, auch wenn ich das Gefühl hatte, dass diese Worte mehr Jay galten. Aber das war mir egal.

»Wir können die Wagen von der Basis nehmen«, bot Ice – nein, Trend an.

»Alles. Hauptsache es geht schnell. Der See ist kein Zuckerschlecken«, erwiderte ich.

Trend nickte. »Folgt mir.«

Ich kniete mich zu dem Oberst und nahm ein paar weiße Zettel, die aus seiner Brusttasche hervorlugten, an mich und verstaute sie gut, bevor ich über ihn hinwegstieg und mit den anderen die Basis verließ.

Aus dem Augenwinkel hatte ich gesehen, wie Treason vermeintlich unabsichtlich noch mal auf den Oberst trat. Eigentlich hätte ich das eher Hate zugetraut … Scheinbar hatte Treason doch mehr unter ihm gelitten, als wir alle annahmen.

Doch jetzt blieb keine Zeit für derlei Gedanken: Wir mussten Hope retten.

Mit ein paar schnellen Schritten schloss ich zu Trend auf, der an der Spitze unserer Truppe lief, und sah mich um.

»Was ist mit den anderen Improbas?«, fragte ich alarmiert.

»Mach dir darüber keine Sorgen. Ich bin zweiter Befehlshaber und nun, da der Oberst nicht mehr unter uns weilt, automatisch auf Platz eins gerutscht. Ich werde sie zurück an ihre jeweiligen Fronten schicken. Ihr werdet nicht mehr mit ihnen in Berührung kommen«, erwiderte Trend selbstsicher.

Ich nickte zögerlich. »Danke.«

»Nicht dafür.«

»Eine Frage noch: Woher kommt auf einmal dieser Sinneswandel? Ich habe wirklich gedacht, unser letztes Stündlein hätte geschlagen ...«

»Gleich.« Trend deutete nach vorn.

Wir stiegen in einen geräumigen Transporter ein und fuhren los.

Auf der Fahrt klärte uns Trend dann auf, woher Vic und er sich kannten, was sich damals im Heim alles zugetragen hatte, was er bei seinen Adoptiveltern durchmachen musste, wie er Vic gesucht und nie gefunden hatte und wie er letztendlich zu Barry gekommen war. Dem *richtigen* Barry, dem er sich so verpflichtet gefühlt hatte.

Seine ergreifende Story endete mit: »Vic würde mich niemals anlügen. Ich vertraue ihr und wenn es wirklich Barry gewesen wäre, hätte er bei Vics feuerrotem Haar stutzig werden müssen. Ich hatte ihm schließlich oft genug von ihr erzählt.«

Ich nickte verständnisvoll und wir bogen in die Straße ein, die hin zum See führte.

Von weitem sah ich Hope bereits mitten im See auf dem Wasser treiben. Reglos.

»*Shit!*«

Noch während der Wagen rollte, sprang ich hinaus und rannte so schnell ich konnte hinunter zum Wasser.

»Hope?«, rief ich.

Nichts tat sich.

Verdammt! Wie lange war sie schon hier? Der Mechanismus löste alle zehn Minuten aus und war höchstens eine Einheit für eine, maximal zwei Stunden!

»Hope?«, versuchte ich es noch einmal. Doch nach wie vor rührte sie sich nicht.

Dann ertönte der mir nur allzu bekannte Summton. Ketten rasselten so laut, dass man sie nicht überhören konnte, und ein Sog bildete sich, der Hope mit sich unter Wasser zog.

»Oh Shit!«, fluchte ich erneut.

Ich ging ein paar Schritte hinein in den See. Ich wusste, dass er seicht anfing und zur Mitte hin tiefer wurde.

»Despair! Warte! Wir helfen dir!«, brüllte Treason und ich vernahm, wie meine Freunde ebenfalls den Wagen verlassen hatten und hinter mir herrannten.

Doch ich schaute nur zu der Stelle, an der Hope verschwunden war – und nicht wieder auftauchte.

Verdammt! Was ging hier vor? Sie müsste schon längst wieder über Wasser sein. – Es sei denn ... Es sei denn, der Oberst hatte an der Zeitmessung herumgespielt und die Sequenzen länger eingestellt. Das hatte er auch mal bei mir getan und es war die Hölle gewesen! Allerdings hatte ich das nur eine halbe Stunde durchstehen müssen. – Hope hingegen?

Ich wusste es nicht. Doch es konnte nur mehr sein.

Ohne weiter darüber nachzudenken, setzte ich Schritt für Schritt weiter in den See. Er war eiskalt und ich hatte allein nach der kurzen Zeit, die ich mit dem Wasser in Berührung gekommen war, überall Gänsehaut.

»Lass das, Despair!«, schrie Hate von weiter hinten.

Ich warf einen kurzen Blick über meine Schulter. Sie waren alle da. Meine Freunde. Und eilten mir nun zur Hilfe.

Ein kurzes Gefühl von Dankbarkeit durchfloss mich, bis meine Aufmerksamkeit durch erneutes Kettenrasseln wieder auf Hope gelenkt wurde.

Ihr Körper tauchte auf, doch dieses Mal schwamm ihr Gesicht im Wasser. Zur Hölle nein! Ich konnte nicht auf meine Brüder warten. Während ich ja schon aus dem fahrenden Auto gesprungen und zum See gehechtet war, waren sie immer noch zu weit entfernt. Das kostete alles viel zu viel Zeit.

Ich rannte die restlichen Meter in den See hinein, bis mir das Wasser bis zum Hals stand. Dann atmete ich tief ein, stieß mich vom Untergrund ab und schwamm hinüber zu Hope. – Ja, ich schwamm!

Es war nicht so, dass ich gar nicht schwimmen konnte. Ich war nur kein besonders guter Schwimmer. Ich hasste es einfach und wenn man mich damit abrupt konfrontierte, indem man mich zum Beispiel einfach in tiefes

Wasser warf, war ich wie gelähmt, vergaß alles und paddelte darin wie ein herrenloser Hund. Paddelte um mein Leben.

Bilder von einer solchen Situation, wie Hope sie gerade durchleben musste, strömten dann auf mich ein und machten mich beinahe handlungsunfähig.

Doch Halt! Hier ging es um Hope. Um MEINE Hope! Und ich musste ihr helfen!

Mir diesen alles entscheidenden Gedanken vor Augen haltend, schwamm ich zielstrebig und so schnell ich konnte weiter zu ihr, erreichte sie und drehte sie sofort auf den Rücken, als ich bei ihr angekommen war.

Ihre Lippen waren bereits blau und ihre Haut bleich und aufgedunsen. – Teufel! Wie lange war sie schon in diesem See?

»Hope?«, sagte ich und strich ihr mit zitternden Händen über die Wange.

Sie regte sich nicht.

Ich wurde panisch.

Hektisch fasste ich an ihre Halsschlagader, um den Puls zu fühlen. Doch erst nach mehrmaligem Suchen, ertastete ich ein ganz schwaches Pochen. – Sie war nicht tot. Gut! Doch auch nicht weit davon entfernt. Hope musste sofort hier raus!

Wieder ertönte das Summen. Das gab's doch nicht! Der Oberst hatte nicht nur die Unterwasser-Sequenzen länger gestellt, er hatte auch die Zeiten dazwischen, in denen Hope Luft schnappen konnte, auf ein Minimum beschränkt.

Das Rasseln der Ketten begann.

Ich versuchte, Hope über Wasser zu halten und gleichzeitig an den Knopf zu kommen, der dieser ganzen Tortur ein Ende bereiten konnte, doch ich kam nicht ran.

Ich merkte, wie der Sog von unten begann und spürte, wie mich die Angst langsam zu übermannen drohte.

Wenn ich Hope festhielt, würde ich mit unter Wasser gezogen werden. Doch ich konnte sie nicht loslassen! *Niemals!*

Gerade, als das Wasser zu schäumen begann und ich dachte, das wäre unser Ende, schlug jemand neben mir auf den Knopf. Es war Treason.

Zeitgleich stützte mich Hate von hinten und Cruel half mir mit Hope. Er tauchte und befreite sie von den lästigen Fußfesseln. Dann brachten wir sie zurück an Land.

Hope war bewusstlos und sobald ich wieder festen Boden unter den Füßen hatte, begann ich mit der Reanimation.

Dreißigmal Druck auf das Herz, danach zweimal beatmen. Dann wieder von vorne.

Hopes Lippen fühlten sich beängstigend kalt an und ich betete inständig, dass wir nicht zu spät gekommen waren.

Doch welch ein Glück! Nach dem dritten Durchgang begann Hope plötzlich zu husten.

Ich drehte sie auf die Seite, damit sie sich des ganzen Wassers entledigen konnte, und hielt sie dabei fest, damit sie mit ihrem Oberkörper nicht nach vorne umkippte.

Sie wirkte sehr schwach. – Aber gut: Was hatte man nach solch einer Prozedur auch zu erwarten?

»Geht's wieder?«, fragte ich sie vorsichtig, nachdem sie sich etwas beruhigt zu haben schien, und streichelte dabei sanft ihren Rücken.

Hope schaute mich an. Ihre Augen waren von dem Wasser und der Husterei ganz rot. »Du bist ganz nass!«, stellte sie verunsichert fest, doch ich ging nicht darauf ein:

»Bitte sag mir, dass es dir gut geht«, bat ich sie und strich ihr eine verirrte Strähne aus dem Gesicht.

»Warum bist du so nass?«, wiederholte sie ihre Feststellung noch einmal als Frage.

»Das ist unwichtig«, antwortete ich und beobachtete sie aufmerksam, um herauszufinden, ob ich sie nicht vielleicht lieber sofort zu einem Arzt bringen sollte.

»Er hat dich gerettet«, erhielt Hope die Antwort von Hate.

»Was?«, fragte sie an mich gewandt.

»Despair hat sich in die Fluten gestürzt, um dich herauszuholen«, führte Hate weiter aus.

»Oh Gott!« Hope hielt sich die Hand vor den Mund und sah mich erschrocken an. »Aber … aber du hast doch furchtbare Angst vor Wasser.«

Ich zuckte ergeben mit den Schultern. Was sollte ich auch darauf sagen? – Sie hatte Recht: Alles Wasser, was nicht zum Waschen oder Trinken da war, brauchte ich nicht.

Hope setzte sich auf und zog mich an sich. »Du hast das nur für mich getan? Du hast dich deiner Angst gestellt, nur, um mich zu retten? Ich … äh … Danke«, flüsterte sie verlegen.

Ich zog sie in meine Arme und drückte sie fest an mich.

Hope hatte keine Ahnung, denn egal, was es gewesen wäre: Ich hätte *alles* für sie riskiert.

Ein Leben ohne sie konnte ich mir einfach nicht mehr vorstellen. Allein der Gedanke daran verursachte mir nicht nur seelische, sondern auch körperliche Schmerzen und mit jedem zunehmenden Tag schien ein Leben ohne Hope noch sinnloser zu werden …

20. Kapitel

Hope

Ich lag in Despairs Armen und wusste gar nicht, was ich sagen sollte. Zu gern hätte ich ihm mehr gesagt, als nur ein schnödes *Danke*. Zu gern hätte ich ihn fühlen lassen, was ich für ihn fühlte. Doch ich war sprachlos. Einfach sprachlos.

Obwohl ich immer viele Freunde um mich gehabt hatte, hatte es noch nie jemanden gegeben, der sich so für mich aufgeopfert hatte.

Ob man das als Liebe bezeichnete? – Bereit zu sein, das eigene Leben für jemand anderen zu geben?

Ich löste mich etwas aus Despairs Umarmung und schaute ihm tief in seine warmen, dunklen Augen.

Allein das Gefühl, welches sein Blick in mir auslöste …

Ich legte meine Hand auf seinen Arm und hoffte, so eine stärkere Verbindung zu ihm zu haben und ihm meine ganzen Emotionen mitteilen zu können.

Anfangs fand ich den Gedanken, dass es noch jemanden gab wie mich – noch jemanden, der sämtliche Gefühle der anderen erspüren konnte und dem dadurch nichts verbogen blieb erschreckend. Doch gerade war ich mehr als froh darüber.

Ein Gefühl sagte so viel mehr aus, als jedes Wort. War ehrlicher. Authentischer.

Despairs Gesichtszüge erhellten sich. Er umfasste meine Wange, legte seine Stirn gegen meine und flüsterte an meinen Lippen: »Ich liebe dich auch.«

Ich lächelte, zog ihn wieder dichter an mich heran und obwohl meine Lungen noch von dem ganzen Wasser brannten und ich eigentlich froh hätte sein müssen, endlich wieder Luft zu bekommen, küsste ich ihn.

Der Kuss begann sanft und zärtlich. Doch umso mehr wir unsere Gefühle miteinander teilten und umso mehr sie sich miteinander vermischten, desto stürmischer und leidenschaftlicher wurde er.

»Ähm … Hope? Despair? Wir sind auch alle froh, dass es Hope offensichtlich so gut geht, aber könntet ihr das vielleicht später fortsetzen?«, unterbrach Treason uns. Seine Stimme klang für ihn ungewohnt verlegen.

Despair und ich lösten uns wieder voneinander und sahen ihn erwartungsvoll an.

»Na ja, Despair hat da noch was eingesammelt, was uns alle interessiert und …« Treason brach seinen Satz ab und deutete auf Despair.

Dieser nickte daraufhin verstehend, deutete jedoch hin zum Wagen. Die Jungs verstanden sofort, eilten dorthin zurück und kamen wenig später mit ein paar zerknickten Zetteln angerannt.

Als sie wieder bei uns angelangt waren, sah ich, dass das Papier zum Teil mit Blut verschmiert war.

»Was ist das?«, fragte ich alarmiert.

»Das sind die Zettel, die der Oberst uns vorenthalten hatte«, erwiderte Despair.

Bei dem Namen *Oberst* zuckte ich zusammen.

»Mach dir keine Sorgen. Der Oberst ist tot«, erklärte Despair.

»Was? Wie?«, begann ich, doch Despair deutete nur auf Ice.

Ice und Vic, die beide Händchen haltend hinter uns standen. Sie waren mir bisher noch gar nicht aufgefallen. Kannten sie sich etwa? Oder …

»Was?«, machte ich nur verwirrt. Ich kam nicht mehr mit.

»Das ist Trend«, stellte Vic mir Ice vor.

Ich runzelte verständnislos die Stirn.

»Erinnerst du dich? Trend? Meine große Liebe aus dem Heim?«, fragte Vic.

Ah … So langsam klingelte es. Aber wie!

»Er hat den Oberst getötet.«

»*Du*?«, fragte ich unsicher an Ice, der jetzt wohl Trend hieß, gewandt und ließ unser Gespräch Revue passieren. Immerhin war ich doch der Teufel gewesen, der ausgeschaltet werden musste, und dieser falsche Barry sein Vertrauter?

»Kurz gesagt: Das alles haben wir Vic zu verdanken und es tut mir unendlich leid, was vorgefallen ist, Hope! Ich weiß gar nicht, wie ich das je wiedergutmachen kann …«, entschuldigte sich Ice. – Nein, Trend!

»Ist schon okay. Du konntest ja nichts dafür«, erwiderte ich, auch da mir sofort wieder Psycho mit seiner »Gabe« in den Sinn kam ...

»Was ist mit den anderen Improbas?«, hakte ich daher vorsichtig nach.

»Die schicke ich alle wieder dorthin, wo der Oberst sie abgezogen hat«, antwortete Trend.

Ich nickte langsam. Zwar hatte ich inhaltlich verstanden, was mir soeben erzählt wurde, doch fassen konnte ich das Ganze noch nicht.

Warum befehligte Trend plötzlich die Improbas? Das war ja sowas von unglaublich! Mir fehlten wirklich die Worte.

Bevor ich jedoch alles weiter hinterfragte, musste ich das erst mal sacken lassen. Und mir vielleicht noch die Langversion der ganzen Geschichte anhören, wenn Zeit dafür war.

»Können wir uns jetzt endlich den Zetteln widmen?«, fragte Treason ungeduldig.

»Dafür wäre ich auch«, bekräftigte Hate.

Da nahm Despair die Zettel, faltete sie auseinander und begann für sich zu lesen. »Graue Haare ... graue Augen ... zeitweilige Nebenwirkung ... solange emotionslos ... «, murmelte er und runzelte die Stirn. Seine Augen flogen nur so übers Papier.

Gespannt schauten wir ihm dabei zu und ich bemerkte erleichtert, wie sich dann immer mehr ein Lächeln auf seinen Lippen ausbreitete.

»Was ist?«, fragte Treason wissbegierig. Er sah so aus, als würde er jeden Moment vor Spannung platzen.

»Also, hier steht, dass eine Neutralisierung nicht rückgängig gemacht werden kann.«

Treason seufzte traurig.

»Doch hier steht auch, dass sie mithilfe ihres Gegenpols wieder die Alten werden können. Zwar ohne Erinnerungen, aber ansonsten wie früher«, klärte Despair uns auf.

Hate gab einen erleichterten Laut von sich. Mir war klar, dass ihn das beruhigte, nach dem, was zwischen Love und ihm vorgefallen war.

Er bemerkte meinen Blick. »Nein, Hope. Irgendwann werde ich es ihr erzählen«, antwortete er auf meine Gedanken und ich nickte anerkennend.

»Und wie soll das funktionieren? Ich meine, wenn sie sowieso keine Eigeninitiative zeigen und nur auf Befehle reagieren?«, fragte Treason bedrückt.

»Auch das steht hier. Ihr sonderbares Verhalten hat einen Grund. Und zwar wurden ihnen durch die Öffnungen im Kopf Nanoroboter eingesetzt, die regelmäßig elektrische Impulse ans Gehirn senden. Dadurch werden die Befehle direkt weitergegeben und zwingen den Wirt quasi, diese auszuführen«, gab Despair das Gelesene wieder.

Ach, deswegen hatte Honesty sich beim ersten Mal noch relativ normal verhalten. Klar: Erkannt hatte sie mich nicht mehr, aber sie war nicht so ein willenloser Zombie gewesen wie jetzt. Man hatte ihr zu dieser Zeit das Nanoroboter-Ding wohl noch nicht eingesetzt …

Ein beunruhigendes Gemurmel ging durch die Gruppe.

Ich war mir sicher, alle dachten das Gleiche: Was hätte der Oberst damit alles anrichten können! – Gut, dass er tot war!

»Und wie bekommt man die Dinger da wieder heraus?«, wollte Treason wissen.

»Das scheint sogar relativ einfach zu sein. Wir müssen ›lediglich‹ die Abdeckkappen entfernen und einen Magneten an die Öffnung halten. Laut diesem Bericht zumindest.«

Treasons Augen wurden größer und größer. Dann schaute er Despair geradezu freudestrahlend an. »Das ist ja total easy! Das heißt, ich kann Loyalty bald helfen, wieder zu sich selbst zu finden?«

»So steht es hier geschrieben, ja«, antwortete Despair.

Mir fiel ebenfalls ein riesiger Stein vom Herzen. Auch wenn mir natürlich lieber gewesen wäre, dass man die Neutralisierung rückgängig hätte machen können, hatten wir doch etwas, worauf wir aufbauen konnten. Und wenn ich in die ganzen Gesichter hier blickte, war ich nicht die einzige, die fest davon überzeugt war, dass wir es schaffen würden. Und jeder wollte mithelfen.

»Auf was warten wir dann noch?«, fragte Treason und wippte ungeduldig mit dem Fuß. »Ich möchte zurück zu Loys.«

Ich erhob mich, nahm Despairs Hand und willigte mit einem freudigen »Na dann los!« ein.

Bevor wir allerdings zurück zu unserem Ferienhäuschen fuhren, besorgten wir noch einen Magneten für Treason. Er war so euphorisch und ungeduldig, bald »seine Loys« wieder zu haben, dass er keine Ruhe gab, bevor wir nicht versprachen, mindestens einen zu kaufen. Und ich fand das gut, zeigte es doch einmal mehr, wie viel Treason wirklich an Loyalty lag.

***

Als wir das Ferienhaus betraten, fanden wir meine Schwestern und die restlichen zwei Brüder genauso vor, wie sie zurückgelassen worden waren. – Zumindest hatte das Despair gesagt.

Treason verschwendete keine Sekunde, begrüßte Loyalty mit einem Küsschen auf die Stirn und machte sich direkt an dem Deckel in ihrem Kopf zu schaffen. Es dauerte nicht lange, da hatte er die Abdeckung abbekommen. Sekunden später hielt er den Magneten darüber und beobachtete erfreut, wie der winzige Nanoroboter sich dranheftete.

»Hab ich dich, du Biest!«, raunte er, verschloss behutsam Loyaltys Kopföffnung wieder und legte den Nanoroboter auf den Fußboden – um ihn dann mit einem kräftigen Tritt zu zertreten.

»Das war dein letzter Sensianer, den du gesteuert hast«, rief er siegessicher und reichte den Magneten weiter, damit Hate und Cruel die anderen Nanoroboter entfernen konnten.

Loyalty fuhr sich übers Gesicht und rieb sich verwundert die Augen. »Was hast du da gerade getan?«, fragte sie Treason.

»Das, Babe, muss dich vorerst nicht weiter beschäftigen. Behalte nur im Hinterkopf, dass alles, was ich tue, nur für dich ist«, antwortete er dramatisch, nahm ihre Hand und küsste sie flüsterzart – und ganz züchtig – auf die Wange.

Loyalty senkte verschämt den Blick. »Du bist aber süß! Wer bist du?«, fragte sie Treason, dessen Augen daraufhin zu leuchten begannen.

»Was hältst du von einem kleinen Spaziergang? Dann könnten wir uns ein bisschen besser kennenlernen?«, fragte er sie und bot ihr seinen Arm zum Aufstehen an.

»Sehr gerne«, willigte sie ein.

Treason begleitete Loys zur Haustür und öffnete sie ihr ganz gentlemanlike.

Bevor die beiden das Appartement verließen, drehte er sich noch einmal kurz zu mir um und zwinkerte mir leicht schelmisch und unglaublich glücklich zu.

Ich musste grinsen und zwinkerte zurück. Ich war sicher, Treason würde alles dafür tun, dass aus Loyalty wieder die Alte wurde.

Mein Blick glitt zurück zu Hate und ich sah erfreut, wie auch er sich um Love bemühte.

»Ich bin Hate«, brummte er sie in seiner typischen Tonlage an, was jeden anderen vermutlich hätte zurückschrecken lassen hätte, doch Love lächelte ihn an:

»*Wirklich?* So böse siehst du aber gar nicht aus«, erwiderte sie, was auch dem Großen ein kleines Lächeln ins Gesicht zauberte.

Fasziniert beobachtete ich, wie selbst Cruel sich mit Mercy beschäftigte. Auch wenn er noch nicht so ganz zu wissen schien, wie er das eigentlich genau anstellen sollte, war ich mir sicher, dass das noch werden würde ...

»Was machen wir mit den anderen?«, fragte Despair.

Ich legte meinen Arm um seine Hüfte und kuschelte mich an ihn. »Denen helfen wir alle gemeinsam«, erwiderte ich, woraufhin Despair mich anlächelte und mit einem Nicken zustimmte.

Wir standen einen kurzen Augenblick da und betrachteten diese ungleichen Paare, die doch alle voneinander abhängig waren.

»In einem Punkt hatte der Oberst Recht«, sagte Despair plötzlich.

Fragend sah ich ihn an. »Womit?«

Er zog noch mal die Zettel von vorhin aus der Hosentasche, faltete den Letzten auseinander und zeigte ihn mir.

»*Nothing can exist without its opposite*«, las er laut vor.

Nichts kann ohne sein Gegenteil existieren.

Ich schaute Despair an. Er hatte keine Ahnung, *wie* Recht er hatte. Denn auch ich konnte mir ein Leben ohne Despair nicht mehr vorstellen.

Dann küsste ich ihn und wir machten dort weiter, wo wir vorhin unterbrochen worden waren …

Ende der Trilogie

Danksagung

Ich habe das Gefühl, in meinen Danksagungen steht immer das Gleiche.

Aber was soll ich machen?

Gerade bei einer Reihe begleiten einen meistens auch die gleichen Personen :)

Dieses Mal möchte ich aber nicht einfach nur danke sagen, sondern:

Ich bin glücklich!

Glücklich, dass ihr mich bis zum Ende von *Hope & Despair* begleitet habt.

Glücklich, dass ich solch tolle Leser habe, die mich so unterstützen.

Und ja, da darf sich jeder Einzelne von euch angesprochen fühlen. Denn egal, ob ihr mir eine Rezension geschrieben, mein Buch weiterempfohlen oder mir durch den Kauf eines meiner Bücher einfach euer Vertrauen geschenkt habt:

All das hat dazu beigetragen und dafür möchte ich euch von Herzen danken. Ihr seid wirklich toll! <3

Zudem darf natürlich auch meine Lektorin Konstanze nicht fehlen, die mich durch die Reihe begleitet hat und mir immer mit Rat und Tat zur Seite stand. Sie ist wie ein Bluthund, der alle möglichen Ungereimtheiten erschnüffelt, und dafür danke ich ihr sehr ;)

Für mich ist es immer wieder erschreckend, wie viele »Klöpse« man in einem Skript untergebracht hat, obwohl man es für absolut logisch durchdacht hielt :D

Wie gut, dass ich dich habe, Konstanze ;) <3

Und last but not least:

Ein ganz großer Dank geht an das Impress-Team. Vor allem aber an Pia, die *Hope & Despair* so ein wunderschönes Zuhause gegeben und an die beiden geglaubt hat. Danke! <3

© privat

Carina Mueller wurde 1984 im schönen Westerwald geboren, wo sie heute immer noch lebt und arbeitet. Neben ihrem Hund und ihren Pferden zählte das Lesen schon immer zu ihren größten Hobbies, woraus sich dann die Idee entwickelte, eigene Romane zu schreiben. Sie selbst liebt Jugendbücher und auch Fantasy-Romane, vor allem die ganz spannenden, weshalb sie auch in diesen Genres schreibt.

Tauch ein in
romantische Geschichten.
HOL DIR
BITTERSÜSSE
STIMMUNG
AUF DEINEN
E-READER!
E-BOOKS VON IMPRESS HIER:
CARLSEN.DE/IMPRESS
im.
pre
ss
impress IST DAS DIGITALE LABEL DES CARLSEN VERLAGS FÜR GEFÜHLVOLLE
UND MITREISSENDE GESCHICHTEN AUS DER GEHEIMNISVOLLEN WELT DER FANTASY.